PRISONNIERS
DES GLACES

TEXTE ET DESSINS

PAR

GEORGES FATH

PARIS

E. PLON ET Cⁱᵉ, IMPRIMEURS-ÉDITEURS
RUE GARANCIÈRE, 10

—

1881

Tous droits réservés

E. PLON et Cie, Imprimeurs-Éditeurs, rue Garancière, 8 et 10, à Paris.

PRISONNIERS.
DANS LES GLACES

TEXTE ET DESSINS

PAR

GEORGES FATH

PROSPECTUS

L'histoire des contrées boréales, empreintes d'une si mystérieuse horreur, et dont le redoutable climat a, depuis des
siècles, dévoré tant d'existences illustres, aura longtemps
encore le privilége d'exciter la curiosité des lecteurs de tout
âge et de conditions les plus diverses.

Les ovations spontanées et enthousiastes faites récemment à M. Nordenskiöld et à tous les membres de l'expédition de la *Véga*, en ont une fois de plus apporté la preuve.

Le nouveau livre de M. Georges Fath, écrit avec l'imagination et la verve qui ont valu de nombreux succès à l'auteur, contient l'odyssée tantôt gaie, tantôt émouvante, de trois Pari-

siens (un médecin, un peintre et un simple homme du monde) qui se sont aventurés dans les régions polaires, sans autre but que de rompre avec l'uniformité relative de la vie parisienne. Un gentilhomme russe, leur ami de collége, leur a fait, à l'issue d'un déjeuner, la proposition originale, et peut-être un peu folle, d'aller sans port d'armes et tout comme on irait chez un voisin, chasser l'ours blanc dans les âpres solitudes de la Nouvelle-Zemble. Tous trois, d'abord un peu surpris,

La chasse aux morses.

déclarent, après une courte hésitation facile à comprendre, qu'ils sont prêts à le suivre.

Cette partie de plaisir est vite traversée par les incidents les plus dramatiques étrangers à leur programme, et enfin, emprisonnés dans les glaces, ils passent fatalement par toutes les péripéties, toutes les anxiétés d'un long hivernage, lequel ne se termine qu'après la réouverture de la mer.

Libres !... ils se hâtent de retourner à Paris où ils reparaissent avec une double provision de souvenirs et de... rhumatismes.

L'ouvrage forme un beau volume in-8° cavalier.

Prix : Broché, 8 francs. — Cartouné toile, tranche dorée, 10 fr. Demi-reliure, tranche dorée, 12 fr.

PARIS. — TYPOGRAPHIE DE E. PLON ET Cⁱᵉ, 8, RUE GARANCIÈRE.

PRISONNIERS DANS LES GLACES

PRISONNIERS
DANS LES GLACES

TEXTE ET DESSINS

PAR

GEORGES FATH

PARIS

E. PLON et Cie, IMPRIMEURS-ÉDITEURS

RUE GARANCIÈRE, 10

1881

PRISONNIERS
DANS LES GLACES

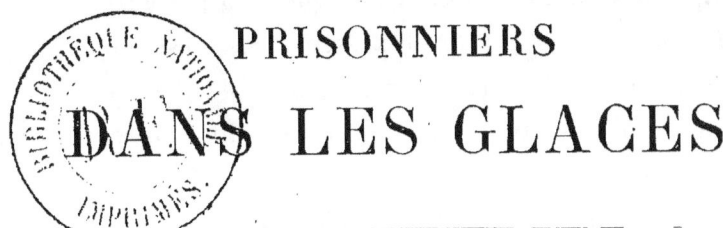

I

LES AMIS DE COLLÉGE.

Le 15 juin 187., à midi moins un quart, un homme de trente ans à peine se tenait debout devant le vitrage d'un atelier de peintre qui occupait la partie supérieure d'un des charmants hôtels ayant vue sur le parc Monceaux. Tantôt il suivait d'un œil distrait le mouvement du dehors, et tantôt il quittait son poste d'observation pour jeter des regards attentifs sur un couvert de quatre personnes, dressé quelques pas plus loin avec un grand luxe de vaisselle, d'argenterie et de cristallerie anciennes. Pas une pièce : table, siéges et linge, qui ne rappelât la fastueuse époque de Louis XV. Tout anachronisme avait été soigneusement évité.

C'était une fantaisie d'artiste, et elle était réussie.

Henri Norbert attendait à déjeuner trois de ses meilleurs amis de collége.

Ce déjeuner avait lieu tous les ans à la même date et à la même heure (midi), depuis qu'ils avaient terminé leurs études.

Ils avaient pris l'engagement solennel de se réunir chez Norbert, quel que pût être leur éloignement de Paris, et depuis ce temps, pas un d'eux n'avait manqué à sa parole.

Mais peut-être est-il utile de présenter les quatre amis à nos lecteurs, afin de les mettre une bonne fois pour toutes en relations amicales avec eux : c'est au moins notre plus vif désir.

Henri Norbert était un paysagiste animalier qui comptait déjà plusieurs grands succès. Sa dernière toile, qui lui valut une première médaille, avait fait événement au Salon.

De taille moyenne et fortement charpenté, sa vigueur n'excluait point la grâce. Son teint était brun et mat; ses cheveux d'un noir pur, naturellement bouclés, avaient des reflets d'ébène poli. Son front était plus large que haut; ses grands yeux, d'un bleu profond, un peu écartés, semblaient faits exprès pour embrasser un large espace et en mieux saisir tous les aspects. Son nez était droit, sa bouche ferme et solidement armée. Il pouvait, en somme, être considéré comme un beau spécimen de la race humaine.

Lepérier, jeune docteur en médecine, avait passé par toutes

les épreuves de l'internat dans les hôpitaux de Paris. Il était, selon une expression vulgaire, ferré sur toutes les choses de sa profession. Une longue pratique pouvait seule ajouter à ses études consciencieuses, car il avait l'intuition, cette qualité presque divine pour un médecin, en ce qu'elle lui permet de lire à travers l'épiderme du malade. Blond, d'une apparence frêle, il avait les yeux verts, le visage énergique, le front bien développé, le menton fermement dessiné, séparé en deux par une forte incision, la bouche rieuse.

Au premier coup d'œil, on devinait en lui une nature loyale, parfaitement équilibrée, et sur laquelle on pouvait compter en toute circonstance. Il était doué en outre d'une bonne humeur inaltérable.

Chamborel, lui, représentait un type essentiellement parisien, un de ces désœuvrés de bon ton qu'on est certain de rencontrer partout où va la foule élégante. Sa grande préoccupation était de se mêler sans cesse à la vie des inutiles, et de les imiter dans leurs plus folles distractions, heureux s'il avait pu attacher son nom, comme certains d'entre eux, à une singularité quelconque, n'importe laquelle, fût-ce à une coiffure, un harnais, une purée, un salmis, une simple sauce brune ou blanche.

Ses deux cent mille francs de rente lui permettaient de se livrer à ces fantaisies de haut goût, et il avait eu bien des conférences à ce sujet avec son cuisinier, mais toujours sans succès, l'imagination lui manquant absolument. Ce qu'il avait gâté de homards, de truffes, de gibier fin, de poissons, dans l'ambition d'ajouter un plat à la cuisine française, était incalculable. Il avait failli créer un jour le *canard à la Chamborel,* mais l'étrangeté de son assaisonnement avait à ce point brûlé la bouche à ses deux inventeurs, qu'ils avaient dû y renoncer avec épouvante.

Sa personne était si complétement vulgaire avec ses petits yeux, ses grosses pommettes, ses cheveux plats et incolores, son nez rond, son manque de désinvolture, qu'il fallait renoncer à en faire quelque chose; les plus habiles y avaient perdu leurs peines.

A ces défectuosités près, Chamborel, il faut bien en convenir, était un ami sincère, dévoué, rempli des meilleures intentions, et brave à ne reculer devant rien.

Michel Bruloff, gentilhomme russe fabuleusement riche, qui avait fait ses études à Paris, au même collége que Norbert, Lepérier et Chamborel, complétait ce groupe d'amis.

Nous le répétons, ils n'avaient jamais cessé de se voir, et plusieurs fois déjà Bruloff avait fait le voyage de Saint-Péters bourg pour ne pas manquer à leur rendez-vous annuel.

Ce jeune boïard était d'ailleurs le voyageur le plus intrépide qu'on pût rencontrer. Les distances n'existaient pas pour lui; il faisait comme d'une enjambée les sept cent cinquante lieues qui séparent Saint-Pétersbourg de Paris. Son amour pour la chasse aventureuse le faisait bondir, tous les étés, tantôt jusqu'en Sibérie, tantôt jusqu'à la Nouvelle-Zemble, où il passait des mois entiers à chasser indifféremment et tour à tour les ours blancs, les rennes, les morses et les renards.

La haute stature de Bruloff, ses larges épaules, son visage énergique, sa conformation d'athlète, semblaient l'avoir prédestiné à la vie rude et dangereuse particulière aux chasseurs des contrées glaciales. La lutte avec des éléments implacables ne lui plaisait pas moins que toute autre. Il avait l'amour du danger, l'impérieux besoin des émotions fortes. Il possédait au plus haut degré cette aptitude du peuple russe à s'identifier avec les opinions, les mœurs, les manières et les langues des autres peuples. Il avait la gaieté naturelle, l'esprit léger, le caractère affectueux, enfin les signes distinctifs de sa race, qui offre une grande analogie avec la nôtre.

Tels étaient les quatre personnages qui allaient se trouver réunis à table.

Norbert venait de regarder à sa montre.

— Encore quelques minutes, et tous seront ici, pensait-il. Sa confiance était si grande dans l'exactitude de ses amis, qu'il sonna son domestique pour lui demander s'il était prêt à servir.

— Je n'attends plus que les ordres de monsieur, répondit celui-ci.

— Très-bien.

Ces paroles étaient à peine prononcées qu'on entendit un bruit d'exclamations joyeuses qui montaient de l'escalier.

— Les voici! s'écria Norbert en s'élançant au-devant des visiteurs.

Ses trois amis s'étaient rencontrés sur le seuil de la maison.

— A la bonne heure! s'écria Norbert, qui, après avoir serré les mains de Chamborel et de Lepérier, se jeta dans les bras de Bruloff en disant :

— Pardon, mes amis, mais voilà juste un an, jour pour jour, minute pour minute, que je n'ai vu ni la face ni le profil de ce grand boïard-là.

— Que veux-tu, mon cher Norbert, vers la fin de février, au moment où je faisais mes derniers apprêts dans l'intention de vous rendre visite à tous trois, est venu mon frère Serge, qui m'a pris sous le bras pour m'emmener en Amérique, d'où j'arrive à l'instant.

— Toujours le même, fit observer Norbert; tu passes du nord au sud, et de là tu ricoches sur l'ouest ou sur l'est, comme font les tempêtes.

— J'en suis une, seulement je suis assez bien élevé pour ne rien renverser sur mon passage, pas même ce brave Chamborel, et moins encore le sage Lepérier, qui, ce me semble, continue de peser quelque soixante livres, y compris sa trousse de docteur.

— Je pèse le double... le double, mon cher Bruloff; je me suis arrêté au poids juste d'un homme qui a l'esprit de ne vouloir traîner rien d'inutile avec lui.

— Et tu t'y prends pour cela?

— Je développe mes muscles aux dépens de ma graisse par un régime intelligent... pas autre chose.

— Moi, répliqua Bruloff, je les développe tous les deux par une nourriture abondante, et je réprime les emportements de la graisse par un exercice de clown américain. Mais toi, mon vieux Chamborel, tu es toujours l'amateur zélé des fêtes et des splendeurs parisiennes?

— Il faut bien dépenser sa fortune et son existence à quelque chose, fit observer Norbert.

— Et je les dépense le plus gaiement possible, répondit Chamborel, heureux de se voir maintenu dans la sphère où il faisait tous ses efforts pour jouer un rôle brillant.

— Allons, messieurs! à table! s'écria Norbert d'une voix retentissante.

L'invitation arrivait tellement à point, qu'en moins d'une minute, chacun se trouva solidement installé devant son couvert.

La conversation, qui s'était ralentie pendant le déjeuner,

grâce à l'appétit des convives, reprit toute son animation au dessert.

— Ainsi, mes très-chers, vous êtes restés absolument les mêmes depuis l'année dernière; l'un, toujours peignant, immobilisant sur la toile les beautés de la nature; l'autre, toujours en tête-à-tête avec ses malades, minutant des ordonnances, et le troisième enfin, continuant à tenir haut et ferme le drapeau de l'élégance française.

— Parfaitement! répondirent les trois Parisiens.

— Donc, rien de changé... Tant mieux, car vous êtes restés libres, et cela m'encourage à vous communiquer un projet que j'ai conçu pendant la traversée que je viens de faire.

— Quel projet, mon cher Bruloff? demanda Norbert.

— Ah! dame, un projet qui irait tout seul avec un bonhomme de mon espèce, mais qui va naturellement vous laisser froids, vous autres qui n'êtes pas des oiseaux de grand vol.

— Que veux-tu dire? demanda Lepérier.

— Je veux dire, aimable docteur, que sans être précisément aussi casaniers que vos concierges, vous ne sortez pas volontiers de vos petites habitudes.

— Oh! oh! s'écria Chamborel en manière de protestation.

— Il me semble que tu nous traites un peu lestement, et en ce qui me concerne, j'ai le droit de dire que ton appréciation manque de justesse, dit Norbert.

— Oui, je sais qu'en ta qualité de paysagiste tu t'es, un beau jour, sac au dos et pique à la main, élancé jusqu'à la frontière; que tu l'as même dépassée pour pénétrer en Suisse; mais il y a cent mille petites maîtresses qui ont fait ce voyage.

— Un voyage de petite maîtresse! l'ascension des mon-

tagnes de l'Auvergne! de celles du Jura! des glaciers de la
Suisse! s'écria Norbert.

— Ou des enfantillages, si vous le préférez?

— Bruloff n'est pas sérieux, et tu as tort de t'animer ainsi,
mon pauvre Norbert, fit observer Lepérier.

— Pas sérieux! moi? s'écria à son tour Michel Bruloff.

— Parbleu non! N'est-ce pas, Chamborel?

— J'attendrai qu'il nous explique son projet pour en juger,
répliqua celui-ci, qui ne voulait désobliger personne.

— Le voici, mon projet, reprit tranquillement Bruloff, et
nous allons bien voir si vous êtes de taille à y donner les mains :
j'avais pensé vous emmener tous pour faire ensemble un
petit tour sur l'océan Glacial et aux environs, s'il y avait lieu.

— Sur l'océan Glacial! s'écrièrent à la fois Lepérier et
Chamborel.

— Je vous laisserais le choix entre la Nouvelle-Zemble, le
Kamtschatka, la Laponie et le pays des Esquimaux.

— Tu oublies le Spitzberg, fit observer Lepérier en éclatant
de rire.

— Le Spitzberg, si vous le préférez; nous n'aurons qu'à
prendre un peu plus à gauche. Il y a là de très beaux déchire-
ments de glace pour un paysagiste, poursuivit Bruloff.

— Je le crois sans peine, dit Lepérier d'un air railleur.

— Seulement, je vous conseillerais plutôt la Nouvelle-Zemble, à cause de ses nombreux ours blancs, de ses renards
bleus, de ses rennes, de ses phoques, sans parler de ses martres
zibelines, de ses loutres et de ses oiseaux petits et grands.

— Tu es certain qu'on y rencontre beaucoup d'ours blancs?
demanda Chamborel avec intérêt.

— Parbleu! c'est là que je vais chasser tous les ans; je

Vous verriez là, même en été, d'immenses déserts de glace.

Page 11.

2

vous l'ai dit vingt fois. Voyons, mon petit projet ne vous séduit pas? Songez-y bien, vous verriez là, même en été, d'immenses déserts de glace dont l'œil ne peut mesurer l'étendue, des steppes arides, désolées, des banquises infranchissables, d'une hauteur prodigieuse, et qui resplendissent au soleil comme un fantastique amas de pierres précieuses; des tourmentes de neige, et enfin de ces beaux orages qui durent des semaines entières, et dont la violence retournerait sens dessus dessous votre beau Paris en quelques heures, etc.

— Grand merci de ton aimable invitation; mais l'idee d'être emporté comme un fétu de paille à travers les éléments en fureur ne saurait me tenter, dit Lepérier.

— Eh bien, cela me tenterait, reprit Norbert.

— A la bonne heure! s'écria Bruloff.

— Oui! et j'avoue que j'ai bien souvent désiré étudier la nature dans ses créations les plus imposantes, dans ses œuvres les plus grandioses.

Sans avoir l'idée un peu folle de laisser l'empreinte de mon pied sur les banquises du pôle, j'ai parfois désiré peindre les vastes solitudes des contrées boréales, avec leurs montagnes éblouissantes de neige, leurs pics gigantesques, leurs tempêtes majestueuses, avec leurs ours affamés qui rôdent en vrais flibustiers au milieu de ces immenses déserts où tout semble mort. Cela, au moins, me disais-je, changerait pour un temps les couleurs de ma palette.

— Il n'y a que les savants et les artistes pour bien comprendre ces choses-là et se laisser tenter par elles! fit observer Bruloff.

— Tu te trompes, car elles me tentent aussi, moi! s'écria Chamborel.

— Toi?... dit Lepérier en éclatant de rire.

— Oui, moi!

— Tu quitterais ton hôtel, ton cercle, tes boulevards, pour aller te commettre avec les ours blancs et battre la semelle sur les *ice-bergs?*... Quand je croirai pareille chose..., fit Lepérier.

— Et si cependant je partais avec Bruloff, que dirais-tu?

— Je dirais que c'est pour le lâcher à vingt lieues d'ici... et encore n'est-il pas certain que tu l'accompagnes jusque-là.

— Eh bien, viens avec nous, et tu verras si je bronche en chemin.

— Même devant les ours?...

— Surtout devant les ours! s'écria Chamborél sans une seconde d'hésitation.

— Prends garde; voilà que tu t'emballes comme un cheval affolé.

— Pas du tout, et je passerai à travers les tempétes de neige, à travers les montagnes de glace, à travers les ours, à travers tout! répliqua Chamborel avec une exaltation crois- sante.

— Et cela, en te tenant roide et fier comme un suisse en parade...

— Plus roide encore!

— Mille tempétes! eh bien, je pars avec vous, rien que pour jouir d'un pareil spectacle, s'écria Lepérier en se tournant vers Bruloff; pour cela et... pour soigner vos engelures, s'il y a lieu.

— Très-bien... tous! tous! dit Bruloff en battant des mains, et nous publierons l'histoire de notre voyage, dont Norbert fera les illustrations d'après nature.

— Je m'y engage. Nous ferons de la haute école en fait

de sport, ne serait-ce que pour étonner les boulevardiers parisiens !

— Oui, et pour placer enfin une auréole sur le front de ce brave Chamborel.

— C'est parler en ami, mon cher Bruloff; nous leur imposerons l'admiration, à tous ces grands flâneurs, dit Chamborel, attendri cette fois.

— C'est convenu... et ce sera, car il suffit d'une campagne bien menée pour établir la réputation d'un homme... et même de plusieurs, ajouta Lepérier.

— Voilà qui est bien entendu, et vous n'avez plus les uns et les autres qu'à faire vos dispositions pour le départ. Trois jours vous suffiront, je l'espère, fit Bruloff en manière d'interrogation.

— Trois jours! tu veux quitter Paris sitôt? dit Lepérier.

— Nous sommes déjà le 15 juin, et mon frère Serge, que j'ai laissé en Amérique, m'a donné rendez-vous à la Nouvelle-Zemble pour les derniers jours de ce mois.

Le port d'Arkhangel est à neuf cent cinquante lieues d'ici, et une fois embarqués là, nous aurons encore une traversée de six cent milles à faire avant d'aborder aux côtes de la Nouvelle-Zemble. Vous voyez, mes chers amis, que nous n'avons pas de temps à perdre.

Il ne faut pas oublier d'ailleurs que l'été, sous cette latitude, ne dure guère plus de deux mois et demi, et comme nous n'avons pas l'intention d'hiverner dans les glaces...

— Non, non, par exemple! dit vivement Lepérier.

— Il faut donc nous hâter... Ainsi, dans trois jours au chemin de fer; nous partirons par le premier train qui se dirigera sur Bruxelles.

— Bien, bien, je vais hâter mes préparatifs, dit Norbert.

— J'y serai, reprit Lepérier.

— Et moi donc! quand je devrais passer tout le temps qui précédera ce beau jour en pleine gare, assis sur mes bagages, ajouta Chamborel avec solennité.

— Hurrah pour Chamborel! s'écrièrent à la fois Norbert, Lepérier et Bruloff.

II

TEL QUI PART POUR UN AN, CROIT PARTIR POUR UN JOUR.

Le lendemain, tous les grands journaux de Paris publiaient la nouvelle suivante :

« On nous apprend que l'habile paysagiste Henri Norbert, le docteur Lepérier, jeune praticien qui comptera un jour parmi les lumières de la science ; M. Chamborel, une des célébrités du monde parisien, et M. Bruloff, gentilhomme russe, vont quitter Paris pour aller ensemble chasser l'ours blanc dans les régions polaires, et tout spécialement dans la Nouvelle-Zemble. Ce voyage, au moins en ce qui concerne les trois premiers, n'a d'autre but, nous assure-t-on, que de rompre brusquement avec les monotonies de la vie civilisée, pour se retremper aux âpres solitudes baignées par l'océan Glacial.

« On nous promet pour le retour des voyageurs un récit complet et illustré d'après nature, de la vie émouvante qui les attend là-bas. Nous engageons nos lecteurs à ne pas l'oublier. »

Cette note était vraisemblablement due à Chamborel, qui n'était pas fâché de se recommander en passant à l'attention publique.

Moins de dix jours après, nos quatre amis arrivaient sans trop de fatigue à Saint-Pétersbourg.

Bruloff, qui avait l'habitude des longs voyages, leur avait escamoté très-habilement les ennuis d'une réclusion forcée, ainsi que les formalités nombreuses imposées aux étrangers à leur arrivée dans la résidence des tzars.

Le gentilhomme avait d'ailleurs exigé de ses amis qu'ils n'emportassent que les vêtements de ville à leur usage et le linge qui leur était indispensable, se chargeant de tout le surplus, comme on l'eût fait en France pour une simple hospitalité de quelques jours à la campagne.

Son immense fortune lui permettait ces façons de grand seigneur.

Nos amis, et leurs bagages ainsi simplifiés, avaient pris place dans les voitures envoyées au-devant d'eux par l'intendant de Bruloff, prévenu de leur arrivée, quand un cri de désespoir se fit entendre derrière eux.

— Ah ! mon Dieu ! c'est la voix de ce pauvre Bardol !

— Qui ça, Bardol ?

— Mon cuisinier ! mon cuisinier ! répondit vivement Chamborel, tout en écrasant un peu les pieds de ses amis pour s'élancer hors de la voiture. Le pauvre Bardol, connu seulement de son maître, l'avait, d'après ses ordres, suivi discrètement depuis Paris, et comme Bruloff, ignorant sa présence, ne s'était pas occupé de lui, il en était encore à se débattre avec les employés de la douane qui s'étaient emparés de ses bagages pour les inventorier à fond.

Bruloff, Norbert et Lepérier, pris d'un accès de fou rire, étaient alors descendus de voiture pour venir en aide à leur ami en dégageant son maître coq, ce qui avait été vite fait, le gentilhomme russe l'ayant réclamé comme faisant partie de sa maison.

Cet incident vidé, et Bardol confié à deux domestiques qui avaient mission de l'aider dans le transport de ses bagages, on était remonté en voiture pour se rendre à la résidence de Bruloff, située sur la perspective de Newsky.

— Ah çà, mon cher Chamborel, dit Bruloff, quand chacun se fut réinstallé, quelle singulière idée as-tu eue d'emmener ton cuisinier dans les régions polaires, à moins qu'il n'ait un secret tout spécial pour accommoder l'ours blanc ou le renard bleu?

Chamborel, un peu confus de ce qui venait d'arriver par suite de son imprévoyance, répondit en balbutiant :

— C'est que... vois-tu, je voulais... ou plutôt je ne voulais pas... c'est-à-dire...

— C'est-à-dire que tu nous croyais encore ici à l'état sauvage, mangeant de la chair crue, saupoudrée de gros poivre pour tout condiment?

— Dieu m'en garde !

— Ce n'est pas cela, fit Lepérier, et notre ami a eu d'excellentes raisons pour ne pas se séparer du célèbre Bardol; il en a eu jusqu'à trois que je suis certain d'avoir devinées :

La première, c'était pour ne pas abandonner ce pauvre

3·

Bardol, qui aurait pu s'évanouir de peur en se trouvant tout seul au milieu de Paris.

La seconde, pour empêcher quelque amateur aussi friand qu'indélicat de le lui souffler en son absence.

La troisième, ah! la troisième! c'était tout simplement pour ne pas se priver, pendant sa campagne contre les ours, des rôtis savoureux et des fins coulis dont il a depuis longtemps contracté l'habitude. Est-ce vrai, Chamborel?

— Parbleu! répondit celui-ci, heureux qu'on puisse trouver une explication à sa singulière fantaisie.

— Au fait, reprit Bruloff, il n'y avait qu'un Parisien pour vouloir inaugurer ces délicatesses au milieu des banquises habitées par les ours.

— Tu t'amuses de ma prétention, dit Chamborel avec une modestie feinte.

— Du tout, mon cher ami; cette pensée d'installer le bien-être au milieu des ouragans est si originale que je regrette de ne pas l'avoir eue. Je ne t'en aurais pas laissé la gloire, répliqua le gentilhomme russe avec le plus grand sérieux.

Chamborel rayonnait.

— Le seul inconvénient que je voie à la présence du célèbre Bardol à bord de la *Frileuse* (c'est le nom du bâtiment qui nous attend, messieurs), c'est qu'il va se trouver là côte à côte, casserole à casserole, avec Danecheff, le maître coq du navire, lequel a trop de prétention pour rompre d'une semelle même devant le cuisinier en chef du Palais impérial.

— Il n'importe, pourvu que de ces deux rivalités jaillisse la lumière! dit Chamborel avec une certaine emphase.

— Dans tous les cas elle jaillira de leurs fourneaux, et cela devra nous suffire, fit observer gravement Lepérier.

Les voitures s'arrêtaient en ce moment dans la cour d'un immense hôtel qui méritait le titre de palais, autant par sa magnificence que par sa vastitude.

Les appartements étaient prêts pour recevoir nos voyageurs.

— Mes amis, leur dit Bruloff, nos bains et nos lits de repos sont prêts ; quand nous aurons pris les uns et que nous aurons dormi pendant deux heures sur les autres, on nous réveillera afin que nous puissions refaire immédiatement notre toilette, dîner aussi promptement que possible, et partir pour Arkhangel de toute la vitesse de nos trotteurs, dont vos compatriotes ont toujours reconnu la supériorité ; n'est-ce pas, Chamborel ?

— Cela est exact, répondit celui-ci.

Norbert, Lepérier, Chamborel, précédés par Bruloff, se dirigeaient vers la salle à manger, sorte de galerie voûtée, soutenue par de nombreuses colonnes mauresques, vert et or, et garnie de tables, de dressoirs et de siéges splendides.

Elle était éclairée par une douce lumière qui filtrait à travers d'amples rideaux de soie écarlate, relevés par de larges embrasses agrémentées d'or. On eût pu se croire en plein Orient. Ses amis, frappés et même un peu éblouis de cette magnificence, ne lui marchandaient pas les cris d'admiration.

— Ah çà, vous me supposiez donc logé dans une maison de bois peint, achetée toute faite sur le marché ?

Et Bruloff éclata de rire.

Il reprit aussitôt :

— Mais je ne vous ai point amenés ici pour regarder toutes ces petites fantaisies ; dînons, car je vous préviens de nouveau que nous n'avons pas de temps à perdre.

— Et la ville de Pierre le Grand que je me réservais de visiter en détail ? demanda Norbert.

— Ce sera pour notre retour... dit Bruloff.

— Oui ! les grandeurs de la nature avant celles des hommes ! s'écria Chamborel.

— Ce satané Chamborel a le diable au corps ; il ne rêve plus que de choses gigantesques et terribles, fit observer Norbert.

— Et il faudra bien que nous les exécutions tous ensemble, ajouta Lepérier.

On s'était mis à table tout en échangeant ces paroles.

La cuisine, par une attention délicate de l'amphitryon, était exclusivement française, ainsi que les vins, qui provenaient de nos meilleurs crus.

Ses amis pouvaient croire qu'ils étaient les hôtes de quelque nabab parisien.

Trois domestiques, ne parlant que le russe, servaient à table avec tant de tact et d'intelligence que leur maître, le seul qui s'exprimât dans leur langue, n'eut pas un mot, pas un geste à leur adresser.

Le repas terminé, Bruloff s'était tout à coup levé de table en disant :

— Allons, messieurs, nos voitures sont attelées, et la *Frileuse,* un fort joli brick à vapeur et à voiles, nous attend dans le port d'Arkhangel.

— Partons ! s'écrièrent Chamborel et Lepérier.

— Permettez, messieurs, dit Norbert ; je ne quitterai pas ma place avant d'avoir bu, ne fût-ce qu'un verre de tisane, au succès de notre expédition.

— Ciel ! j'allais l'oublier, dit Bruloff, et il saisit une bouteille de champagne : Vos verres, mes amis ; la chose en vaut la peine, ajouta-t-il.

Les verres furent aussitôt remplis jusqu'au bord.

— A la première expédition de la *Frileuse!* dit Bruloff.

— A la santé de son brave capitaine ! à celle de tous ses compagnons ! s'écria Lepérier.

— Aux belles études que notre ami Norbert va certainement faire sur les bords de l'océan Glacial, dit Chamborel.

— Aux ours blancs et noirs qui voudront bien nous honorer de leur confiance! ajouta Norbert.

Chacun de ces toasts avait été salué par des applaudissements frénétiques.

Peu de temps après, les voitures qui contenaient nos voyageurs et leurs bagages s'éloignaient de Saint-Pétersbourg au trot rapide de leurs chevaux.

Bardol occupait une place honorable dans la voiture des gens de service, qu'il eût eu le plus grand plaisir à interroger sur les ressources gastronomiques du pays ; mais on avait complétement négligé de lui enseigner la langue russe dans son village.

Quelques jours suffirent à nos voyageurs pour arriver à Arkhangel, où la *Frileuse,* nous l'avons dit, les attendait depuis longtemps déjà.

L'équipage du brick comptait une vingtaine d'hommes, tous choisis parmi des gens qui ne laissaient personne derrière eux. Bruloff avait pour principe de n'embarquer que des hommes absolument libres. Il était personnellement enclin à toutes les témérités et ne voulait pas de compagnons moins résolus que lui.

Bien que le voyage qu'il entreprenait ne dût pas durer plus de deux mois, la *Frileuse* emportait pour une année de vivres, ainsi que du vin, du kwass et des spiritueux en abondance; les soutes en étaient pleines : celles aux poudres et aux différents projectiles regorgeaient. Le navire était muni de deux pièces de canon qui pouvaient parler pendant un mois sans interrompre leur conversation.

Il y avait là un luxe de précautions tout à fait inusité en pareil cas...

Mais peut-être ne saurait-on avoir trop de prudence.

Tout le monde une fois casé, on fit une petite fête à bord pour étrenner la *Frileuse* qui, après avoir subi les épreuves ordinaires et extraordinaires, allait naviguer pour la première fois.

Norbert, en hôte bien élevé, profita de cette nouvelle réunion pour porter un toast à la Russie, à l'aimable caractère de ses habitants.

Lepérier but à la science qui porte en elle l'amour de l'humanité tout entière.

Chamborel éleva son verre, qu'il vida d'un seul coup en l'honneur de la déesse Diane et de saint Hubert.

Bruloff but à la prospérité de la France, à son alliance avec la Russie !

— Maintenant, reprit Norbert, comme il est bon d'être juste envers tout le monde, je demande qu'on introduise Danecheff et Bardol pour les féliciter de l'excellent repas que nous devons à leurs talents réunis.

— Sans doute !

— Parfaitement !

— Tout de suite ! s'écrièrent à la fois Lepérier, Chamborel et Bruloff.

Chamborel était touché de la politesse qu'on faisait à son maître queux.

L'ordre fut immédiatement donné. Les deux cuisiniers,

A la première expédition de la *Frileuse!*

coiffés de leurs casquettes blanches, se présentèrent bientôt en se tenant par la main.

Les bravos éclatèrent devant cette riante apparition.

— Nous vous avons fait venir, dit Bruloff, pour vous féliciter sur vos talents et en même temps pour boire avec vous à la fusion de la cuisine russe et française : prenez ces deux verres.

Les deux confrères burent avec la plus entière soumission.

Nos voyageurs en avaient fait autant.

Cette scène se termina par un éclat de rire et par deux saluts fort respectueux faits par Danecheff et Bardol, également fiers d'une pareille ovation.

— Que disais-tu donc, mon cher Bruloff, de la rivalité qui devait désunir nos deux chefs? Les voilà déjà qui fraternisent.

— Je me serai trompé une fois de plus, voilà tout, dit Bruloff en souriant.

Nos quatre amis, brisés par leur dernier voyage, se retirèrent dans leurs cabines parfaitement aménagées pour les recevoir, et où le sommeil ne tarda pas à s'emparer d'eux.

Levés de grand matin, ils étaient montés sur la dunette pour jeter un coup d'œil sur le port qu'ils allaient quitter le jour même, et qui, ainsi que la ville, doit son nom à saint Michel archange, son patron.

Pendant ce temps, Bruloff s'assurait, par excès de précaution, que son navire était en parfait état, et muni de tout ce qui était nécessaire pour faire au besoin une longue et périlleuse traversée.

Cet impérieux devoir rempli, le capitaine rejoignit ses amis sur le pont.

— Vous regardez la vieille ville de bois avec ses toitures et ses dômes, leur dit-il; c'est singulier, n'est-ce pas? — Regardez-la donc, ainsi que la vaste embouchure de la Dwina; mais faites vite, car nous allons bientôt perdre tout cela de vue.

— Que le ciel en soit loué! je sentais déjà l'impatience me gagner, s'écria Chamborel.

— Je vois qu'il faudra te surveiller là-bas, dit Norbert d'un ton gouailleur.

— Heureusement, fit observer Lepérier, que l'ours porte avec soi le secret des potions calmantes.

— Qui ne sont particulièrement efficaces que pour les manieurs de lancettes, riposta Chamborel avec crânerie.

— Attrape, mon cher docteur, dit Bruloff en riant.

— Bah! la lancette a du bon; elle dégage au besoin les cerveaux congestionnés par...

— Par...? Par quoi, s'il te plaît? demanda Chamborel, qui se cabrait déjà.

— Eh! mais, par les excès de courage : c'est un fait pathologique, répliqua Lepérier du ton le plus sérieux.

— A la bonne heure! reprit Chamborel, satisfait de l'explication.

Les gens du port, chargés jusque-là du service par intérim, se retirèrent pour faire place à l'équipage de campagne, prévenu la veille de venir prendre son service.

Bruloff était resté sur le pont et s'entretenait avec Gourieff, son second, et le pilote Ivan.

— Nous avons vent arrière, capitaine, disait Gourieff, et je crois inutile de faire allumer les fourneaux; les voiles devront suffire.

— Parfaitement, répondit Bruloff.

Les hommes de l'équipage, arrivés simultanément, étaient rangés sur le pont, tout prêts à exécuter les ordres du capitaine.

Ces ordres donnés, les matelots gagnèrent lestement le poste qui leur était assigné, pendant que les officiers inspectaient la mâture et les voiles.

Bruloff, s'étant chargé de tout ce qui serait nécessaire à ses amis, leur faisait distribuer, indépendamment de leur équipement de chasse, des fourrures capables de les protéger contre une température de 50 degrés au-dessous de zéro.

L'armurier du bord avait consciencieusement visité les armes, et remis à chacun sa provision de cartouches à balles coniques, à pointes fortement aciérées ; il y avait même des balles explosibles pour les cas spéciaux.

Les Parisiens, avec leur souplesse ordinaire, s'étaient aussitôt familiarisés avec les exigences de leur nouvelle situation, et se mouvaient dans leurs épais vêtements de Samoyèdes comme s'ils n'eussent jamais fait autre chose.

Chamborel s'éblouissait lui-même, et allait de cabine en cabine pour montrer sa bonne grâce. Les éloges qu'il quêtait ainsi lui furent prodigués à outrance, et il ne les trouva que justes. Les ours n'ont qu'à bien se tenir, pensait-il. Un seul regret se mêlait à sa joie, c'était de ne pouvoir se montrer sous son nouveau costume en plein boulevard des Italiens, ou bien encore aux habitués du bois de Boulogne.

Bruloff fit en ce moment inviter ses amis à venir se grouper sur la dunette, pour assister au départ du navire dont les câbles faisaient effort contre le vent.

Ils y furent à peine que Bruloff, qui commandait les dernières manœuvres, criait d'une voix retentissante :

— Hisse le grand foc !... borde les huniers !... amure basses voiles !

Le navire s'ébranle.

C'en est fait ! la *Frileuse* emportant tout son monde a pris possession de la mer.

III

LA *FRILEUSE* EN MER.

La mer Blanche, assez improprement désignée comme mer, n'est qu'un golfe où viennent se perdre les eaux douces de trois rivières considérables ; elle a en conséquence la plus grande disposition à se geler dans sa partie occidentale, semée d'ilots et d'écueils.

Très-peu élevés en général, ses rivages offrent partout des rochers inhospitaliers ou des marais tourbeux. Semblable à la mer Glaciale, la mer Blanche a d'effroyables tempétes qui, venant du nord-est, poussent contre les extrémités septentrionales de l'Europe la masse entière des mers inconnues, situées au nord de la Sibérie.

Nos trois Parisiens étaient presque étrangers à la mer : l'un avait navigué dans les parages de Dieppe ; l'autre, du Havre à Granville ; enfin le dernier s'était aventuré jusqu'à Arcachon ; mais il y avait loin de ces plages de bonne compagnie aux redoutables mers des régions polaires.

La puissance infinie du Créateur se révèle souvent à nous par des spectacles si imprévus, si variés, si grandioses, qu'il semble vouloir éclairer l'homme sur son ridicule orgueil, sur la puérilité de ses ambitions.

Nos Parisiens ne pouvaient, en face de l'immensité qui s'ouvrait devant eux, échapper à cette impression, et ils gardaient en quelque sorte un silence recueilli.

Norbert regardait en artiste cette interminable ligne de rochers noirs et abrupts, incessamment dénudés par des ouragans terribles. Il n'avait encore rien vu ni peut-être soupçonné de semblable.

Il murmurait entre ses dents :

— Il est des gens qui passent toute leur vie à tourner autour de quelques lieues carrées et restent étrangers, indifférents, à ce qui se passe au delà.

C'est un grand tort, pour un artiste surtout. Si rude, si laborieux que cela puisse être, celui-là devrait tout voir, et ne rentrer dans son atelier que ses cartons regorgeant d'études, et la tête remplie des grandeurs, des étrangetés et des incomparables beautés de ce monde.

Lepérier se disait, de son côté, qu'il ne serait pas fâché d'étudier son semblable sous une latitude de quatre-vingts degrés. Il avait lu bien des récits de voyages aux environs du pôle nord, mais il n'est rien de tel que de voir les choses par soi-même. Ce fut en donnant cours à ces réflexions qu'il aperçut Chamborel, dont l'attitude singulièrement tourmentée lui parut extraordinaire.

Il s'approcha de lui.

Le pauvre garçon, si brave encore il y avait peu d'instants, se trouvait affaissé plutôt qu'assis dans une partie retirée de la dunette.

Il s'était sans doute isolé par un reste de fierté.

Hélas! il ressentait les premiers symptômes du mal de mer, ce mal aussi risible qu'effrayant.

Le docteur n'eut pas de peine à porter son diagnostic.

— Eh bien, eh bien, mon ami, que fais-tu donc là?

— Ah! mon cher Lepérier, répondit Chamborel d'un ton dolent, j'ai un très-violent mal de tête, et il me semble que mon estomac se contracte... puis, chose extraordinaire, j'ai le bout du nez tout froid, ce qui m'est fort désagréable.

— C'est le mal de mer, et il n'y a rien de moins dangereux.

— Le mal de mer, répéta Chamborel humilié.

— Tu navigues donc pour la première fois?

— A peu près, dit modestement Chamborel, car à part deux ou trois promenades en vue de Dieppe, par un beau temps...

— C'est médiocre... Enfin avec un peu de force morale et beaucoup de bifteck, comme disait lord Byron, on se tire aisément d'affaire.

— Ah! lord Byron a eu le mal de mer... dit Chamborel, que cette idée parut soulager.

— Lui et bien d'autres plus ou moins célèbres.

— Mais toi, Norbert et Bruloff? Chamborel s'interrompit pour faire une horrible grimace en portant la main à son épigastre.

— Il paraît que nous en serons exempts : il y a de ces grâces d'état qu'on ne sait à quoi attribuer.

Chamborel reprit en se tordant de nouveau :

— Ah ! mon ami, mon ami ! il me semble que ça augmente : ma tête et mon estomac vont bien certainement se fendre en deux...

— Je ne t'engage pas à compter là-dessus, mon pauvre ami, car c'est un effet qui ne s'est jamais produit.

— Il n'y a donc pas un vrai remède à ces tortures-là ? reprit Chamborel en proie à une nouvelle crise.

— Se distraire par des idées folâtres et s'emplir l'estomac de bifteck ; il n'y en a pas d'autre. On peut encore y joindre l'activité au grand air... et l'usage du hamac quand on se sent fatigué.

Et Lepérier laissa son ami, qui, après s'être levé sans trop d'efforts, se mit à arpenter fiévreusement le pont du navire.

La *Frileuse,* favorisée par le vent, marchait avec rapidité. Son pilote ne quittait point la barre, les yeux rivés sur la route qu'il avait parcourue trop de fois pour en méconnaître les dangers.

Né sur les domaines de Bruloff, Ivan avait été tout jeune adopté par lui, et spécialement attaché à sa personne. Après avoir accompagné son maître dans ses principaux voyages sur mer, ce dernier l'avait élevé au grade de pilote. Son intelligence et son dévouement mis à l'épreuve lui avaient mérité cette faveur.

C'était un homme de taille moyenne, aux épaules larges, aux membres robustes. Il avait le front haut, les yeux bruns, très-petits, le nez rond, la bouche grande, les pommettes saillantes, la barbe et les cheveux d'un brun roux. Doué d'une force extraordinaire, profondément honnête, aucune considération n'eût pu l'empêcher de faire son devoir.

Tous les *quarts* ayant été réglés et chaque homme se trouvant à son poste, Bruloff s'était rapproché de Norbert et de Lepérier restés sur la dunette.

— Vous me semblez un peu effarouchés, mes chers amis, de vous trouver sur ce navire, leur dit-il.

— Nullement, répondit le docteur; Norbert me faisait seulement observer qu'il portait un singulier nom pour s'aventurer dans une pareille température.

Ses parrains l'ont ainsi nommé par antiphrase. Quant à la température dont vous paraissez vous plaindre, je vous dirai qu'elle est assez douce, comparée à celle de la Nouvelle-Zemble et surtout à celle du Spitzberg, le seul point de la Russie où le mercure gèle en novembre et où, vers la même époque, l'eau-de-vie se casse à coups de hache, ce qui se comprend d'ailleurs par un froid de 40 à 50 degrés au-dessous de zéro.

— Brrr! s'écrie Norbert en frissonnant.

— Dame... n'est-il pas situé entre le 77° et le 81° de latitude nord? demanda Lepérier.

— Oui, très-exactement. Il est par conséquent plus au nord que le pays des Samoyèdes, que la Sibérie et la Nouvelle-Zemble.

— Et il y aurait des gens pour séjourner là? dit Norbert.

— Beaucoup même y sont restés. Leurs ossements épars sur la neige sont là pour l'attester. Ils ont été tirés de leurs cercueils qu'on voit encore près d'eux, par les ours à qui cette profanation a été d'autant plus facile, que l'épaisseur de la glace n'avait point permis de leur creuser une fosse. Il y a là une cinquantaine de tombes dont deux seulement ont conservé leurs dates : l'une remonte à 1697 (à près de deux cents ans), l'autre à 1783. — Mais ce qui frappe encore plus l'imagination, ce sont deux cercueils placés dans le creux d'un rocher, et dont les corps et les vêtements qu'ils renferment sont encore intacts. Vous n'ignorez pas qu'un froid excessif conserve les corps beaucoup mieux que ne pourrait le faire tout l'art des embaumeurs.

— Mais quel affreux événement avait pu amener là tous ces malheureux? Un ou plusieurs naufrages, sans doute?

— Non! ces pauvres gens étaient des pêcheurs hollandais venus là pour gagner le pain de leurs familles.

— Mais à quelle pêche pouvaient-ils se livrer?

— A celle de la baleine, à celle des phoques et des morses, très-fructueuses autrefois dans ces parages, il paraît. Au lieu de se retirer avant la saison des glaces, ils se seront laissé enfermer par elles, et ils seront morts pendant leur hivernage.

— Ce climat est donc sans pitié pour personne?

— Oui, mon cher Norbert, et à ce point qu'on prétend que le tzar userait de clémence en choisissant le Spitzberg pour succursale de la Sibérie, en ce que les exilés y trouveraient le terme de leurs souffrances avant d'atteindre le milieu du premier hiver.

— Voilà qui est fort engageant, fit observer Lepérier.

— Et tu es allé là, toi, Bruloff? demanda Norbert.

— Parbleu! seulement j'avais préféré les derniers jours de juin, c'est-à-dire l'époque où nous sommes, pour faire ce voyage... rafraîchissant...

— C'était agir avec prudence.

— Oui, mon cher docteur, ce qui ne m'empêcherait pas de vous y conduire en septembre, si cela pouvait vous tenter.

— Merci, dit Norbert, je m'en tiendrai pour le moment à la Nouvelle-Zemble.

— Et toi, docteur?

Leurs ossements épars sur la neige sont là pour l'attester.

Page 33.

— Moi, je suis de l'avis de Norbert.

— Eh bien, vous avez tort tous les deux, car le Spitzberg offre le spectacle le plus étrange, le plus terrible...

Ses montagnes couronnées de neiges perpétuelles, et qui s'élèvent rigides et imposantes au milieu des glaciers, jettent au loin un éclat semblable à celui de la pleine lune.

Formés de granit rose, ses immenses blocs, nus en grande partie vers leur base, resplendissent comme des masses ardentes au milieu de ces pics gigantesques qui ont leurs assises dans la mer, et écrasent par leur volume tout ce qui se meut dans leur voisinage.

Les vaisseaux aussi bien que les baleines y semblent des points noirs.

Des reflets d'émeraudes et de saphirs se jouent sur ces roches colossales qui se dressent sur une étendue de quinze lieues, reliées entre elles par d'immenses glaciers sans cesse accrus de nouvelles couches de neige qui ne fondent jamais entièrement, Sa Majesté le soleil ne leur faisant pas d'assez longues visites pour cela.

Le Spitzberg, avec ses dix-huit cents pieds de hauteur, forme un ensemble dont la mystérieuse horreur, entretenue par un silence de mort, émerveille l'imagination tout en la frappant d'une indicible épouvante.

— D'accord, mon cher Bruloff; mais il me semble qu'il serait indispensable pour admirer convenablement cette merveille, d'avoir un soleil dans le dos et une partie du Vésuve sous les pieds, dit Norbert.

— Et d'y joindre un passe-montagne triplement fourré pour éviter une congélation complète de la cervelle, ajouta Lepérier.

— Femmelettes! s'écria Bruloff en riant.

— Femmelettes! ne dirait-on pas, répliqua Norbert, que le célèbre cuir de Russie se fabrique avec la peau de tes compatriotes, pour parler si légèrement d'exposer nos pauvres épidermes à 50 degrés de froid?

Chamborel parut à ce moment; il se roidissait contre son mal pour suivre les instructions de Lepérier, mais il était facile de voir que ses louables efforts n'avaient pas encore obtenu tout le bien qu'il en attendait, car certaines contractions, difficiles à dissimuler entièrement, lui imposaient de temps en temps les plus amusantes grimaces.

— Eh mais!... tu as l'air d'aller on ne peut mieux, dit Lepérier pour soutenir le courage de son ami.

— Mais oui! mais oui! répondit Chamborel en continuant son jeu.

— Est-ce que le mal de mer aurait eu l'impertinence de t'incommoder? demanda Bruloff.

— Mais non, mais non, dit Chamborel.

— Il y avait comme une apparence, mais c'est fini... ajouta Lepérier.

— A la bonne heure! un homme de sa trempe ne peut se laisser mater par le roulis ou le tangage, fit observer Bruloff en souriant.

— Parbleu! parbleu! reprit Chamborel toujours en lutte avec son mal.

Ses amis réprimèrent un sourire.

Lepérier, s'étant rapproché du patient, lui dit à l'oreille :

— Va t'étendre sur un hamac... vite! il n'est que temps.

A son tour, le pauvre Bardol, soutenu par deux matelots, apparaissait sur le pont; il était blanc comme un suaire. Loin de chercher, ainsi que son maître, à faire bonne contenance, le malheureux se laissait aller comme un homme ivre aux mains de ceux qui l'avaient transporté sur le pont dans l'espoir de lui apporter quelque soulagement.

— Peste soit du nigaud! s'écria Chamborel en s'éloignant de son maître coq pour gagner son hamac.

Bardol fut porté à l'avant du navire pendant que Chamborel s'installait à l'arrière.

Le vent continuait d'être si favorable que le bâtiment faisait ses quinze milles à l'heure, ce qui représente la grande vitesse des navires à vapeur ou à voiles, et il était à supposer qu'il toucherait à la Nouvelle-Zemble après un trajet de trente-six heures.

La vie régulière s'était complétement installée à bord. Norbert et le docteur Lepérier avaient fini par prendre leur nouvelle existence à cœur; ils se faisaient expliquer par Bruloff tous les détails de cette merveille que l'on nomme un navire et ne se lassaient pas de l'admirer.

Chamborel, pendant ce temps, avait fini par s'endormir dans son hamac, tandis que Bardol se démenait dans le coin où les matelots l'avaient rangé comme un colis, sans s'en occuper davantage; il était d'ailleurs hors de toute atteinte.

Nos amis avaient en passant jeté un regard de commisération sur le pauvre diable.

— Si c'est de cette façon que le grand maître saucier étudie la cuisine russe dans ses rapports avec la cuisine française, je doute que celle-ci en tire jamais grand profit, dit Lepérier en riant.

— Bah! il se trouvera sur pied un jour ou l'autre; dans tous les cas il l'étudierait à terre, où nous aurons, soyez tran-

quilles, plus de cent occasions de descendre, de séjourner e
de courir; car les ours ont rarement la goutte, et jamais de
chaussures qui les gênent, répliqua Bruloff, vous en aurez
prochainement la preuve.

— Nous ne demandons pas autre chose, répliqua Norbert;
quant à moi, je n'ai pas fait tant de chemin pour m'isoler
dans une cabine. Loin de là, je n'ai consenti à faire une
tangente si prolongée vers les contrées boréales que pour
arracher mon esprit et mes yeux à des sensations, à des
images qui leur sont trop habituelles.

— C'est ainsi que devrait agir tout être intelligent, car ce
n'est pas vivre que de se mouvoir sans cesse dans les rues,
sur les quais et les boulevards d'une même ville, de ne guère
connaître que ses habitants, de ressasser ensemble les mêmes
idées, et, bref, de se complaire éternellement aux mêmes
folies, dit Bruloff.

— C'est pour te donner raison que je suis sur ce navire,
dit Lepérier; oui, j'ai voulu voir ce que devient le sang d'un
homme de ma race sous un climat fait exprès pour les ours et
les insensés, et où l'on a le bon Dieu seul pour propriétaire.

Tout en causant ainsi, les trois amis étaient arrivés tout
près du hamac où Chamborel dormait paisiblement, enveloppé de ses fourrures.

— Encore quelques heures, et il n'y paraîtra plus, dit
Lepérier en examinant le visage du dormeur.

La *Frileuse* avançait toujours; mais plus elle se rapprochait
de son but, plus le froid devenait âpre et piquant.

Bruloff fit tout à coup un brusque mouvement.

— Diable, dit-il, on croirait que le vent vient de sauter
au nord-est.

— Cela t'inquiète? demanda Lepérier.

— Comme tous ceux qui ont l'expérience des contrées polaires; car c'est le vent qui nous amène les plus violents orages, répondit Bruloff d'un air préoccupé.

— Ça peut devenir alors très-intéressant, dit Norbert.

— Comme la foudre sur une maison, répliqua Bruloff, qui quitta son ami pour voir ce que faisait la mer.

Le vent, loin de changer, continuait de souffler avec une violence toujours plus grande. Les vagues devinrent très-fortes et le roulis très-dur, l'aspect du ciel était inquiétant.

Le docteur se rapprocha de Norbert.

— Cela est sérieux, il paraît, lui dit-il. Nous allons porter Chamborel dans sa cabine, pour empêcher que la bourrasque ne le jette à la mer. Il faudra aussi songer à ce pauvre Bardol.

— C'est vrai...

Et Norbert se hâta de suivre et de seconder Lepérier.

La coque de la *Frileuse*, que sa mâture coquettement élancée fatiguait beaucoup, continuait à rouler sous l'effort de la houle.

Bruloff, tout à la manœuvre, criait :

— Calez bas les mâts de hune et de perroquet!

Fermez les écoutilles de l'entre-pont!

Que les pompes soient prêtes à servir!

Il se tenait à l'arrière avec ses officiers, surveillant les approches de la tempête.

Norbert et le docteur Lepérier, remontés sur le pont pour jouir de ce spectacle saisissant, se cramponnaient aux haubans et aux bastingages pour rester debout.

— Il me semble que je deviendrais volontiers peintre de marine, disait Norbert en suivant avidement tous les détails de cette scène imposante.

6

— Cette furie des vagues qui semblent vouloir escalader le bâtiment est d'un grand effet, répondit le docteur.

— Le difficile est de se bien loger cela dans la mémoire pour le peindre de souvenir, car il est impossible de le faire autrement.

— Je comprends, dit le docteur.

Norbert poursuivit :

— Regarde ce ciel plombé où se traînent ces longues bandes noires qui vont ensuite se déchirer sur les rochers qui des deux côtés forment l'horizon, et finissent en s'étirant comme des fils.

De grosses lames continuaient de se briser sur la carène de la *Frileuse*, et la secouaient avec furie.

Une forte nuée d'eau glacée creva brusquement sur le pont, qu'elle inonda dans toute son étendue, pendant que des coups de mer arrivaient par paquets au milieu des rafales.

Lepérier se secoua comme un caniche qui sort de la rivière.

— J'en ai assez, je rentre, dit-il.

— Moi, je reste, je veux voir le drame jusqu'au bout ; mais va, je te le raconterai, dit Norbert.

Chamborel, que la houle avait rudement bercé dans son hamac, s'était enfin réveillé.

Il ne se sentait plus aucun mal.

En reparaissant sur le pont, il se heurta à Lepérier qui, tout surpris de le revoir si complétement sur pied, fit un pas en arrière.

— Au fait, dit-il en se remettant, j'ai lu quelque part que la tempéte guérit parfois du mal de mer.

— Je l'avais si peu, répondit Chamborel ; ce n'est pas comme cette brute de Bardol qui roule ainsi qu'un ballot dans l'entre-pont. Il ne geindrait pas davantage si on le condamnait au pain sec et à l'eau pour l'éternité, tout en l'obligeant à faire de bonne cuisine pour les autres. Peste! mais voici de l'eau qui n'est pas chaude; elle vous pénètre comme des fers de lance.

— Viens par ici, que je t'attache au pied d'un mât; autrement la tempête t'emporterait comme un flocon de neige.

Ces paroles étaient à peine achevées, qu'un mouvement de tangage assez violent les assit tous deux sur le pont.

— Sacrebleu! s'écria Chamborel en se relevant assez vite, je n'ai jamais vu un vent pareil.

— On ne saurait tomber avec plus de grâce ni d'ensemble, dit en riant Norbert qui les avait attirés de son côté pour leur placer un cordage entre les mains.

Chamborel était trop ahuri pour répondre à cette innocente plaisanterie.

Les trois Parisiens ne formaient plus qu'un groupe.

— L'union fait la force, fit observer Norbert, et la tempête peut continuer à faire des siennes, elle ne parviendra pas à nous séparer, à moins de mettre en pièces le navire de notre ami Bruloff, ce qui, entre parenthèses, pourrait bien être son intention.

L'air préoccupé du capitaine qui conférait avec ses officiers, les plaintes affolées du vent, les rugissements de la mer, les craquements du navire, la visible anxiété du pilote qui luttait, pour ainsi dire, corps à corps avec les écueils, étaient faits pour justifier la dernière remarque de Norbert.

— Préparez les chaloupes! cria le capitaine.

Les matelots s'empressèrent d'obéir à cet ordre qui sentait le danger d'une lieue.

En ce moment le lit du vent parut se dégager ; bien que l'ouragan continuât sa marche.

— Une éclaircie dans le ciel ! s'écria tout à coup l'un des officiers.

Tous les yeux suivirent le geste qui signalait ce fait aussi heureux qu'inattendu.

— Il était temps, dit Bruloff avec un soupir d'allégement. Nous n'avons eu, paraît-il, que la queue d'une bourrasque ; après tout, c'est bien suffisant pour le début d'une navigation d'amateurs.

La tourmente, en effet, subit dès lors un apaisement graduel. Le vent diminua, les vagues s'abaissèrent, et la *Frileuse*, si rudement secouée encore l'instant d'auparavant, poursuivait rapidement sa marche pendant que Bruloff, assisté de son second et de l'ingénieur du bord, s'assurait qu'il ne s'y était produit aucune avarie.

Norbert, le docteur Lepérier et Chamborel, tout en secouant leurs habits, avaient repris leur promenade sur le pont.

IV

L'OCÉAN GLACIAL.

La *Frileuse*, construite avec de forts bois, n'avait pas
bronché devant l'ouragan ; elle l'avait reçu bravement comme
un ennemi qu'on s'attend à trouver sur son chemin. Elle
restait intacte dans ses œuvres vives, intacte dans sa mâture
et son gréement.

Bruloff s'en montrait glorieux ; ses muettes imprécations
contre la tempête s'étaient changées en actions de grâces.

Le brick avait reçu en quelque sorte son second bap-
tème. On pouvait s'aventurer à son bord. Sa coque doublée
de cuivre, son étrave puissante, toute droite, plongeant dans
la mer, et revêtue d'un acier tranchant, pouvait disputer le
passage aux glaces, et, s'il était nécessaire, se mesurer avec
elles. Dans ces conditions il faudrait que les hasards de la

chasse et de la navigation fussent bien extraordinaires, pour créer de grands périls aux hommes qui le montaient.

Bruloff, tout heureux de pouvoir compter sur la solidité de son navire, venait d'aborder ses amis, qui causaient des incidents de la vie maritime.

— Eh bien, leur dit-il, ça n'a pas trop mal marché tout à l'heure, et vous devez être contents !

— Enchantés ! répondit Chamborel, qui avait repris possession de lui-même.

— Le fait est qu'on n'a pas toujours la bonne fortune d'être salué par une pareille bourrasque en mettant le pied sur un bâtiment, fit observer Norbert.

— C'est une belle entrée de jeu, ajouta Lepérier, et pour peu que la chance continue de nous favoriser, nous aurons quelque jour la joie d'essuyer, non plus un petit bout d'ouragan, mais une tempête à grand spectacle, avec toutes ses fanfares, sans parler des émotions de premier ordre que cela doit comporter.

— J'y compte bien, dit Chamborel.

Le docteur poursuivit :

— Norbert y trouvera, je ne veux pas dire une plus belle occasion de recevoir un déluge d'eau frappée de glace, la dernière ne laissait rien à désirer, mais un motif de tableau fait pour terrifier la foule.

De son côté, Chamborel, redevenu aussi leste qu'un épagneul, pourra y faire montre à plaisir de son froid mépris pour le danger.

— Bravo ! s'écria Chamborel.

— Ainsi, mes très-chers, il est bien convenu que vous voilà tous satisfaits ? demanda Bruloff.

— Très-satisfaits, fut la réponse unanime.

— Quoi qu'il puisse arriver : tempêtes, combats contre les bêtes féroces, naufrage, hivernage dans les glaces, vous ne me reprocherez jamais rien ; vous ne m'en voudrez pas, même pendant une seconde, d'en avoir été la cause involontaire.

— Jamais ! s'écrièrent à la fois les trois Parisiens.

— Sérieusement ?

— Très-sérieusement !

— Tant mieux ! car autrement je préférerais vous ramener à terre pendant qu'il en est temps encore.

— Nous prends-tu pour des colombes ? demanda Chamborel agacé.

— Non ! mais j'avais besoin de cette assurance… Et maintenant, que la mer s'ouvre sous nos pieds ou que le ciel s'affaisse sur nos têtes ; que les ours du Spitzberg, de la Nouvelle-Zemble ou de la Sibérie orientale, se concertent pour nous dévorer, nous voilà réunis pour vivre, combattre, triompher ou mourir ensemble.

— Et faire plus encore ! s'écria Chamborel électrisé.

— Plus encore ! diable ! à moins que ce ne soit, une fois morts, de rebondir jusqu'en paradis en nous tenant par la main, dit Norbert.

Le lendemain, la *Frileuse*, qui avait habilement maintenu sa direction à travers les îlots et les écueils, quittait la mer Blanche pour se diriger vers l'île de Kalgouef, à travers l'océan Glacial.

En ce moment, chacun sentit qu'on venait d'entrer dans une zone à la fois plus glacée et plus terrible. Un vent d'une acuité et d'une violence inouïes se ruait sur la mer, dont les vagues hautes, pressées, grondantes, semblaient fuir devant

lui. Cette bise aiguë vous hachait le visage comme un knout
manié par d'impitoyables bourreaux.

— Oh! oh! quelle fureur! on dirait que le vent du nord
est atteint d'aliénation mentale! s'écriait Norbert.

— C'est... le... mot... juste, parvint à dire Chamborel, qui
tournait sur lui-même aux trois quarts suffoqué.

— Oui, au premier moment, cela paraît dur, mais on s'y fait
très-vite, répliqua Bruloff, qui semblait être dans son élément.

— Et dire que nous sommes au mois de juin, en plein été!
fit observer le docteur.

Chamborel était rentré dans sa cabine pour s'emmitoufler
de nouvelles fourrures.

On fut en quelques heures en vue de l'île de Kalgouef.

Un petit bâtiment ponté s'y trouvait à l'ancre.

Bruloff depuis quelques moments dirigeait sa longue-vue de
ce côté.

— Kosero et Susi sont là, dit-il en se parlant à lui-même.

— Tiens! un bâtiment à l'ancre dans cette solitude!
s'écria Norbert.

— Il doit même s'y trouver d'aimables personnes qui nous
attendent, répondit Bruloff.

— Tu veux rire?

— Elles sont là pour nous souhaiter la bienvenue; on est
très-poli sur l'océan Glacial.

— Et affectueux sans doute; la politesse seule aurait trop
vite l'onglée pour faire ici une bien longue séance.

— Assurément, mon cher ami; car c'est surtout au milieu
des glaces que se développe l'affection de ceux dont je parle;
tu ne seras pas longtemps à en acquérir la preuve.

Le pilote, qui avait bien certainement reçu ses instructions,
gouvernait droit vers le bâtiment signalé.

Bruloff avait repris sa longue-vue.

— Personne ne bouge, dit-il.

— Parbleu ! ils sont tous gelés, et le plus fâcheux, c'est que nous arriverons trop tard pour leur porter secours, répondit le docteur avec un sourire.

— Nous allons bien voir, reprit Bruloff en faisant signe à un matelot.

— Capitaine ? dit le marin en manière d'interrogation.

— Pierre, va me chercher Kiprinsky.

Le matelot s'éloigna pour avertir l'armurier, qui ne tarda pas à paraître.

— Kiprinsky, lui dit Bruloff, il faut réveiller Kosero et Susi qui dorment là-bas, à la pointe de l'île.

— Oui, capitaine.

L'armurier se dirigea vers une pièce de seize qui se trouvait à l'avant du navire, et quelques minutes après, une formidable détonation se fit entendre.

Deux créatures humaines apparurent alors sur le pont du petit bâtiment qui se trouvait à l'ancre.

— A la bonne heure ! dit Bruloff, qui n'avait pas quitté sa lorgnette.

La tête de Chamborel se montrait au même instant par l'une des écoutilles ; elle était tellement enveloppée que les yeux seuls demeuraient visibles.

Le coup de canon l'avait tiré de sa retraite.

Les trois amis, qui l'aperçurent en même temps, échangèrent un sourire.

Le plus grand calme régnait à bord, d'où le vent avait déjà emporté l'odeur de la poudre.

Chamborel, qui ne pouvait s'expliquer qu'un bruit sem-

7

blable à celui qu'il venait d'entendre se produisît sans cause apparente, regardait autour de lui d'un air très-intrigué.

— Hein? quel coup de tonnerre! lui dit Lepérier avec un grand calme.

— Le tonnerre... répéta Chamborel, grand merci! on peut dire que le vent du nord ne l'a pas rendu muet.

Et il disparut plus vivement encore qu'il n'était venu, trouvant sans doute que l'air ne s'était pas réchauffé en son absence.

Un grand éclat de rire retentit alors sur le pont.

Trois quarts d'heure après, la *Frileuse* avait accosté le petit bâtiment.

Les deux créatures aperçues de loin se tenaient sur le pont : la première était un homme ; la seconde, une femme.

Tous deux étaient de petite taille. Ils avaient la tête grosse, les yeux enfoncés, la bouche grande, les joues creuses, le menton long et pointu, le teint très-basané. Leur habillement consistait en une tunique de peau de mouton, un habit de dessus en peau de renne, et un étroit pantalon.

Le vêtement de la femme était à peine distinct de celui du mari, car ces deux individus représentaient un couple lapon chargé par Bruloff de l'instruction et de la garde de ses chiens d'attelage ordinaires, et aussi de plusieurs chiens de luxe qu'il n'emmenait que rarement dans ses voyages.

— Eh bien, Kosero, et toi, Susi, comment vont nos pensionnaires? demanda Bruloff aux deux Lapons.

— Ils vont très-bien, et Votre Seigneurie peut entendre d'ici Tibir et Kodia qui ont sans nul doute éventé sa présence, répondit la femme d'une voix douce.

Des aboiements où se mêlait une note plaintive se faisaient entendre en ce moment.

— Envoie-les-moi, dit Bruloff, mais retiens les autres.

Tibir et Kodia étaient deux énormes chiens de Norvége, très-beaux, haut montés sur pattes, au museau fin, réunissant toutes les qualités des deux races dont ils étaient croisés : la souplesse et le long pelage des chiens d'Islande, la taille et le courage des dogues du Tibet.

Les deux chiens mis en liberté par Kozero accoururent en poussant de joyeux aboiements.

Ils bondissaient autour de Bruloff avec un fol emportement, lui léchant les mains et faisant tous leurs efforts pour atteindre à son visage.

— A bas! à bas! cria enfin Bruloff importuné par ces caresses un peu trop familières.

Les deux chiens se roulèrent à ses pieds.

— Nicolas, reprit le capitaine en s'adressant à un de ses matelots, jette une amarre au petit bâtiment que la *Frileuse* va prendre à sa remorque.

Tibir et Kodia étaient allés s'étendre dans un coin de la dunette où se trouvait leur maître.

— Je comprends, dit Norbert, en admirant les superbes animaux; ce sont là les affectueuses personnes qui nous attendaient pour nous combler de civilités.

— Oui, mon cher, sans parler de quatorze autres restés dans leurs chenils; mais ceux-là ne sont pas des amis intimes.

— Que fais-tu de cette meute?

— Je l'emmène comme en cas de voyage, pour les atteler à mes traîneaux le jour où j'aurais besoin de faire une centaine de milles à travers les glaces ou les neiges; ce n'est pas au milieu de ces déserts qu'il faut se laisser prendre au dépourvu.

— Et l'on peut compter sur eux pour une si longue traite?

— A raison de vingt à vingt-cinq milles par jour; mais hommes et chiens sont alors harassés de fatigue, dit Bruloff.

— Et tu les nourris?

— Avec du poisson sec ou gelé.

— Joli réconfort pour ces pauvres bêtes.

— Elles n'en exigent pas davantage, et il s'est trouvé des circonstances, mon cher Norbert, où je m'en suis fort bien contenté pour moi-même.

— Bon... bon... interrompit le docteur Lepérier, il est inutile de nous mettre l'eau à la bouche par anticipation.

— C'est vrai, chaque chose doit venir à son heure, reprit Bruloff en riant.

La *Frileuse* avait quitté l'île de Kalgouef, entraînant, fortement amarré à son arrière, le petit bâtiment qu'elle venait de rejoindre.

Orientée grand largue, elle filait sous le vent avec une rapidité de bon augure.

La Nouvelle-Zemble n'était plus qu'à soixante milles. Grâce à la pureté de l'air, ses côtes se dessinaient nettement à l'horizon.

Bruloff les montra à ses amis :

— C'est là, mes braves, que nous allons bientôt pouvoir nous rencontrer avec *le gros homme en pelisse*, sobriquet que les pêcheurs norvégiens donnent à l'ours blanc, ou avec *Mikhael Ivanitch* (Michel fils d'Ivan), ainsi qu'on l'appelle en Sibérie.

— Que le ciel en soit loué! à moins qu'on ne nous ait abusés sur sa force et son courage, dit Chamborel, qui avait

reparu sur le pont avec la ferme résolution de braver cette
fois la température qui lui avait été si désagréable quelques
heures auparavant.

— Son courage égale sa force et sa finesse, mon cher ami,
répondit Bruloff; et quand on l'a pour voisin de face, il faut
ou lui prendre sa peau ou lui livrer la sienne.

— Avec tout ce qu'elle contient, ce qui est le plus fâcheux,
ajouta Norbert.

— Il n'y a pas la moindre ambiguïté à cela, c'est net
comme un éclair, fit observer le docteur.

— Cela vaut toujours mieux, dit Chamborel, et puisqu'il
en est ainsi, je fais serment de manger les pieds du premier
que je rencontrerai.

— Cuits sur le gril, il n'y a rien de meilleur, affirma
Bruloff.

— On me l'a dit cent fois, et je veux m'en assurer, reprit
Chamborel.

— Il est homérique! s'écria Norbert.

— C'est vrai; seulement, comme il peut arriver, faute
d'expérience, que le plus brave se fasse avaler pour son début,
je te prie de m'accorder quelques minutes d'attention, reprit
Bruloff.

— C'est fait... je t'écoute, dit Chamborel.

— Voici, continua le gentilhomme russe :

1° Si tu vois l'ours avant qu'il t'aperçoive, tiens-toi
caché sur son chemin et laisse-le venir. Quand tu le tiens à
bonne distance, ajuste à la tête... un peu plus bas... et tire
sans broncher.

2° Si tu l'as manqué et qu'il se jette sur toi sans te laisser le
temps de lui envoyer ton second coup, saisis ton couteau et

plonge-le-lui dans le cœur : le cœur de l'ours est du même côté que le nôtre ; c'est humiliant, mais c'est un fait.

3° Si tu le manques une seconde fois, jette ton couteau, fais un bond rapide en arrière, et tâche de lui envoyer ton dernier coup en pleine poitrine.

4° Si, trop légèrement atteint, il pousse un grondement sourd et te poursuit au lieu de fuir, oh ! alors, recommande au plus vite ton âme à Dieu, car à partir de ce moment tu n'as plus cinq minutes à vivre.

— Merci ! dit Chamborel, dès à présent je possède mon ours sur le bout du doigt.

— Et nous aussi, ajoutèrent Norbert et Lepérier.

. . . .

Le temps se maintenait au beau. On se trouvait en pleine saison du jour, et le navire avançait environné d'oiseaux de mer. Des pétrels, des puffins, volaient au-dessus des mâts ou se reposaient sur ses plus hautes vergues.

Malheureusement la température est sujette à de brusques variations dans les régions polaires : une journée, une heure, et même quelques minutes suffisent pour y bouleverser l'atmosphère, ainsi que l'échelle mobile du thermomètre. La chaleur y succède rapidement au froid, et l'éclatante lumière au jour blafard et sombre.

Le disque rouge du soleil s'était abaissé lentement à l'horizon, effleurant la surface des lames, qu'il inonda pendant quelques minutes de ses reflets empourprés. Puis il avait recommencé sa course. Quelques heures plus tard, un spectacle étrange, saisissant, s'offrit aux yeux des passagers de la *Frileuse*. Pendant que le soleil remontait tout radieux dans le ciel, un arc gigantesque formé des couleurs éclatantes du

Un spectacle étrange, saisissant, s'offrit aux yeux des passagers de la *Frileuse*.

Page 54.

prisme parut embrasser l'horizon. De chaque côté de cet arc immense, s'élançaient deux cercles lumineux, aux intersections desquels apparurent tout à coup deux images du soleil ; rouges et diffuses d'abord, elles prirent bientôt un éclat intense. Les flots devinrent éblouissants : ce fut comme un ruissellement d'or en fusion. De longues traînées de perles liquides descendaient de l'horizon jusqu'à la *Frileuse.*

— Un parhélie, capitaine ! s'écria l'un des officiers.

Le bleu pur et profond du ciel se fondit alors en teintes claires qui vinrent resplendir autour du vrai soleil avec des scintillements d'or et de feu. Les rochers de la côte se profilaient sur le ciel avec leurs angles bizarres, où s'accrochaient des lueurs flamboyantes qui les faisaient ressembler à des masses de cuivre poli.

Cette magique apparition dura longtemps sans rien perdre de sa splendeur... Puis peu à peu les bords de l'arc immense pâlirent, et des brèches s'y firent de distance en distance. Les images du soleil à leur tour perdirent leur éclat ; enfin, tout se fondit, s'effaça dans l'azur transparent du ciel.

L'équipage et les passagers de la *Frileuse,* groupés sur le pont, dans une admiration muette, n'avaient pas perdu une lueur, un rayon du brillant météore.

— L'admirable spectacle ! s'écria Norbert.

— C'est un des agréments de la saison du jour, dit Bruloff ; le bon Dieu nous le donne gratis de temps en temps dans ces régions, comme une indemnité des rudes hivers qu'on y subit.

— C'est éblouissant, et celui qui pourrait mettre le phénomène dans sa poche pour l'exhiber en plein Paris, ferait pâlir les plus belles recettes de l'Opéra, dit Chamborel, qui rapportait tout à ses chers boulevards.

— Il influerait encore considérablement sur le commerce des lunettes bleues, ajouta le docteur Lepérier, en achevant de mettre les siennes.

— Pourquoi? demanda Chamborel.

— Parce qu'il est prudent de ne pas exposer ses yeux à des lumières trop vives, et à ce propos, puisque nous nous trouvons ici sous l'influence d'un jour qui va durer longtemps encore, sans une heure d'intermittence, je vous préviens qu'il y a dans ma cabine, à votre disposition, un coffret tout rempli des lunettes dont je viens de parler.

— Mais c'est une providence diplômée que ce docteur! s'écria Norbert.

— Diplômée, assermentée, et résolue à vous faire avaler, au besoin, les plus affreuses drogues, afin de vous ramener en France, aussi indemnes, aussi pimpants que vous l'étiez le jour de votre départ.

— Ainsi soit-il! s'écria Chamborel.

L'atmosphère s'était refroidie depuis que le ciel avait repris son aspect habituel.

Chamborel ne put s'empêcher d'en faire la remarque.

— Cet effet se produit à la suite de tous les parhélies, lui dit Bruloff.

— Ah! diable... reprit Chamborel, toujours résolu à faire contre fortune bon cœur.

— Un peu de patience, et tu vas voir le reste du phénomène.

Effectivement, une heure environ après l'apparition du météore que nous avons essayé de décrire, une brume épaisse et glacée s'étendit sur la mer, que de lugubres rafales ne tardèrent pas à sillonner en tous sens, enveloppant la *Frileuse* dont elles tordaient les cordages et faisaient craquer les mâts. En même temps, de légers flocons de neige blanchissaient le pont du navire, qui, pour la seconde fois, avait dû carguer ses voiles et caler sa mâture.

Ce dernier incident ne dura qu'une heure, et n'eut d'autre résultat que de retarder la marche du brick, obligé de chercher sa route à travers le brouillard.

V

LE CHATEAU DES TEMPÊTES.

La distance parcourue donnait la certitude qu'on n'était pas éloigné des côtes de la Nouvelle-Zemble, et qu'on les apercevrait de nouveau à la première embellie, ce qui ne tarda pas à se vérifier.

La *Frileuse* n'avait que très-peu dévié de sa route malgré l'intensité du brouillard, et cela pouvait passer pour une circonstance heureuse.

Bruloff, armé de sa longue-vue, cherchait à découvrir quelque indice de la présence de son frère, qui, venu directement d'Amérique, devait l'avoir précédé à leur rendez-vous.

Il n'en vit nulle trace.

— C'est singulier, se disait-il.

Norbert s'était rapproché de Bruloff.

— Ne sont-ce pas des cygnes que je vois là-bas et qui semblent venir vers nous, lui dit-il?

— Probablement, répondit Bruloff après avoir jeté un coup d'œil rapide sur les points blancs désignés par Norbert.

— Cela doit être beau de les voir s'envoler tous ensemble, reprit le peintre.

— Ceux des Tuileries et du bois de Boulogne sont trop paresseux pour nous avoir jamais donné ce spectacle, dit Chamborel.

— Attendez donc, poursuivit Bruloff qui avait changé la direction de sa lunette, je croirais plus volontiers maintenant que ce sont des glaces mobiles.

— Des glaces à la fin de juin ! s'écria Norbert.

— Cela vous semble un peu tôt; mais c'est l'ordinaire ici. Au reste, nous allons bientôt pouvoir les examiner de plus près.

Les trois hommes restés en observation purent enfin s'assurer que les prétendus cygnes étaient des bancs de glace détachés, et qui flottaient au hasard.

— Diable, l'hiver sera précoce, pensa Bruloff; il serait peut-être imprudent de trop s'attarder ici cette année.

La *Frileuse* n'était plus qu'à un mille des côtes.

— Capitaine, faut-il atterrir? demanda le pilote.

— Certainement, au milieu de la grande baie où tu jetteras l'ancre.

— Bien, capitaine.

Peu de temps après, le brick était mouillé non loin de quelques bâtiments de pêche, à l'endroit indiqué par Bruloff. Le capitaine disait à ses amis groupés sur le pont :

— Messieurs, permettez-moi avant toute chose de vous

présenter l'île de la Nouvelle-Zemble ; j'aurais voulu vous
présenter également mon grand frère ; mais il est en retard
contre son habitude.

La Nouvelle-Zemble ou *Nouvelle-Zemlie* [1], comme disent
certains géographes, a deux cent cinquante lieues de longueur
sur cent cinquante de largeur. Traversée du sud au nord par
un prolongement des monts Ouraliens, sa partie septentrionale
est entourée de tous côtés par des montagnes de glace, et
remplie à l'intérieur de lacs dont l'un est d'eau salée.

Elle est séparée en deux parties par un canal étroit que
l'on a nommé Matochkine, nom du navigateur russe qui le
découvrit.

De plus, on y trouve quelques petites rivières ; — son sol,
couvert de rochers arides, est dépourvu de bois ; à peine y
rencontre-t-on, en très-petit nombre, des arbustes rabougris
et quelques plantes des régions polaires, c'est-à-dire des
cryptogames imperceptibles d'un rose pâle et d'un vert tendre
qui transparaissent sous la neige. On y voit le saxifrage étoilé,
la renoncule jaune, le pavot blanc, et une sorte de lichen
pierreux. On y voit encore quelques touffes de mousse noi-
râtre qui ont l'aspect de morilles moisies. — En revanche,
elle est peuplée d'ours blancs, de renards bleus, de rennes,
et de différentes espèces d'animaux aquatiques et marins. Ces
parages sont en outre fréquentés par des morses, des phoques
et d'autres amphibies, ce qui leur procure chaque année,
pendant la saison du jour, la visite de nombreux chasseurs et
pêcheurs russes.

On ne peut y braver les vents du nord qui soufflent presque

----

[1] Nouvelle-Terre.

toute l'année, qu'à la condition de se vêtir comme les Samoyèdes. Ces vents alternent avec ceux de l'ouest et du sud,
qui, à leur tour, y ramènent la neige et la pluie. Enfin, le
15 novembre, le soleil cesse d'être visible pour ne plus reparaître que vers la fin de janvier, après un crépuscule de quatorze jours.

La nuit complète, c'est-à-dire sans lueurs crépusculaires,
qui y règne quelquefois huit jours de suite, est le signal
d'effroyables tempêtes accompagnées de pluies violentes, et
le plus souvent d'une neige fine et abondante qui comble les
excavations, nivelle les aspérités, détruit tous les points de
repère, et rend enfin les communications impossibles.

C'est sur cette terre monotone, glacée et stérile, que les
quatre amis étaient venus volontairement, afin de se distraire
par des émotions et des impressions nouvelles, au moins
pour trois d'entre eux.

L'absence totale de nuit bouleversait depuis quelque temps
toutes les habitudes des voyageurs, qui ne se couchaient plus
qu'à des heures irrégulières, et seulement lorsque le sommeil
s'emparait d'eux avec une force irrésistible.

Un certain temps était nécessaire aux étrangers pour s'ha-
bituer à ce jour perpétuel, qui permettait, à toute heure, de
voir très-distinctement à de grandes distances, et enfin de
lire et d'écrire sans le moindre empêchement.

Seuls, dans ces contrées désertes, les animaux, que l'instinct
dirige, observent ponctuellement pendant la saison du jour les
heures du repos et de la veille.

Dans les régions habitées, en Sibérie, par exemple, la
saison du jour n'apporte aucun changement dans les habitudes.

M. Bush, un des explorateurs qui ont écrit sur la Sibérie

orientale, s'exprime ainsi dans une de ses relations de voyage

« A un moment, en sortant de chez nous, tout était vie et activité; des rubans onduleux de fumée s'échappaient de cheminées des diverses habitations, et les indigènes allaien et venaient continuellement avec des traîneaux chargés de provisions de branches sèches, et que tiraient des attelage de chiens ardents et tout éveillés. Des processions de femme allaient aux flaques d'eau, revenant avec leurs seaux plein jusqu'au bord et maintenus en équilibre sur les épaules au deux bouts d'un bâton, tandis que des bandes de chien libres rôdaient par le village, attrapant les souris ou dispu tant aux pies la possession de quelque morceau abandonné Dans les arbres voisins, des multitudes d'oiseaux sautillaien de branche en branche, becquetant les jeunes bourgeons e faisant retentir l'air de leurs chants joyeux. A ces bruits s mêlaient celui de la hache, et les cris des conducteurs de chiens et les rires et les chansons des jeunes filles allant au puits.

« Quelques heures après, je sortais de nouveau, et bie que le soleil brillât comme auparavant, toute activité avai cessé pour faire place à un silence morne. De fumée null part, personne hors des yourtes. Çà et là, couchés sur la neige dormaient les chiens roulés sur eux-mêmes, la tête couvert du panache de leur queue, et les pies silencieuses demeuraien immobiles et la paupière close, perchées sur les traîneaux ou les saillies des toits. Pas un mouvement dans les branche nues de la forêt voisine; mais de tous côtés on apercevait le grouses blancs, la tête sous l'aile et les plumes serrées aux flancs pour avoir plus chaud. Avec la régularité d'une horloge, à pareille heure, la nature entière dort, et avec la même pré cision, elle s'éveille chaque matin. »

Norbert, Lepérier et Chamborel avaient salué profondément les côtes de la Nouvelle-Zemble après la présentation
qui leur en avait été faite par Bruloff; puis, relevant la tête,
ils avaient jeté des regards investigateurs sur cette terre où
les glaces et les neiges semblent avoir élu domicile pour
l'éternité.

— La vue de ton île n'est pas absolument gaie, mon cher
Bruloff, dit Lepérier.

— Tu ne vois encore qu'un petit bout de sa ceinture, et
c'est trop peu pour en porter un jugement équitable, répliqua
le gentilhomme russe.

— Évidemment, dit Norbert, car ce que j'en vois me paraît
fort intéressant, et à ce point qu'il me tarde d'aller m'y promener à travers les ours blancs que tu m'as promis; tu dois
comprendre qu'en ma qualité de peintre et de chasseur, il me
serait deux fois pénible de revenir bredouille à Paris.

— Rassure-toi; d'abord les ours ne sont pas loin, et quant
à *revenir* bredouille quand on chasse tous les jours un pareil
gibier, ce serait une illusion de le penser : on le tue ou il vous
croque; je croyais vous l'avoir déjà dit.

— Parfaitement ! s'écria Chamborel, qui à force d'aller et
de venir sur le pont, de gesticuler à outrance, avait fini par
se mettre en état de résister à la température qui l'avait si
désagréablement impressionné le matin.

Donc, après un repos de quelques heures suivi d'un repas
copieux, nos quatre amis, vêtus et armés comme gens qui,
dans les contrées polaires, veulent être en état de faire face à
toutes les éventualités, descendaient à terre, accompagnés de
deux matelots : Pierre et Sander, de l'armurier Kiprinsky
et de Struve le harponneur.

Ces quatre hommes aussi solidement équipés que les premiers.

La *Frileuse* et le reste de l'équipage avaient été confiés à la garde de Gourieff, le second de Bruloff.

Le capitaine ne voulait d'ailleurs que pousser une reconnaissance à terre, afin de familiariser ses amis avec le sol et le climat qu'ils devaient pendant deux mois habiter ensemble.

— Et nous allons comme ça? dit Norbert à Bruloff, en manière d'interrogation.

— Droit à mon château des Tempêtes, répondit celui-ci.

— Un château dans cette affreuse solitude? fit observer Lepérier.

— Un château, mes amis, où je vais avoir l'honneur de vous offrir quelques tasses de bon thé, qui vont doubler immédiatement la puissance de votre calorique.

— Quoi! tu aurais laissé là des gardiens? dit Lepérier très-surpris.

— Un autre moi-même.

— Mais le malheureux a dû y périr de froid! reprit le docteur.

— Le gaillard a la peau trop dure pour avoir fait une pareille sottise ; j'en suis certain ; et vous allez bientôt en acquérir la preuve.

Le chemin suivi par la petite troupe était couvert d'une couche de neige fraîchement tombée, où l'on ne voyait aucune trace.

— Mes amis, dit Bruloff, vous êtes des gens sérieux, et je dois vous prévenir que je ne donnerais pas un kopeck de la peau d'un homme qui négligerait dans ce pays de regarder constamment autour de lui.

Un troupeau de rennes fuyait à une grande distance.

Page 69.

— Et moi qui ai la vue basse! s'écria Lepérier en riant.

— Il faut alors chasser au flair, répondit Norbert.

— Sois tranquille, on te préviendra du danger, dit Chamborel.

— Voilà qui sera gentil, répliqua le docteur.

— Et même au besoin, je me charge de tirer pour toi, reprit le peintre.

— Tâche en ce cas de bien ajuster, autrement tu comprends...

— Très-bien... très-bien...

Nos huit hommes, le fusil à l'épaule, le couteau à la ceinture, marchaient depuis une demi-heure environ, quand Bruloff leur recommanda le silence par un geste énergique.

Il fit quelques pas en avant, les yeux fixes et les oreilles aux écoutes. Un troupeau de rennes fuyait à une grande distance.

— Les ours ne doivent pas être loin, dit Bruloff.

Chamborel, l'œil ardent, était passé au premier rang.

Norbert et le docteur avaient souri de cet empressement.

— Il est terrible... dit tout bas Lepérier; il n'y aura jamais assez d'ours pour rassasier un pareil courage.

Enfin, après une demi-heure de marche, on arriva sans le moindre incident en vue d'un amas de glaces qui semblait avoir été taillé en forme de rotonde écrasée dont la toiture, plus large que la muraille, formait un cône aigu.

— Tiens! une hutte! s'écria Norbert.

— Permettez! fit observer Bruloff, c'est le château des Tempêtes dont j'avais l'honneur de vous entretenir il y a peu d'instants.

— Le château...

Et la phrase de Norbert se termina par un éclat de rire.

— Attendez, messieurs, si la couche de glace qui le déforme

extérieurement vous déplaît, je crois pouvoir vous affirmer
que le décor et l'aménagement de l'intérieur obtiendront tous
vos suffrages.

— Allons, dit Norbert.

Arrivé devant cette sorte d'habitation que Lepérier s'obs-
tinait à prendre pour une hutte de charbonnier, Bruloff ouvrit
une porte basse, faite de chêne, fortement cloutée, et la poussa
devant lui en disant :

— Qui m'aime me suive !

Norbert, Lepérier et Chamborel y furent à peine entrés
qu'un cri de surprise plutôt que d'épouvante s'échappa de
leurs poitrines. Le spectacle qu'ils avaient sous les yeux était
en effet assez étrange. En face de la porte, dressé contre le
mur, un ours énorme, fièrement arc-bouté sur ses pattes,
la tête haute, ayant toutes les apparences de la vie, tenait
devant lui, bien en évidence, une sorte de tableau où l'on
pouvait lire en français, en anglais, en russe et en latin la
phrase suivante :

« Soyez les bienvenus, vous tous qui franchissez le seuil de
cet asile. »

Les trois Parisiens regardaient autour d'eux avec une
curiosité que la singularité du lieu justifiait pleinement.

— L'animal que voici, reprit alors Bruloff, est le seul
gardien de ce refuge où il a déjà passé deux hivers sans gagner
le moindre rhume. Un jour, à quelques pas d'ici, il a prétendu
me barrer le passage, et une seule balle a suffi pour en faire
un serviteur aussi dévoué qu'infatigable, et qui a, en outre,
le plus profond mépris pour toutes les gratifications qu'on
pourrait lui offrir.

— Oh! son désintéressement n'est pas douteux; il perce,

au premier coup d'œil, à travers sa congélation qui me semble parfaite, dit en riant le docteur Lepérier.

— Si complète, qu'elle peut dans ce précieux climat durer autant que le monde, répondit Bruloff.

— Mais comment s'y est-on pris pour se procurer tous ces troncs d'arbres dans un pays où l'on ne voit guère que de chétifs arbrisseaux? demanda Norbert qui continuait d'inventorier l'intérieur de la hutte.

— Très-simplement; je les ai fait venir d'Arkhangel, répondit Bruloff; j'en avais rempli tout un navire.

— Pour cette simple hutte?

— Et pour cinq autres toutes semblables, que nous aurons, je l'espère, plus d'une fois l'occasion de visiter dans nos chasses.

La hutte ou plutôt l'*yourte,* nom que l'on donne en Sibérie à ces sortes de constructions, était faite de gros troncs d'arbres reliés entre eux par de solides ferrures. Profondément enfoncés dans le sol, creusé lui-même pour donner une plus grande élévation à l'intérieur, ils pouvaient résister à tous les ouragans, à toutes les tempêtes, si violents qu'ils fussent.

Un lit disposé sur un plancher distant du sol, un *tchual* ou poêle dont la fumée trouvait une issue par le toit, quelques siéges de bois, une table assez vaste, divers ustensiles de cuisine, de la vaisselle et des verres, composaient le mobilier de cette pièce.

— Mais il s'agit d'autre chose, dit Bruloff, qui se dirigea vers un coin de l'yourte après avoir fait signe à deux de ses matelots, qui se mirent immédiatement à fouiller le sol.

Ses amis s'étaient rapprochés de lui.

— Que font-ils donc là? demanda Lepérier.

— Ne vous ai-je pas promis quelques bonnes tasses de thé bien chaud?

— Sans doute...

— Eh bien, je tiens à faire honneur à ma parole.

— Comment?

— En m'assurant que mes cachettes sont restées intactes.

— Des cachettes de thé bouillant? dit Lepérier...

— Bouillant et sucré... ajouta Bruloff en riant...

Les deux matelots venaient de mettre à nu deux grandes caisses, hermétiquement fermées, qui furent très-promptement ouvertes. Elles contenaient des viandes salées et séchées, du poisson fumé, du café, du thé, du sucre, du pemmican, du biscuit, des légumes secs, et enfin de petites barriques de vin, d'eau-de-vie et d'esprit-de-vin. Toutes ces provisions avaient été arrimées et étiquetées dans des boîtes spéciales, puis enveloppées dans des peaux de renne, de phoque, et calfatées avec soin, les liquides particulièrement, qu'un froid excessif pouvait détériorer.

— Mais pourquoi ces réserves? demanda Lepérier, qui suivait le déballage de ces provisions avec une grande surprise.

— Pourquoi... répéta Bruloff.

— Oui... les provisions de la *Frileuse* ne sont-elles pas assez considérables?

— Mon cher docteur, il est probable que nous en remporterons les trois quarts; mais il y a un *qui sait?* dans toutes les navigations, et principalement dans celles qui s'accomplissent dans les régions où nous sommes... à votre grand ébahissement, ce me semble.

— Il est vrai que ces montagnes de glaces, cette neige, cette mer furieuse qui gronde comme un tonnerre et charrie des glaçons passé la mi-juin, sont faites pour impressionner un peu vivement l'imagination de gens qui viennent de quitter la France par un beau soleil, dit Lepérier.

— Sans parler de ce vent du nord qui hurle, se lamente et menace sans cesse, au lieu de se faire un peu caressant pour nous souhaiter la bienvenue, ajouta Norbert.

— Cela est vrai, reprit Bruloff; mais pour en revenir à ces réserves de vivres, à ces magasins que nous installons un peu partout, il y a deux raisons à cela : la première, c'est qu'ils peuvent nous être utiles le jour où la tempête nous surprend loin de notre navire; la seconde, c'est qu'ils peuvent encore rendre service à d'autres qui se trouveraient dans une situation identique.

— Voilà qui est très-bien, dit le peintre.

— Mieux que tu ne le crois, mon cher ami, car il y a encore là (ceci va toucher le docteur) une pharmacie de voyage qui, entre autres médicaments, contient un baril de limejuice (jus de citron), des pastilles de chaux, des paquets de moutarde, des graines d'oseille et de cochléaria, en un mot les plus puissants antiscorbutiques.

— Saint Vincent de Paul lui-même n'eût pas mieux fait, dit Lepérier.

— Il eût fait davantage, il se serait installé dans cette yourte pour y soigner et consoler les malades, ce que je n'ai pas encore eu la généreuse idée de faire, répliqua Bruloff.

— Le thé est prêt, capitaine, vint dire un des hommes de l'équipage.

— Le thé ! s'écrièrent à la fois les trois Parisiens en se retournant.

— Cela n'a pas tardé, n'est-ce pas? dit Bruloff... Ah! l'esprit-de-vin est un fameux combustible.

— Mais où diable tes hommes ont-ils pu s'approvisionner d'eau? demanda Norbert.

— De l'eau!... la belle affaire!... en voilà un gros tas dans ce coin...

— Des morceaux de glace? c'est juste...

— Ces peintres ont des côtés naïfs, fit observer Lepérier...

— Ils ressemblent à ces jeunes médecins qui, sans en avoir conscience, travaillent spécialement pour les pompes funèbres, répliqua Norbert en riant.

— Ceux-là sont des malins, car ils ont choisi le meilleur moyen de se faire des prôneurs.

— Des prôneurs?

— Oui, parmi les héritiers de leurs victimes.

— Chamborel, le thé est servi! cria Bruloff.

L'intrépide chasseur s'était approché de l'ours dont nous avons parlé, et il l'examinait avec une attention particulière, le palpait, le jaugeait en quelque sorte; il l'eût volontiers soupesé pour calculer la force d'inertie en même temps que la force de résistance de ses congénères.

Cette profonde étude l'absorbait à ce point que Bruloff dut l'appeler une seconde fois.

On achevait de prendre le thé, que chacun avait trouvé excellent, quand un coup de canon vint retentir au milieu de ces mornes solitudes.

— Un signal donné par la *Frileuse!* s'écria Bruloff en se levant brusquement...

Ses trois amis stupéfaits s'étaient trouvés debout au même instant.

— On nous demande à bord, reprit le capitaine. Ah ! je devine ! on nous signale l'arrivée de mon frère. Enfin !... ce pauvre Serge ! je commençais à être inquiet...

— Ne le faisons pas attendre ; partons, mes amis, dit Norbert.

Les huit hommes avaient déjà saisi leurs carabines qui reposaient dans un angle de la hutte.

— Capitaine ! capitaine ! nous sommes assiégés par les ours ! cria l'un des matelots qui venait d'entre-bâiller la porte.

VI

ASSIÉGÉS PAR LES OURS.

Les paroles du matelot avaient retenti comme un cri de guerre au milieu de la hutte.

— Je vous disais bien qu'ils ne se feraient pas attendre, s'écria Bruloff en bondissant vers la porte qui venait d'être si brusquement refermée. Il tenait à s'assurer qu'elle était bien close, afin d'éviter toute surprise.

— Bien, dit-il, nous avons le temps de prendre nos mesures.

Les terribles assiégeants s'étaient mis à l'œuvre, et l'on entendait très-distinctement le bruit de leurs griffes sur la porte qu'ils essayaient d'enfoncer pour se frayer un passage.

— Un long jeûne a évidemment creusé l'estomac de ces aimables bêtes, dit Norbert, et l'insistance qu'elles mettent à nous comprendre dans leur menu est, après tout, très-flatteuse pour nos personnes.

— Si nous tombions dessus sans leur laisser le temps de se reconnaître? demanda Chamborel avec animation.

— C'est une idée; il n'y aurait pour cela qu'à aller au-devant d'eux, fit observer Lepérier avec un calme parfait.

— Et v'lan!... chacun le sien! ce serait l'affaire de quelques minutes, pas davantage, reprit Norbert en souriant.

— Un instant, mes amis, répliqua Bruloff, car pour les mener aussi lestement, il serait indispensable de les rencontrer en plaine, et ils sont là, groupés en très-bon ordre, comme autant de visiteurs impatients de nous serrer dans leurs bras.

— Où est le mal? demanda Chamborel.

— Le mal est qu'ils nous barrent trop absolument le chemin pour qu'une sortie en masse soit possible en ce moment... Et puis les ours sont de grands tacticiens dont il faut toujours se méfier. Leur intention bien arrêtée, nul doute à cet égard, étant de nous dévorer à domicile, ils feront tous leurs efforts pour ne pas sortir de leur programme.

— Mais nous? demanda Chamborel passablement désappointé.

— Nous, nous allons d'abord les compter, dit Bruloff.

— Les compter! sans les voir? demanda Norbert.

— Non, mais en regardant tout simplement par la fenêtre, reprit Bruloff.

— La fenêtre... répéta Chamborel, tournant sur lui-même pour chercher une ouverture, où diable est-elle? à moins que ce ne soit le trou rond que j'aperçois là-haut?

— Ça, c'est la cheminée; mais attendez un peu, répliqua

Bruloff en examinant les troncs d'arbres qui formaient les parois de la hutte.

— Que cherches-tu donc? demanda Norbert.

— Ce que j'ai trouvé, dit Bruloff en démasquant une petite meurtrière creusée à même le bois, et qu'un solide carré de chêne dissimulait parfaitement, aussi bien à l'intérieur qu'au dehors.

— Voilà qui est très-ingénieux, fit observer Lepérier.

— Approchez-vous maintenant et comptez-les vous-mêmes; vous me direz si j'ai commis une erreur.

Les trois amis obéirent et constatèrent que les ours, tous d'une grosseur énorme, étaient au nombre de quatre.

— Je ne m'étais pas trompé, reprit Bruloff : quatre! C'est d'autant plus sérieux qu'ils sont de première taille. Voyons, il faut prendre un parti et le prendre rapidement, car il est bon de ne pas oublier qu'on nous attend à bord de la *Frileuse;* le coup de canon que nous venons d'entendre n'a pas d'autre signification.

Les ours, qui par la meurtrière avaient flairé de plus près la chair humaine, poussaient de sourds grondements en se ruant sur la hutte avec fureur.

— Il faudrait se décider, dit Chamborel avec impatience.

— Partout ailleurs ce serait vite fait : quelques coups de carabine bien adressés, avec un appoint suffisant de coups de couteau, feraient l'affaire; mais ici, dit Bruloff impatienté...

— Il me semble pourtant qu'on pourrait les tuer l'un après l'autre par cette meurtrière; cela ne serait pas très-héroïque; mais du moment qu'il s'agit de s'en débarrasser promptement... fit observer Norbert.

— Rien en effet ne serait plus facile, dit Bruloff; seulement on ne pourrait les tuer de cette manière sans qu'ils s'entassassent fatalement derrière cette porte, et dès lors il deviendrait impossible de nous éloigner rapidement d'ici.

— Pourquoi? demanda Chamborel.

— C'est fort simple ; vous devez comprendre qu'on ne déplacerait pas facilement de pareilles masses... ensuite, plusieurs de ces animaux pourraient n'être que blessés et partant extrêmement dangereux à escalader.

— Comment faire alors? demanda Norbert.

— Oui, comment faire? répéta Chamborel, qui ajouta : Ce qui me déplaît dans tout ceci, c'est que j'avais fait serment de manger les pieds du premier ours que je rencontrerais, ou plutôt que je combattrais corps à corps, et que ceux-là me forceront de manquer à ma parole.

— Il me semble que vous vous embarrassez là de bien peu de chose, et qu'il suffirait d'attirer l'attention de ces animaux ailleurs, pour qu'ils nous permissent de sortir librement d'ici, et enfin de prendre le champ nécessaire pour les combattre, dit Lepérier.

— J'y ai songé tout naturellement, répliqua Bruloff; mais le moyen de les éloigner de la proie qu'ils sentent à portée de leurs griffes?

— Ce moyen doit exister, reprit Lepérier ; le tout est qu'il nous vienne à l'esprit en temps utile ; mais écoutez, les voilà qui s'attaquent aux fondations de notre hutte.

En effet, les ours, impatientés de ne pouvoir pénétrer dans l'yourte qu'ils avaient vainement tenté de démolir, commençaient à creuser le dessous de la porte avec leurs formidables griffes.

Déjà un rayon de lumière, s'infiltrant par le seuil, éclairait une partie du sol.

— A la bonne heure ! nous allons enfin nous trouver face à face, dit Chamborel.

— Face à face dans ce coin où, faute d'espace, il serait impossible de tirer un coup de fusil ; ce n'est pas à souhaiter, répondit Bruloff.

— C'est vrai ; le plus simple sera de leur couper les pattes à mesure qu'elles se présenteront par le passage qu'ils sont en train de se ménager, dit Norbert.

— Voilà qui ne serait pas moins fâcheux, reprit Bruloff, car ils tomberaient, pour la barricader, devant la seule issue que nous ayons, ce qu'il faut éviter à tout prix, ainsi que je vous le disais tout à l'heure. Sans compter que le premier animal mis hors de combat par ce moyen, il ne s'en trouverait pas un second pour s'exposer à la même mésaventure ; je vous répète que les ours sont très-intelligents.

— Mais alors ? demanda Norbert.

— Eh bien, poursuivit Bruloff, il faut tout uniment les chasser de là ; quelques coups, bien appliqués sur les pattes, qu'ils ont fort sensibles, suffiront pour obtenir ce résultat. — Pierre !... passe-nous les deux anspects que je vois là.

— Voici, capitaine.

— Très-bien... dit Bruloff en remettant l'un des bâtons ferrés à Norbert.

L'ours ne se reposait pas, et le travail de terrassier qu'il semblait avoir pris à cœur avançait sensiblement. Le plus singulier, c'est qu'il tenait ses pattes hors de portée, comme s'il avait conscience du danger qu'elles couraient ; Bruloff ne put s'empêcher d'en faire la remarque.

— Bah ! répliqua Norbert, il ne tardera pas à sortir de sa réserve, autrement sa tentative n'aurait aucun sens.

— Nous verrons bien... dit Bruloff.

En ce moment, un second coup de canon tiré par la *Frileuse* emplit l'air d'un bruit formidable.

— Sacrebleu ! il doit se passer quelque chose de très-sérieux là-bas ! s'écria Bruloff... Que le tonnerre pulvérise les brutes qui nous retiennent ici.

— Je n'entends plus rien... on dirait que le mineur a disparu, fit observer Norbert.

L'ours, épouvanté sans doute, avait suspendu son travail.

— Lepérier, vois donc par la fenêtre ce que font nos ennemis, dit Bruloff.

Le docteur courut à la meurtrière.

— Tiens... tiens... très-drôles, les ours, s'écria-t-il après un moment.

— Quoi donc? demanda le gentilhomme russe.

— Ils se sont tout bonnement groupés à quelques pas de la porte où ils semblent tenir conseil... Des ministres en conférence sur une question de paix ou de guerre n'y apporteraient pas plus de gravité.

— Si nous mettions l'incident à profit pour leur tailler quelques croupières, dit tout à coup Chamborel, qui ne perdait pas une seconde son idée de vue.

Puis il ajouta immédiatement :

— Il est trop tard, les voilà qui reprennent tranquillement leur première attitude.

— Passant à l'ordre du jour sur la proposition de l'un d'eux, ils ont décidé que c'était beaucoup de bruit pour rien, et qu'il n'y avait pas lieu de s'en préoccuper davantage, dit Lepérier.

— Mais ce n'est pas supportable, et il faut à tout prix sortir d'une pareille situation, s'écria Bruloff avec colère.

— Bien dit. Je viens justement de trouver un joint qui nous tirera d'affaire très-lestement, reprit le docteur.

— Lequel? demanda Bruloff.

— Cela m'est venu en regardant d'un œil le petit baril de cuivre qui est là, et de l'autre l'ouverture qu'on nous ménage sous la porte... J'ai pensé que ce tonnelet pouvait bien contenir quelques livres de poudre.

— Il en contient effectivement une dizaine, fit observer Bruloff.

— Très-bien, c'est plus qu'il n'en faut.

— Qu'en veux-tu faire?

— Parbleu! y adapter une mèche et le passer sous la porte quelques moments avant d'y mettre le feu.

— Oui, de manière à nous faire sauter tous en même temps que la hutte et les ours... dit Bruloff d'un ton railleur.

— Du tout! du tout!... Je suis plus fort que cela, mon cher ami... Voyons, Kiprinsky, passez-moi ce baril.

— Le voici, monsieur le docteur.

— Maintenant posez-le debout.

— C'est fait.

— Un instant! s'écria vivement Bruloff; il faut à tout événement s'assurer que la poudre n'a pas subi d'avarie.

— Peste! c'est essentiel, dit Lepérier.

Kiprinsky, dévissant la capsule qui servait de fermeture au baril, versa une très-faible partie de son contenu sur un bout de la table, et l'essaya tout de suite.

La poudre flamba comme un éclair.

— Elle est excellente, dit Bruloff.

— Kiprinsky, reprit Lepérier, il me faut maintenant de quoi faire une longue mèche à ce brûlot.

L'armurier, qui connaissait son affaire, alla chercher une vieille corde complétement effilochée.

— Parfait, dit le docteur; vous allez la plonger dans l'esprit-de-vin, où vous la laisserez s'imbiber pendant deux ou trois minutes... nous l'ajusterons ensuite à l'ouverture du baril... et...

— Mon cher ami, dit Bruloff, laisse-moi te faire observer...

— Jamais! mon plan est complet, et je n'entends pas que personne y touche.

— Soit! je t'en laisse alors la responsabilité.

— Tu fais bien.

Ces mots étaient à peine prononcés, qu'un fort craquement se fit entendre du côté de la porte, un moment abandonnée par Bruloff et Norbert.

Un frisson passa sur tous les épidermes.

— Les ours! les ours! s'écria Norbert en revenant sur ses pas.

Bruloff et Chamborel l'avaient suivi.

Leurs terribles adversaires, qui combinaient leur attaque pendant que les quatre amis s'organisaient pour la repousser, avaient comploté, non pas de se frayer un passage souterrain, ainsi qu'on le pensait d'abord, mais bien d'arracher la porte aux gonds qui la retenaient, et comme elle n'offrait aucune prise, l'idée leur était venue d'en dégager le dessous afin de pouvoir la saisir au moins par ce côté, ce qui était indispensable à l'exécution de leur projet.

Le premier effort tenté contre l'obstacle qui leur interdisait l'entrée de la hutte était la seule cause du bruit que l'on venait d'entendre.

— Les bandits vont plus vite que nous, ils ne perdent pas une minute, dit Bruloff; il faut les empêcher immédiatement de continuer l'œuvre qu'ils ont entreprise.

— Je crois en effet qu'il est temps d'intervenir, fit observer Norbert.

— Pierre et Sander, reprit Bruloff, prenez chacun un pic et creusez rapidement un trou de trente centimètres au moins, devant cette porte.

Les deux marins se mirent à l'œuvre, et cinq minutes plus tard, la hutte communiquait avec l'extérieur par une ouverture qui aurait pu livrer passage à un enfant.

Au bruit fait par nos travailleurs, les ours jugeant qu'il se tramait quelque chose contre eux, s'étaient prudemment reculés pour se remettre en observation.

— Place! place, mes amis!... cria tout à coup Lepérier... Il précédait l'armurier qui portait le baril de cuivre, muni cette fois de tous ses accessoires.

Fixé au milieu d'un long filet qui se prolongeait en forme d'entonnoir, et dont l'ouverture était garnie d'un petit cercle de bois, il traînait après lui trois cordes solides, régulièrement espacées, en tout semblables aux amarres d'un ballon.

Sa longue mèche, maintenue droite par une légère armature de fer, en occupait le milieu; elle avait été soumise à une seconde immersion dans l'esprit-de-vin.

Les bravos éclatèrent à la vue de cet engin d'un nouveau genre, si lestement confectionné.

— Un instant, mes amis, vous applaudirez tout à l'heure si vous le jugez bon; pour le moment, saisissez les trois cordes qui balayent le sol derrière nous, tenez-les ferme sans avan-

— Les bandits vont plus vite que nous.

cer d'un centimètre, quel que soit l'effort qui tende à vous y contraindre.

— C'est convenu, dit Norbert.

— Très-bien, reprit Lepérier. Toi, Chamborel, va te placer en vigie à la fenêtre pour surveiller nos ennemis. Je vais pendant ce temps leur adresser mon cadeau par la cavité due en partie à leur spirituelle collaboration, et comme leur premier soin sera de l'attirer à eux, puis de le retourner en tous sens pour le mieux flairer, tu saisiras le moment où ils seront tous groupés autour pour crier ce seul mot : Feu !

— Compte sur moi ! dit Chamborel.

Lepérier reprit :

— Vous, Sander, approchez après avoir secoué votre torche pour en raviver la flamme, et tenez-vous prêt, un peu de côté toutefois, afin d'éviter un malheur.

— Oui, monsieur le docteur.

— A moi maintenant !

Et Lepérier s'empara du baril qu'il plaça avec un soin particulier sous la porte de la hutte, le mettant très en vue pour exciter la curiosité des ours, laquelle n'était pas difficile à éveiller; car une demi-minute ne s'était pas écoulée, qu'ils avaient entraîné la bombe à deux mètres, faute de pouvoir l'entraîner plus avant.

Il y eut un silence.

— Feu ! cria Chamborel.

— Feu ! répéta Lepérier.

Une ligne bleuâtre s'élança vers la porte, et aussitôt une effroyable détonation ébranla l'atmosphère.

La flamme du brûlot avait fusé jusqu'à l'intérieur de la hutte en passant sous la porte.

Tous s'étaient jetés en arrière pour éviter ses morsures.

Ce moment passé, Bruloff, Chamborel, Norbert et Lepérier, suivis de leurs hommes, s'étaient élancés dehors.

Des quatre ours, un seul fuyait affolé par la détonation, tandis que les trois autres, le mufle sanglant, les yeux brûlés, les membres déchirés par les éclats du cuivre, se tordaient sur la neige, au milieu d'atroces convulsions.

— Il faut achever ces pauvres bêtes, dit Bruloff.

Huit coups de carabine terminèrent leur agonie.

— Maintenant, mes amis, allons savoir ce qu'on nous veut là-bas.

Une heure plus tard ils se retrouvaient sur le pont de la *Frileuse*, où les attendait une bien triste nouvelle.

VII

NOUVELLES D'UN VIVANT APPORTÉES PAR UN MORT.

Le navire du capitaine Bruloff, à l'ancre depuis la veille, et qui il y avait peu d'heures encore jouissait d'une tranquillité parfaite, était en ce moment dans une grande agitation.

L'équipage tout entier se trouvait sur le gaillard d'avant, silencieusement groupé autour d'un cadavre étendu sur le dos, et dont le costume de marin se dissimulait sous une casaque fourrée. Il était chaussé de longues bottes de mer. Son visage, empreint du calme de la mort, ne portait aucune trace de violence.

L'agitation dont nous venons de parler semblait s'être communiquée à plusieurs petits bâtiments mouillés dans le voisinage, où d'autres marins causaient ensemble de cet événement.

Bruloff avait ressenti un violent serrement de cœur en apercevant l'attitude penchée de cette réunion d'hommes.

On eut à peine signalé sa présence et celle de ses amis, que le groupe qui entourait le mort s'écarta pour leur permettre de s'approcher.

— Bremer! un des matelots de mon frère! Qu'est-il donc arrivé? s'écria Bruloff consterné.

Puis, se tournant vers l'équipage de la *Frileuse,* il ajouta :

— Comment ce cadavre se trouve-t-il ici?

— Capitaine, répondit Gourieff, la chaloupe qui l'a amené, et que vous pouvez voir sur la droite, est venue par la mer de Kara échouer à peu de distance, dans une des anfractuosités de la côte. Kiprinsky, descendu à terre pour ramasser plusieurs bernaches que nous avions tirées de la dunette, l'a aperçu le premier. J'ai aussitôt donné l'ordre de le hisser à bord, espérant trouver sur lui quelques indices de la catastrophe qui l'avait jeté là.

— Et vous n'avez rien découvert?

— Rien, sinon, capitaine, qu'il appartenait à l'équipage du *Pygargue,* ce que vous avez constaté vous-même.

— Malheureusement, car la présence de ce pauvre diable dans une chaloupe abandonnée nous annonce, à n'en pas douter, que mon frère, qui devait nous précéder ici, a été arrêté en chemin par quelque affreux sinistre, dont cet homme nous apportait la nouvelle.

— Cela est à redouter, capitaine, dit Gourieff.

Lepérier s'était baissé pour examiner les yeux du cadavre.

— La mort de cet homme, fit-il observer, remonte à peine à quelques heures.

— Il faut le déshabiller entièrement, reprit Bruloff; il est

— La mort de cet homme remonte à peine à quelques heures.

impossible qu'on ne trouve pas une lettre, un seul mot écrit, dans ses vêtements.

Deux matelots s'empressèrent d'obéir à cet ordre...

— Il n'y a rien, capitaine, dirent-ils après un rapide examen.

— Passez-moi cette casaque, dit Bruloff, qui avait suivi l'opération avec des yeux perçants.

— La voici, capitaine.

— Si ce pauvre Bremer, poursuivit Bruloff, était chargé d'un message écrit, il n'a pas dû le serrer ailleurs.

Et il palpait toutes les parties du vêtement avec un soin minutieux, et le tact particulier aux mains délicates, quand un léger bruissement se produisit sous ses doigts.

Le vêtement fut immédiatement ouvert à cet endroit.

Bruloff ne s'était pas trompé.

— Une lettre de mon frère! s'écria-t-il en saisissant fiévreusement le papier. Le message était ainsi conçu :

« Mon cher Michel.

« Échoués dans la mer de Kara, côté sud-est de l'île de Beloë... à plusieurs milles du détroit de Matochkine. — Navire brisé... hors de service. — Quittez la chasse et venez tous à notre secours. Bremer et Alexis, que je t'envoie, te donneront de plus amples détails.

« Serge Bruloff. »

Cette lettre, si triste qu'elle fût, causa un grand soulagement au capitaine et à ses amis, qui acquirent au moins la certitude que Serge n'avait pas péri dans le naufrage, ce qu'ils avaient redouté sans se communiquer leurs craintes.

— Pauvre frère ! répéta Bruloff ; nous aurions pu l'attendre longtemps.

— Il ne s'agit plus que de lever l'ancre et de lui porter secours, dit Norbert.

— Oui, partons ! s'écrièrent à leur tour le docteur et Chamborel.

— Bremer et Alexis... répéta Bruloff en relisant la lettre de son frère. Alexis est sans doute mort le premier, et son compagnon est allé le rejoindre.

Lepérier s'était de nouveau penché vers le cadavre.

— Mais quelle main a pu les frapper ainsi mystérieusement l'un après l'autre ? car je ne vois aucune trace de violence sur le corps de ce malheureux, dit-il.

— Encore un drame dont la mer gardera le secret, répondit Bruloff.

Il reprit après un instant :

— Pierre et Nicolas, à vous de lui creuser une fosse et de veiller qu'il dorme dans ses derniers habits, à l'abri de toute profanation ; c'est le moins qu'on lui doive ; ce serait d'ailleurs agir en mauvais chrétiens que de faire différemment.

Nous partirons ensuite.

Quelques heures plus tard, la *Frileuse,* après avoir longtemps chenalé dans le détroit de Vaïgatch, pénétrait à toute vapeur, grâce à sa puissante étrave armée d'un tranchant d'acier, dans la mer de Kara, dont l'embouchure est presque toujour sencombrée de glaces.

Elle continuait de remorquer le petit bâtiment où se trouvaient les chiens d'attelage et les traîneaux. Bruloff, après avoir hésité un moment à s'en faire suivre, avait pensé qu'ils pourraient non-seulement leur être utiles, mais encore indispensables. Il ne se dissimulait pas depuis plusieurs jours que la précocité de l'hiver pourrait les retenir au delà de leurs prévisions, et que la mer une fois fermée, toute communication, sans le secours des traineaux, leur serait fatalement interdite.

Une sorte de mélancolie inquiète, qu'ils cherchaient en vain à dissimuler, s'était répandue sur les passagers aussi bien que sur l'équipage de la *Frileuse*.

Au début d'un voyage d'agrément, on se heurtait à un cadavre, et chacun se demandait tout bas si l'on n'allait pas assister à l'un de ces affreux désastres devant lesquels toute force humaine reste impuissante

La brièveté de la lettre de Serge laissait le champ libre à toutes les suppositions.

Danecheff et Bardol, retirés dans leur cuisine, commentaient les événements à leur manière.

Le maître coq était le seul des hommes faisant partie de l'équipage qui parlât couramment français, et ce hasard était fort heureux pour Bardol, qui pouvait à toute heure s'entretenir librement avec lui. Nous affirmons même que cette particularité avait tout d'abord adouci le caractère de leurs relations quotidiennes.

— Monsieur Danecheff, disait Bardol du ton cérémonieux que prennent parfois les subalternes dans leurs mutuels entretiens pour se hausser dans leur propre estime, voilà une catastrophe qui va jeter de l'ombre sur notre voyage si heureusement commencé.

— Cela est vrai, monsieur Bardol; aussi nul homme ne doit-il se risquer sur la mer sans se résigner d'avance à tous les malheurs qui peuvent lui échoir par la volonté de Dieu, répondit Danecheff avec emphase.

— Oui, c'est juste; on part sans songer à cela, sans même songer à rien, monsieur Danecheff.

— Imprudence humaine, reprit le cuisinier russe; aussi est-on souvent parti en pleine santé, avec la jouissance de toutes ses facultés, monsieur Bardol, oui, de toutes ses facultés pour ne jamais revenir dans ses foyers, ou pour n'y reparaître que chétif, mutilé, la raison affaiblie.

— Bigre!... bigre! monsieur Danecheff, voilà qui n'est pas rassurant.

— Non, monsieur Bardol, et périr n'est souvent que le moindre des maux.

— Grand merci!... murmura Bardol.

— J'ai dit le moindre des maux, car il peut arriver qu'on ait auparavant à souffrir la faim pendant des mois entiers; la faim!... monsieur Bardol; connaissez-vous rien de plus horrible?

— Il y a encore la soif, fit observer Bardol avec mélancolie.

— La faim et la soif... ce qui est doublement affreux... reprit Danecheff.

— Affreux!... affreux! répéta Bardol.

Danecheff poursuivit :

— Les gens de notre profession y sont évidemment plus sensibles que d'autres, en ce que toute leur existence a été consacrée à satisfaire, à développer, à aiguiser l'appétit de leurs semblables et le leur. Se sentir tous les talents pour faire une cuisine savante, savoureuse, hygiénique, et rester impuissant, affamé, devant un garde-manger vide et des fourneaux sans combustible!

— Je n'aurais jamais cru une pareille situation possible, monsieur Danecheff, dit Bardol de plus en plus assombri.

Danecheff continua :

— Et songer avec désespoir, au milieu de ces tortures, que l'estomac, le palais, ces nobles serviteurs de l'homme, s'atrophient peu à peu dans une fatale inertie, et qu'il arrivera un moment où rien ne pourra leur permettre de reprendre leurs fonctions réparatrices, augustes ; ils seront détruits sans retour.

Bardol poussa un énorme soupir ; la voix lui manquait pour exprimer toute l'horreur dont les paroles de Danecheff l'avaient pénétré.

Celui-ci , comme un orateur satisfait d'avoir fortement impressionné son auditoire, reprit d'un ton moins doctoral :

— Après tout, il est inutile de s'appesantir sur des malheurs que le bon Dieu daignera sans doute nous épargner.

— Mais comment peut-il arriver, monsieur Danecheff, qu'un navire qui emporte de si grosses provisions de vivres, puisse laisser ainsi son monde mourir de faim et de soif?

— Oh! cela dépend presque toujours d'événements que toute la sagesse humaine ne saurait prévenir, mon cher confrère.

Cet entretien se termina par un nouveau soupir de Bardol.

On avait mis le cap sur le point indiqué par la lettre de Serge, et dont on se trouvait encore éloigné de deux cent vingt milles, selon l'estime de Bruloff.

Cette distance ne pouvait être franchie en moins de quinze heures ; encore fallait-il admettre qu'aucun obstacle inattendu ne retarderait la marche du navire.

Ces quinze heures étaient une éternité pour le malheureux Bruloff, que l'inquiétude dévorait. Il se promenait avec agitation sur l'avant du navire, tantôt interrogeant le pilote sur les

13

récifs qui entourent l'île Beloë où le *Pygargue* avait échoué, tantôt échangeant quelques paroles avec ses officiers, surveillant le mouvement des glaces, et enfin avec les trois Parisiens, qui, en plein désarroi, arpentaient le pont, emmitouflés par-dessus les oreilles et causant à bâtons rompus.

— Ainsi toute cette débauche de glaçons en plein juillet te semble admirable, disait Lepérier à Norbert, qui de temps à autre s'arrêtait pendant quelques minutes pour considérer la mer, où les glaces devenaient de plus en plus fréquentes.

— Oui, cher docteur, je l'admire, tout en me disant que je ne puis m'expliquer cette cruelle fantaisie de la nature.

— Comment?

— En d'autres termes, je ne puis comprendre que sa pré-voyance, si admirable partout, je devrais dire si merveilleuse, ait créé des espaces incommensurables où l'homme soit condamné à être continuellement en lutte avec tout ce qui l'entoure et où il ne peut échapper à la mort que pour retomber dans une désolation sans fin.

— Mon cher ami, dit Lepérier, il y a certainement là des raisons d'équilibre qui nous échappent. Ces solitudes inhabitables, uniquement colonisées par les ours aujourd'hui, sont peut-être une réserve pour le temps où les autres parties du globe, épuisées par un trop long usage, auront besoin d'être remplacées. Alors le bon Dieu, d'un geste rapide, dotera ces froides régions d'un beau soleil qui les rendra chaudes et fécondes.

— Ainsi soit-il, dit Norbert; et comme il n'est rien d'impossible au Créateur, ses œuvres sont là pour l'affirmer, je m'applaudis plus que jamais d'être venu faire un petit tour de ce côté.

— Que veux-tu dire?

— Rien que de fort simple en admettant ton raisonnement : si j'étais resté à Paris, je n'aurais pu peindre les étranges déserts dont nous sommes entourés, et qui sont destinés, selon toi, à une si complète transformation, ce qui eût privé les hommes de l'avenir du moindre renseignement sur l'état primitif du sol qu'ils habiteront.

— C'est juste.

Chamborel, que ces réflexions philosophiques ne semblaient pas beaucoup intéresser, avait subitement disparu.

— Où diable est passé Chamborel? dit tout à coup Norbert après avoir promené ses regards autour de lui.

— Dans sa cabine apparemment, où il cherche à donner le change à son courage resté sans emploi, par la force des choses, répondit Lepérier en souriant.

— Allons le trouver, dit Norbert.

— Allons, répéta Lepérier; Chamborel est toujours aussi intéressant à voir qu'à entendre.

Chamborel était effectivement dans sa cabine, assis devant une table où il s'occupait, sinon de littérature, au moins à *coucher par écrit* ses impressions de voyage; car s'il avait résolûment consenti à exposer sa personne à tous les hasards, à tous les dangers, et au besoin à toutes les horreurs qui peuvent se produire au cours d'une longue navigation, il ne voulait pas que son héroïsme fût dans tous les cas ignoré de ses contemporains. Pour atteindre son but, et suppléer au journal du bord rédigé par les officiers, et qui pouvait disparaître avec le navire dans les profondeurs insondables de l'Océan, il avait résolu de consigner à part lui, sur des feuilles volantes, les faits glorieux auxquels il prendrait part, l'indication de la route que suivrait la *Frileuse,* et de confier chaque fois à la mer ces précieux documents enfermés dans une bouteille, hermétiquement close et soigneusement goudronnée, de pareilles épaves devant toujours être recueillies.

C'était dans cette intention qu'il venait d'écrire la note suivante, adressée à toutes les nations civilisées :

« A bord de la *Frileuse* — mer de Kara, le 3 juillet 187.. — Hier, arrivés à la Nouvelle-Zemble — ce matin bloqués dans une hutte, par une bande d'ours de première taille, que nous avons fait sauter en l'air, à l'aide d'une mine intelligente pratiquée sous leurs ventres par le docteur Lepérier. — Retour à la *Frileuse.* — Un cadavre mystérieux nous apprend la perte du navire *le Pygargue* sur les rochers de l'île Beloë. — Nous remettons à la voile pour lui porter secours. — La suite à bientôt.   CHAMBOREL.

« *P. S.* — Noms des hommes composant l'équipage de la *Frileuse :*

« Michel Bruloff, capitaine ; Gourieff, second officier ; Stassoff, troisième officier ; Siévald, maître d'équipage ; Struve, harponneur ; Doubrowsky, charpentier ; Bouboff, ingénieur ; Danecheff, maître coq ; Ivan, pilote ; Kiprinsky, armurier ; Vorobieff, chauffeur ; Pierre, Nicolas, Alexandre, Sander, matelots.

« Noms des passagers .

« Le docteur Lepérier ; Norbert, paysagiste animalier ; Chamborel, simple voyageur ; Bardol, son cuisinier.

« Ces derniers détails pourraient être utiles et sont donnés pour le cas où la *Frileuse* se perdrait corps et biens. »

Norbert et Lepérier faisaient leur apparition dans la cabine de Chamborel à l'instant précis où ce dernier venait d'insérer et de calfater sa prose dans le verre qui devait lui servir de véhicule à travers les vagues, les glaces, et enfin tous les obstacles particuliers aux régions arctiques.

— Que fais-tu donc là, mon cher? lui demanda Lepérier avec surprise.

Chamborel se retourna tout d'une pièce.

— Je remplis un devoir, mes amis, dit-il en montrant la bouteille où l'on voyait distinctement les feuillets qu'il venait d'y enfermer.

— Un devoir?

— Oui, je ne veux pas, dans le cas où nous péririons tous dans ces déserts de glace, qu'on cherche les débris de la *Frileuse* aussi longtemps qu'on a cherché ceux de l'*Erebus* et du *Terror*, les navires du malheureux Franklin, dont je lisais hier la pénible histoire; je ne veux pas davantage qu'on ignore les noms de ceux qui la montaient.

— Sacrebleu! mon cher, tu prends là des précautions un peu funèbres... dit Norbert.

— Elles sont dignes d'un grand cœur qui se plaît à voir la mort en face aussi bien que de profil, fit observer Lepérier en s'efforçant de réprimer un sourire.

— D'un homme fort, ajouta Norbert.

— Dites d'un homme prudent, répliqua Chamborel avec une modestie que l'éclat de son regard démentait.

— Soit! reprit Norbert; mais alors tu vas nous permettre d'assister à la mise en circulation de ce message avec l'espoir qu'il pourra, faute de mieux, nous sauver de l'oubli.

— Parbleu! répondit Chamborel.

On se rendit aussitôt dans l'entre-pont, où la bouteille fut lancée à la mer par l'un des sabords.

— Et maintenant, que les flots lui servent de facteur, dit Lepérier.

Bruloff s'écriait en ce moment :

— Vorobieff!

— Capitaine?

— Qu'on allume les appareils de surchauffe et qu'on marche comme le vent, quitte à sauter en route.

VIII

LE CHEMIN DES ÉPAVES.

Il y avait près de dix heures que la *Frileuse* marchait à toute vitesse, jetant ses longs panaches de fumée à travers l'espace.

On eût dit que le bâtiment partageait l'impatience de son capitaine, et qu'il avait conscience de sa mission.

Les glaces qu'il rompait dans sa marche s'éloignaient de lui en tourbillonnant avec une sorte de colère.

Toute conversation avait cessé à bord. Plus on se rapprochait du point où le désastre s'était produit, plus l'émotion de Bruloff et de ses amis devenait poignante.

L'insuffisance de renseignements leur permettait de se livrer aux plus tristes suppositions, et ils n'avaient garde d'y manquer.

Bruloff, debout à l'avant du navire, interrogeait l'espace à l'aide de sa lunette, fouillant du regard jusqu'aux moindres échancrures de la côte.

Une brise carabinée venait encore en aide à la force motrice de la *Frileuse,* et l'on avançait aussi promptement que possible, mais trop lentement encore au gré du capitaine qui de temps en temps frappait du pied avec impatience.

Lepérier avait quitté le pont pour mettre de l'ordre dans sa pharmacie, afin d'avoir sous la main tous les médicaments dont les naufragés pourraient avoir besoin... Norbert, que le roulis du navire empêchait de faire le moindre croquis, ce qu'il déplorait amèrement, s'était mis à la disposition de son ami en qualité d'infirmier, pour tout le temps où il serait empêché de séjourner sur la terre ferme, offre que Lepérier s'était empressé d'accueillir.

— Tu me formeras, lui avait dit Norbert...

— Certes!... jusqu'au bout... et une fois passé maître, je te délivrerai un diplôme... une poire pour la soif...

— Ou plutôt une espèce de bague au doigt...

— Encore... je t'en laisse le choix.

Chamborel, à sa profession de chasseurs d'ours qui présentement lui laissait de grands loisirs, avait, on le sait, ajouté celle plus délicate de reporter maritime à la suite de la *Frileuse,* et n'avait plus en conséquence une minute à lui. Il était partout à la fois, épiant un choc, surveillant une fissure, recueillant tous les bruits du bord, tous les sifflements de la bise, tous les grondements, tous les murmures de la mer.

A la cuisine, Danecheff et Bardol déployaient la plus grande activité. Ils avaient reçu l'ordre de doubler la ration des vivres en vue des naufragés. La collaboration des maîtres queux n'était pas inutile pour préparer et faire cuire à point une si grande quantité d'aliments.

— Ce n'est pas aujourd'hui le cas de faire de l'art, monsieur Bardol, de chercher de fins assaisonnements qui flattent le palais ; *il faut faire à manger*.

— C'est vrai, monsieur Danecheff ; chaque chose a son temps… Quant à moi je n'aurais jamais pensé que je quitterais un jour Paris pour m'employer à une si grosse besogne dans un affreux pays où un homme qui a bien dîné ne peut digérer au grand air sans courir le risque de geler debout. La seule chose qui me console, c'est de partager mes souffrances avec un artiste tel que vous.

Danecheff salua d'un air semi-reconnaissant, et avec le sourire d'un homme qui a la plus haute considération pour lui-même.

— Que voulez-vous, cher confrère, dit-il ; on n'est pas toujours le maître d'obéir à ses goûts, et quand on est au service d'un grand seigneur très-libéral, on est obligé de le suivre où il lui plaît d'aller, en un mot de condescendre à des fantaisies qu'on n'approuve pas complétement.

Cela avait été dit avec la tranquillité d'un sage qui se résigne à subir les fatalités inexorables de la vie.

Tandis que chacun faisait ainsi tous ses efforts pour parer et s'accommoder aux circonstances, les matelots qui n'étaient pas de quart, réunis dans la salle commune, commentaient à leur manière les incidents de la matinée.

— Voilà un mois de juillet qui se donnera bientôt des airs de décembre si le soleil oublie de le rappeler à ses devoirs, disait Sander.

14

— Et du même coup une partie de plaisir qui tourne un peu court, ajouta Nicolas.

— Bah! reprit Sander, elle recommencera dès que nous aurons pris à bord les naufragés du *Pygargue*. Le frère du capitaine est assez riche pour ne pas s'attrister plus que de raison de la perte de son navire. Il est homme à en faire un feu de joie, si tant il y a qu'on n'en puisse faire autre chose, et à n'y plus penser le lendemain.

— Cela est certain. Mais il faudrait alors admettre que la catastrophe qui a détruit son brick ne l'ait pas lui-même endommagé de manière qu'il lui soit impossible de circuler librement, fit observer Nicolas.

— Dans ce cas, nous pourrions compter sur un repos de quelques jours, dit Pierre.

— Oui, et pendant ce temps il pourra se passer bien des choses, ajouta Nicolas.

— Lesquelles? demanda Sander.

— Il pourrait arriver, par exemple, que les glaces nous ferment le passage et nous forcent d'hiverner ici, répliqua Pierre.

— Le capitaine ne se laissera pas surprendre à ce point; il a autre chose à faire que de passer de longs mois dans une maison de neige, répondit Sander.

— Évidemment; mais le bon Dieu, qui est le capitaine des capitaines, pourrait bien en décider autrement... dit Pierre.

— Après tout, nous avons des conserves pour un an et de bons chasseurs pour nous procurer des vivres frais de temps à autre; dès lors il doit être indifférent à de braves marins, gelés et roussis par tous les vents, de dévider leur écheveau sur un terrain voisin du pôle ou sous la ligne de l'équateur.

— Bien parlé, Sander ; car en définitive nous nous sommes engagés sans restrictions aucunes ; le capitaine en avait fait une condition essentielle.

Depuis quelque temps l'atmosphère s'emplissait de brumes qui tendaient à s'épaissir de minute en minute. Il n'était plus possible d'apercevoir à un mille devant soi. Bruloff avait quitté sa longue-vue, et de nouveau parcourait le pont, de la dunette au gaillard d'avant. Toute sa personne frémissait. Puis, faisant un crochet, il s'était brusquement rapproché du chauffeur.

— Vorobieff, lui dit-il d'un ton bref, plus vite !... plus vite encore !... ou nous n'arriverons jamais.

— Oui, capitaine, répondit celui-ci, qui ajouta entre ses dents : Je ne puis cependant pas faire éclater la chaudière.

Bruloff, se tournant ensuite vers le canonnier, reprit :

— Kiprinsky, mets double charge de poudre à la pièce de l'avant, pas de projectile, et tire droit. Il se peut que mon frère nous entende et que cela l'avertisse de notre arrivée.

— Il ne faudrait pas, capitaine, qu'il fût bien loin, car voilà un brouillard capable d'étouffer la plus forte détonation.

— Fais toujours...

— Oui, capitaine.

Quelques minutes après, un coup de canon s'enfonçait sourdement dans la brume.

— J'annonce notre arrivée à ce pauvre Serge, dit Bruloff à ses amis attirés par le bruit. — Dieu veuille que ce signal ne soit pas perdu.

— Oh! quel singulier effet ! s'écria Norbert.

Depuis peu d'instants le brouillard flottant à trois mètres au-dessus des vagues semblait servir de voûte à une mer

brillante qui roulait de nombreuses épaves. Des planches qui
avaient dû appartenir à un navire se heurtaient à des caisses
éventrées, à des débris de mâts, à de petites tables accrochées
à des hamacs, à des voiles en lambeaux. Tous ces objets, arrêtés sans doute depuis quelques jours dans les découpures de
la côte, avaient été rendus à la circulation par le ressac des
vagues.

— Cela vient du *Pygargue!* s'écria Bruloff après avoir
examiné toutes ces choses avec une attention soutenue ; le
navire de ce pauvre Serge a dû complétement s'ouvrir pour
avoir ainsi vidé sa cale.

Le pont de la *Frileuse* se couvrit en ce moment d'une brume
épaisse à ce point qu'on eût pu le croire séparé de sa coque
restée dans la lumière : rien n'était plus saisissant.

Il fallut descendre dans l'entre-pont et regarder par les
sabords pour surveiller sa route.

— Nous ne pouvons plus être loin de l'île Beloë, dit
Bruloff, et ce serait un grand malheur que de passer auprès
de ce pauvre Serge sans le voir...

— Il faut alors illuminer le navire avec cinquante fanaux
et tirer des fusées et autres artifices sans interruption ; je ne
crois pas, la situation étant donnée, qu'il existe un meilleur
moyen, dit Norbert.

— Tu as raison, s'écria vivement Bruloff ; il n'y en a pas
d'autre.

L'armurier reçut aussitôt des ordres à ce sujet, et une
demi-heure ne s'était pas écoulée que la *Frileuse* traversait le
brouillard comme un incendie.

Norbert s'émerveillait de ces effets de lumière à travers la
brume, pendant que Lepérier, dont la pharmacie était rangée,

La *Frileuse* traversait le brouillard comme un incendie.

Page 108.

attendait, comme un acteur dans la coulisse, le moment d'entrer en scène. Chamborel, lui, attendait qu'un fait saillant se produisît pour en écrire la relation et l'adresser, comme la première, *à toutes les nations civilisées.*

La *Frileuse* avançait toujours avec sa profusion de lumières, ses fusées volantes et ses autres signaux, sans que personne eût encore donné signe d'existence autour d'elle.

Toutes les oreilles étaient aux écoutes, tous les yeux cherchaient à percer le brouillard.

Enfin on se demanda avec la plus vive inquiétude si l'on ne s'était pas trompé de direction ou si l'on n'avait pas dépassé le but que l'on voulait atteindre.

— Éteignez les fourneaux et diminuez les voiles! s'écria Burloff.

Cette double mesure, en ralentissant la marche du navire, ferait encore taire le bruit de l'hélice, qui eût pu couvrir des bruits moins forts et moins persistants.

L'opacité de l'atmosphère, avec la mobilité particulière aux régions boréales, avait à moitié disparu, et la vue commençait à pouvoir s'étendre à un mille du navire.

Les lunettes furent braquées dans toutes les directions.

Le docteur Lepérier, à qui sa stature permettait de grimper avec l'agilité d'un écureuil, s'était logé dans la hune de perroquet pour voir de plus loin.

Une heure se passa sans qu'on pût rien découvrir; l'inquiétude était devenue de l'anxiété, une anxiété voisine du désespoir.

Bruloff se demandait avec angoisse si tous les naufragés du *Pygargue* étaient morts.

Le brouillard disparut tout à coup pour faire place à un

soleil éblouissant. Le ciel était devenu aussi transparent que du cristal de roche.

Un cri retentit alors.

Il était poussé par le docteur, qui pendant un moment crut distinguer au milieu des glaces de grandes ombres bizarrement groupées.

Kiprinsky, d'après l'ordre de Bruloff, chargea de nouveau sa pièce, dont la détonation devait suffire cette fois à attirer l'attention des naufragés.

Toutes les longue-vues avaient déjà pris pour point de mire la partie de la côte signalée par le docteur.

Le canon ne s'était pas plus tôt fait entendre que des signaux s'agitèrent et qu'on crut distinguer le va-et-vient de plusieurs hommes.

— Ce sont eux ! s'écria Lepérier ; je les vois distinctement.

Cette affirmation soulagea toutes les poitrines.

— Toutes voiles dehors ! et en avant ! cria le capitaine.

La *Frileuse* reprit sa marche rapide.

Selon l'estime de Bruloff, on n'était plus qu'à un mille et demi des signaux qu'on venait d'apercevoir.

Chacun avait gardé son poste d'observation, comme si l'on eût craint de ne pouvoir atteindre le but en le perdant de vue un seul instant.

L'espérance rayonnait sur tous les visages, on se félicitait avec joie d'être enfin tiré de peine, quand ce cri sinistre retentit :

— Capitaine ! une banquise flottante ! elle vient droit sur nous !

Ce dernier avertissement était donné par le pilote, dont les yeux ne quittaient pas la mer.

En une minute tout l'équipage fut rassemblé sur le pont ;
les uns étaient tombés des mâts, les autres accourus de l'entre-pont, plusieurs de leurs cabines... Lepérier seul avait gardé
sa place.

La terreur était à son comble.

— Capitaine ! cria de nouveau le docteur d'une voix qui
domina toutes les lamentations, il y a des hommes sur cette
banquise !

IX

LES SPECTRES DE LA BANQUISE.

Cette terrible nouvelle doubla la stupeur qui régnait à bord.
Et de fait il était difficile de se trouver dans une situation
plus épouvantable, plus perplexe, car non-seulement il fallait
renoncer à porter de prompts secours aux naufragés, mais
on courait encore le risque d'être broyé par la banquise qui
venait si résolûment à la rencontre du navire avec sa cou-
ronne de spectres.

Bruloff pensa d'abord à se jeter de côté, ne fût-ce que de
deux encablures, pour lui livrer passage ; mais cette évolution
fut aussitôt jugée impossible par l'état de la mer encombrée
de glaces dont l'épaisseur augmentait à mesure qu'on se
rapprochait du Nord.

Le capitaine, qui avait repris sa longue-vue, restait immobile.

Quelque chose d'étrange qu'il ne pouvait comprendre se passait sur la montagne de glace.

Par bonheur, Lepérier, en vigie sur son mât, lui en donna l'explication.

— Capitaine! s'écria-t-il, la banquise se divise en deux parties; celle qui porte les hommes achève de passer au second rang, ce qui diminue de moitié le front de la masse flottante.

— C'est vrai; je comprends maintenant; merci, docteur... dit rapidement Bruloff... Puis il ajouta en se tournant vers le pilote : Ivan! pas de fausse manœuvre, gouverne droit, de manière à côtoyer l'obstacle sans le toucher; autrement nous sommes perdus.

— Oui, capitaine.

— Vous autres! reprit Bruloff, moitié dans les mâts et moitié sur le pont; que tout le monde se tienne prêt à lancer des amarres aux hommes qui arrivent sur nous. La banquise ira où elle voudra, mais il faut lui arracher les gens qu'elle entraîne avec elle.

Le couple lapon, tout à coup sorti des profondeurs de son bâtiment, regardait très-effaré du côté de la *Frileuse,* qui, le traînant à sa remorque, lui barrait forcément l'horizon. Il cherchait à deviner l'événement qui mettait là tout le monde en alerte.

Bruloff, qui l'avait oublié, l'aperçut en ce moment.

— Kosero et Susi! leur cria-t-il, les canots à la mer, et faites bonne garde. On pourrait avoir besoin de vous.

— Oui, capitaine, répondit Kosero dont la femme avait déjà fait quelques pas en avant pour aider son mari.

Bruloff, Gourieff et Stassoff se multipliaient afin de presser l'exécution des ordres du capitaine; car un quart d'heure encore, et l'*ice-berg* allait croiser le navire.

Pendant ce temps, les malheureux réfugiés sur la banquise avaient aperçu la *Frileuse* et levaient leurs bras vers le ciel en poussant des cris d'angoisse.

Ivan, les yeux rivés sur l'obstacle, faisait les plus grands efforts pour maintenir sa direction, tout en sachant que ses soins couraient le risque d'être inutiles; car la partie inférieure de la banquise, cachée sous l'eau, pouvait être de beaucoup plus large que celle qui émergeait de la mer.

Bruloff avait repris son poste d'observation, et cherchait à discerner quels pouvaient être les singuliers passagers de la montagne de glace.

Ceux-ci étaient d'ailleurs si confusément groupés qu'il eût été aussi difficile de juger de leur visage que de leur tournure.

Au reste, la banquise et le navire allaient bientôt se trouver face à face.

— Attention, mes amis! et que Dieu nous aide! s'écria tout à coup Bruloff.

Tous les cœurs battaient avec violence.

Le sommet du géant de glace arrivait à mi-hauteur des mâts du brick.

Les glaçons, qui tourbillonnaient avec furie, refoulés par la banquise, s'amoncelaient de seconde en seconde autour de ses flancs, et lui formaient un rempart qui ne cessait de s'élever.

On ne pouvait plus engager de lutte contre cette masse flottante, et la *Frileuse,* brisée comme verre, allait être engloutie avec tous ceux qu'elle avait amenés là.

Aucune espérance n'était plus permise, tout semblait
·perdu, aussi bien pour les réfugiés de la banquise que pour
les passagers et l'équipage du navire.

Un immense cri de désespoir, dernier mot de la situation,
parti des deux côtés à la fois, couvrit en ce moment le bruit
formidable de la mer.

Puis un long silence se fit parmi ceux qui venaient d'adresser
cet adieu déchirant à la vie.

Un miracle s'était produit.

La banquise restait immobile. Elle venait de s'arrêter entre
deux roches sous-marines.

Le danger changeait brusquement de face. Si l'on avait
plus de temps pour y parer, il n'en était pas moins très-grave,
car les glaçons qui suivaient l'*ice-berg* s'amoncelaient maintenant autour de lui, menaçant de fermer le passage où che-
nalait la *Frileuse.* De plus, ils allaient s'opposer au sauvetage
des malheureux qu'on ne pouvait cependant laisser périr de
·froid et de faim sur leur triste refuge.

Tibir et Kodia, les deux chiens de Norvége favoris de
Bruloff, qui dormaient paisiblement sur la dunette, réveillés
tout à coup par le bruit qui se faisait autour d'eux, s'étaient
précipités sur le gaillard d'avant, où ils se mirent à aboyer
·avec fureur, les yeux fixés sur la montagne de glace.

— Chut ! s'écria Bruloff en les menaçant.

Les chiens le regardèrent d'un œil suppliant, puis se retour-
nèrent du côté de la banquise.

Un homme soutenu par deux individus presque chance-
lants apparut en ce moment au sommet de l'*ice-berg.*

Tibir et Kodia aboyèrent de plus belle, en trépignant cette
fois.

— Mon frère ! mon frère ! s'écria Bruloff stupéfait.

Les deux chiens, qui avaient souvent chassé avec le malheureux jeune homme, venaient d'éventer sa présence.

Bruloff, aussitôt entouré par ses amis, leur serra fiévreusement la main sans leur adresser une parole, et tout bouleversé
s'écria :

— La chaloupe à la mer ! des grappins ! des cordages ! de
perches ferrées ! des pics ! des leviers ! des haches ! de
anspects ! des échelles ! vite ! vite !

Puis il murmurait :

— Mon pauvre frère... mon pauvre frère !

Quand la chaloupe, munie de tout ce qui était indispensable
pour un sauvetage, fut prête, Bruloff s'y élança avec huit
hommes choisis parmi les plus habiles et les plus déterminé
de l'équipage. Il avait refusé le concours de ses amis, sous le
prétexte fort plausible qu'ils n'avaient pas le pied assez marin
pour se risquer dans une pareille expédition, et où ils ne
seraient en conséquence qu'un embarras.

— Pardon, mais quant à moi, je suis indispensable, avait
répondu Lepérier en sautant dans l'embarcation qui s'éloignait

Si court que fût l'espace qui séparait la *Frileuse* de la banquise, il fallut plus d'une heure d'incessants efforts aux matelots pour le franchir. Plusieurs fois les glaçons, repoussés par
les perches, étaient venus, en tourbillonnant sur eux-mêmes, se
heurter à la chaloupe qu'ils soulevaient tantôt d'un côté, tantôt
de l'autre, menaçant sans cesse de la faire sombrer. Enfin,
sauveteurs et naufragés ne se trouvèrent plus séparés que par
une largeur de vingt mètres où des glaçons amoncelés formaient talus autour de la montagne de glace, et sur lesquels
on réussit, non sans peine, à faire mordre les grappins.

Après ce résultat, qui permettait aux marins de s'aventurer sur la glace, il s'agissait de trouver un point fixe où l'on pût amarrer solidement la chaloupe qui devait servir de base à la dangereuse opération qu'on allait tenter. On ne put y parvenir qu'en enfonçant deux leviers de fer dans l'épaisseur même de la banquise. Cela fait, on tendit deux cordes parallèles, espacées d'un mètre, qui, partant de l'embarcation, aboutissaient au pied de l'*ice-berg*, devant une large échancrure, formant de bas en haut une sorte de coulée peu profonde. Son inclinaison, par malheur, n'était pas assez grande pour qu'il fût permis de la gravir impunément.

Bruloff, qui le premier avait mis le pied sur la glace, ordonna à Ivan et à Sander de prendre chacun un pic, et d'y pratiquer des enfoncements superposés, assez profonds pour que le pied pût s'y placer en toute assurance, et assez nombreux pour qu'il fût possible d'arriver au sommet de l'*ice-berg* par cet escalier rudimentaire.

Ivan devait ébaucher le travail et passer outre, tandis que Sander le terminerait derrière lui; ne pouvant travailler qu'un de front, c'était l'unique moyen de ne pas perdre de temps.

Dès que Pierre avait trouvé la place libre derrière ses compagnons, il s'était joint à eux pour élargir encore, à coups de hache, le chemin qu'ils venaient de creuser.

Les trois hommes, suivis de Bruloff et de Lepérier, étaient enfin parvenus sur le plateau de la montagne de glace, où le plus navrant spectacle les attendait.

Les infortunés, au nombre de cinq, qui se trouvaient étendus là sans le moindre abri, et dont l'énergie venait de s'épuiser dans un dernier effort, ressemblaient à autant de spectres.

Leurs visages hâves, émaciés, sinistres, ne paraissaient avoir
de vivant que les yeux.

Bruloff s'était élancé vers son frère et l'avait soulevé dans
ses bras... afin que le docteur pût lui faire avaler quelques
gorgées de vieux rhum pour le ranimer.

Les trois matelots de la *Frileuse* appliquaient le même traitement aux autres naufragés ; mais ce simple réconfortant ne
pouvait avoir qu'un effet momentané, et il était de la dernière
urgence de les transporter sur le navire, où l'on pourrait seulement leur donner les soins indispensables ; c'était l'avis du
docteur et de tous ceux qui étaient présents ; malheureusement
on n'eut pas plus tôt pris cette détermination, qu'on se trouva
en face de l'impossible : la descente du plateau, praticable
pour des hommes valides, était tellement périlleuse pour des
gens fatigués jusqu'à l'anéantissement, qu'on osait à peine y
songer, et cependant tous ceux qui étaient venus pour les
sauver eussent regardé l'abandon d'un seul d'entre eux comme
un crime.

Plus Bruloff et le docteur Lepérier considéraient l'échelle
qui leur avait permis d'arriver au sommet de l'*ice-berg*, plus
leur anxiété était grande.

— Capitaine, dit Ivan en se rapprochant d'eux, il y a un
moyen aussi simple que rapide de nous tirer de là.

— Explique-toi vite.

— Capitaine, me permettez-vous d'agir selon mon inspi-
ration? demanda Ivan.

— Je te le permets, répondit Bruloff, qui avait une confiance
illimitée dans son pilote ; de plus, il y a cent roubles pour toi
si tu parviens à nous tirer d'affaire.

— Vous me les donnerez une autre fois, capitaine ; je ne

Il descendit la montagne de glace sans faire un faux pas.
Page 125.

ferai rien aujourd'hui que pour votre plaisir et le mien, répondit Ivan qui s'était saisi d'un pic et déjà attaquait la glace, où dix minutes lui suffirent pour installer un fort piquet que Sander était allé lui chercher en même temps qu'une haussière, qu'on amarra fortement par les deux extrémités. Ce câble, tendu à hauteur d'homme, allait rejoindre les deux cordes qui bordaient l'espèce de chemin tracé entre la chaloupe et la banquise.

— Je comprends, dit Bruloff; mais pas plus mon frère que ses compagnons ne pourront, dans l'état où ils se trouvent, descendre un pareil escalier, fût-ce à l'aide de ce garde-fou.

— Pardon, capitaine, vous allez voir que ça ira tout seul.

Et Ivan, sans plus d'explications, s'élança vers Serge qu'il plaça sur son épaule aussi lestement qu'il eût fait du plus léger fardeau, puis se dirigea vers la coulée, prit la haussière comme point d'appui, et descendit la montagne de glace sans faire un faux pas, sans imprimer la moindre secousse à son malade, qu'il porta sans désemparer dans la chaloupe où Bruloff et Lepérier le rejoignirent aussitôt.

— Capitaine, dit Ivan, je remets Sa Seigneurie entre vos mains, et vais me hâter de vous apporter ceux qui sont restés là-haut.

— Merci, Ivan! merci! je vois une fois de plus que tu es un brave et solide garçon.

Sander, Pierre et Nicolas n'avaient pas voulu rester en arrière, et ils arrivaient à leur tour avec trois des malheureux recueillis sur la banquise.

Un seul y était resté.

Ivan se chargea de lui, et bientôt la chaloupe, luttant de nouveau contre les glaces, se dirigeait vers la *Frileuse* avec sa cargaison d'hommes et tous ses instruments de sauvetage.

Norbert et Chamborel, dont Bruloff avait refusé le concours, ainsi que les hommes restés sur le navire, se tenaient depuis longtemps appuyés à la lisse de plat bord, d'où ils suivaient, dans une grande anxiété, les péripéties du drame qui venait de se dénouer si heureusement. Aussi le retour de la chaloupe fut-il salué par les hourras frénétiques qui accueillent habituellement l'apparition d'un flotte victorieuse.

On avait réuni les cinq naufragés dans la salle commune du navire, afin qu'il fût plus facile au docteur de leur donner simultanément tous les soins nécessaires. Ces soins, fort simples d'ailleurs, consistaient en frictions énergiques pour rétablir les fonctions vitales, et une nourriture peu substantielle, accompagnée de boissons chaudes légèrement alcoolisées, afin de stimuler l'estomac sans lui imposer un excès de travail aussi pénible que dangereux après un long jeûne.

On les coucha ensuite, après les avoir enveloppés d'épaisses couvertures de laine.

Leur faiblesse était encore si grande que le docteur n'avait pas voulu qu'on les questionnât sur la catastrophe qui les avait réduits à cette extrémité.

Serge Bruloff, moins affaibli que ses compagnons, avait répondu par une pression de la main aux démonstrations affectueuses de son frère.

Cette absence de renseignements créait une situation embarrassante au capitaine de la *Frileuse,* qui ne pouvait s'immobiliser en mer, et qui d'un autre côté ne savait exactement sur quel point gisaient les débris du *Pygargue,* ni même s'il y avait encore lieu de s'en préoccuper.

Enfin, après quelques heures d'attente, Serge avait suffisamment repris ses forces et recouvré sa présence d'esprit pour raconter à son frère, après en avoir appris la mort de Bremer et celle d'Alexis, tout ce qui s'était passé depuis qu'il avait quitté l'Amérique pour se rendre à la Nouvelle-Zemble.

Le *Pygargue* avait été jeté sur un récif par un coup de mer et s'y était aux trois quarts brisé. Le tiers de l'équipage seul avait été sauvé. Quant aux provisions, il n'en était resté que quelques caisses de biscuits, plusieurs boîtes de conserves et deux barils d'eau-de-vie. Depuis huit jours ils vivaient tous sur ces minces réserves, quand un immense bloc de glace, qu'ils supposaient faire partie intégrante des rochers qui bordent la côte de l'île Beloë, s'en était subitement détaché, l'emportant vers la pleine mer, lui, trois de ses officiers et son maître d'équipage, les séparant ainsi de leurs matelots, au nombre de six, campés un peu plus loin, sur un champ de glace, sans armes, sans abri suffisant, et avec très-peu de vivres.

— Pauvres gens! dit Bruloff; mais vous?

— Plus à plaindre qu'eux, nous étions depuis quatre jours à peu près sur cette banquise, à la merci de la mer, tailladés par le vent, mouillés par le brouillard, mitraillés par le grésil, sans sommeil possible, n'ayant pour toute nourriture que quelques morceaux de glace qui servaient à tromper notre faim, et, suprême angoisse! la pensée que mon message ne t'était point arrivé, et que tout secours devenait impossible. Enfin vous êtes venus!

— Mon pauvre Serge! s'écria Bruloff avec expansion, et tout en serrant les mains de son frère.

— Dieu n'a pas voulu sans doute qu'on s'amusât tous les jours, dit Serge en souriant.

— Maintenant, reprit Bruloff, notre devoir est d'aller, sans perdre une seconde, délivrer les quelques hommes qui sont restés là-bas en détresse...

Et il donna l'ordre de laisser tomber les voiles et de ranimer les fourneaux.

La vapeur acquit enfin sa plus forte pression, et l'hélice maîtrisant les flots lança de nouveau la *Frileuse* à travers les glaces flottantes.

Cette fois elle savait son chemin.

X

DISPARUS.

S'il y avait encore un point noir à l'horizon, il n'était plus de nature à absorber toutes les intelligences ou à contrister tous les cœurs. On allait secourir les derniers naufragés du *Pygargue,* et, cette bonne œuvre terminée, reprendre sa partie de plaisir au point juste où l'on avait été contraint de l'interrompre.

Un long voyage en mer offre d'ailleurs toutes les péripéties d'une bataille, chacun le sait, et dès lors il n'y a pas lieu de pleurer ses morts plus que de raison.

Chamborel, rassasié d'émotions poignantes depuis le matin, songeait à en adresser le compte rendu à toutes les nations civilisées. Il était aussi joyeux en ce moment d'avoir été exposé à d'imminents périls, que radieux d'y avoir échappé.

Le capitaine de la *Frileuse* avait rejoint son pilote, et les trois Parisiens s'étaient réunis autour du lit de Serge pour faire plus amplement connaissance avec lui. L'aîné des Bruloff ayant terminé ses études un an avant l'entrée de son frère au collége, les condisciples de ce dernier n'avaient eu l'occasion de le voir à Paris qu'à de rares intervalles.

— Cher monsieur Serge, disait Lepérier, si le hasard nous a ménagé quelquefois le plaisir de vous voir à Paris, je n'aurais jamais supposé qu'il nous réservât une rencontre sur le sommet d'une montagne de glace.

— Ni surtout, ajouta Serge, que vous me trouveriez là mourant de froid et de faim, au milieu de quatre compagnons dans un état semblable au mien. Que voulez-vous, docteur? on a, dans la vie, bien des surprises de ce genre, et nous devons avouer qu'elles ont leur bon côté, en ce qu'elles nous donnent la mesure de l'affection des nôtres, et aussi du dévouement de nos semblables; je devrais dire de nos amis.

— C'est vrai, mais le mot juste n'arrive pas toujours aux lèvres, fit gaiement Norbert.

— J'espère, monsieur Serge, reprit Chamborel, que nous allons bientôt délaisser la pioche, les cordages et le reste, pour prendre la carabine et le couteau de chasse, car il s'agit d'exécuter notre programme.

— Assurément, monsieur, et je vous dois des excuses pour m'être jeté à la traverse de vos plaisirs.

— Bah! dit Norbert, c'est la tempête qui devrait nous les faire, mais elle n'a pas assez de savoir-vivre pour qu'il soit permis d'espérer qu'elle s'en avise jamais; le plus sage est donc de ne pas nous en occuper davantage.

— Voilà une affaire arrangée, reprit Serge en riant; je

voudrais pouvoir en dire autant de la santé de mes compagnons.

— Ceci me regarde, et j'en réponds, dit Lepérier; il n'y a qu'à les laisser dormir aussi longtemps qu'ils le voudront; quelques bons réconfortants achèveront ensuite de les mettre sur pied.

— Et en ce qui me concerne, docteur?

— Oh! c'est bien différent, et voici mon ordonnance, cher monsieur Serge : Je vous retire mes soins pour vous abandonner aux cuisiniers du bord auxquels je vais me hâter de donner des ordres précis.

Lepérier s'éloigna sur ces mots.

Hélas! le pauvre Bardol, affalé dans un coin de la cuisine, n'était pas encore remis de la terrible aventure qui avait failli le rendre aux éléments, écrasé comme un insecte.

Cette banquise vagabonde, chargée d'une grappe d'êtres humains presque mourants, ne pouvait s'effacer de sa mémoire.

Son attitude pendant cet incident avait été si lamentable, que Danecheff, qui ne se départissait guère de la gravité qui convient à l'exercice de son art, n'avait pu s'empêcher de lui dire d'un air railleur :

— Monsieur Bardol, si nous causions un peu de la cuisine française pour donner un autre cours à vos idées.

— Ah! monsieur Danecheff, je n'en aurais pas le courage, lui avait répondu Bardol en jetant un regard de supplicié à son confrère.

C'était à ce moment que Lepérier se présentait pour lui donner des ordres relativement à l'aîné des Bruloff.

Il resta confondu, presque humilié, en apercevant la piètre

17

contenance et le visage navré de son compatriote, le maît
queux.

— Que faites-vous donc là, Bardol? lui demanda-t-il bru
quement.

— Que monsieur le docteur me pardonne, mais je ne pu
me remettre...

— Vous remettre de quoi?

— Mais, monsieur, de cette grande montagne qui a fail
nous écraser tous.

— Vous tremblez donc devant le danger, comme un êt
inférieur? vous! un Français! dit Lepérier en haussant le
épaules.

— Un Français est aussi vite écrasé qu'un autre, murmur
Bardol entre ses dents.

Le docteur poursuivit :

— Allons, un peu plus d'énergie, et entendez-vous ave
maître Danecheff pour nous préparer un dîner fin, aussi lége
que succulent; le frère du capitaine a besoin de se refaire
ainsi que les officiers qui l'accompagnent.

— Nous n'oublierons pas la recommandation que monsieur le docteur daigne nous faire, répondit Danecheff en
s'inclinant.

— Très-bien, maître... et j'y compte.

Puis se rapprochant de Bardol, il reprit tout bas :

— N'oubliez pas, Bardol, qu'un confrère étranger, un rival
vous regarde. Reprenez votre belle prestance de chef, absolument comme si le drapeau français flottait sur votre tête.

— Oui, monsieur le docteur, oui! répliqua Bardol en se
redressant avec un élan de dignité première.

La mer, ce jour-là, ne se laissait pas dompter facilement, et les efforts de la *Frileuse,* doublement servie par sa machine et sa voilure, suffisaient à peine pour lui frayer un rapide chemin.

Un cri s'éleva tout à coup de l'avant du navire.

L'île Beloë était en vue.

Mais bien qu'on en fût assez proche, on ne pouvait encore distinguer aucun détail significatif au milieu d'une nature aussi follement accidentée par les glaces que l'est celle des régions arctiques. Il importait peu, on touchait au but, et dès lors il n'y avait place pour aucune préoccupation.

Mais qu'étaient devenus les malheureux qu'on mettait tant d'empressement à secourir?

Le *Pygargue,* enlevé par un coup de mer, était resté suspendu entre deux rochers. Sa position était telle qu'il était devenu inaccessible, même à des marins dépourvus de cordages et d'échelles.

Ses mâts étaient brisés, sa carène rompue en divers endroits, sa cale à jour et vidée de tout ce qu'elle contenait. Les naufragés n'avaient pu recueillir de ses débris que deux caisses de biscuits, quelques boîtes de conserves, deux barils d'eau-de-vie, des voiles déchirées, et un petit nombre de piquets dont ils s'étaient servis pour construire une sorte de tente ouverte à tous les vents, ce qui, par un froid déjà intense, rendait leur position extrêmement pénible.

C'était de ce triste campement que le capitaine Serge Bruloff, ses officiers et son maître d'équipage étaient sortis pour voir si l'on ne venait pas enfin à leur secours.

Ils n'avaient pas reparu depuis deux heures, quand les matelots, surpris d'une si longue absence, crurent devoir s'informer de ce qu'ils étaient devenus.

Leur surprise alors fut d'autant plus grande qu'à la place

d'une montagne de glace qui depuis la perte du *Pygargue* servait d'observatoire aux naufragés, et qu'ils avaient toujours prise pour un prolongement de la côte, se trouvait une large échancrure, un vide enfin.

Les matelots avaient une trop grande connaissance des mers polaires pour ne pas deviner la vérité après une simple inspection du sol. La montagne de glace s'était détachée de la terre ferme, emportant au large ceux qui avaient eu l'imprudence de se fier à elle, c'est-à-dire de se méprendre sur sa nature.

Un profond désespoir s'était aussitôt emparé d'eux. Sans armes, sans vivres, privés de leurs officiers, qu'allaient-ils devenir?

La *Frileuse,* qu'on attendait depuis longtemps, n'avait pas sans doute été prévenue; Bremer et Alexis étaient morts de faim et de froid sans avoir pu arriver jusqu'à elle, et ils subiraient le même sort avant que le hasard ait envoyé un bâtiment à leur secours, car ils ne pouvaient compter sur le retour de leurs chefs emportés en pleine mer, où ils devront périr inévitablement.

Il y avait plus de vingt-quatre heures qu'ils étaient dans cette horrible perplexité, cherchant sans le trouver un moyen de salut, quand le vent, qui était très-fort et très-froid, commença à souffler avec violence.

La mer, en peu d'instants, devint si agitée, les vagues si hautes, si monstrueuses, les rafales si terribles, que le seul abri des matelots fut renversé et les piquets ainsi que les voiles qui le composaient emportés au loin, et qu'ils durent pendant un moment former une chaîne de leurs bras pour n'être pas jetés à la mer.

Le seul abri des matelots fut renversé.

Page 142.

Leur situation, par suite de cet incident, était devenue tellement désespérée, que trois d'entre eux parlèrent de se donner la mort pour échapper aux tortures qui les attendaient, quand tout à coup, en jetant de sombres regards sur la mer, comme pour lui reprocher de leur être si fatale, leurs yeux s'ouvrirent démesurément, et prirent une expression d'étonnement stupide.

Le *Pygargue*, échoué entre deux rochers où il était resté comme serré dans un gigantesque étau, avait été soulevé par les derniers emportements de la tempête, et jeté sur la côte où il étalait cette fois tous ses débris à nu.

Une joie immense succéda à leur étonnement, car si atteint qu'eût été le navire dans ses œuvres vives, il n'était pas impossible qu'on trouvât des provisions dans sa partie supérieure, ce dont on n'avait pu s'assurer à cause de la place qu'il occupait précédemment.

Toutes ces réflexions leur étaient venues à l'esprit en moins d'une minute, et de premier mouvement ils s'étaient dirigés du côté de l'épave que la vague, en se retirant, avait laissée moitié sur sa hanche de tribord, moitié sur le plancher du faux pont, troué, fendu, déchiré à plusieurs places.

Cette position leur permit de s'y introduire aisément par une écoutille ; mais si l'accès du navire brisé était facile, il n'était pas commode, même à des marins, de prendre pied à l'intérieur, le plancher du faux pont formant un V très-ouvert avec la muraille du bâtiment auquel il ne fallait pas songer à rendre son assiette faute des moyens nécessaires.

Ces obstacles ne pouvaient les rebuter, et ils commencèrent leurs recherches sans désemparer.

Un baril contenant cent vingt livres de bœuf salé, une caisse de biscuit, trois fusils à baïonnette, une seconde caisse contenant douze bouteilles de vin de Champagne, une hache et quelques ustensiles de cuisine, furent tout ce qu'ils purent découvrir. Ces objets, déplacés pendant les terribles secousses imprimées au navire par deux bourrasques successives, avaient été poussés dans un angle de l'entre-pont où quelques grosses pièces de bois étaient venues providentiellement leur servir de barricade.

Si cette circonstance était heureuse pour des naufragés privés de toute ressource, elle ne pouvait les rassurer pour le cas où leur séjour devrait se prolonger dans l'île Beloë. Il leur eût fallu encore de la poudre et des balles pour utiliser leurs armes contre les ours qui ne manqueraient pas de venir les attaquer, et aussi pour se livrer à la chasse du gibier dont le pays abonde pendant la saison du jour.

L'un d'eux eut l'idée de porter ses investigations autour des restes du *Pygargue,* supposant avec quelque raison que le navire, en retombant sur la côte, avait pu lancer dans plusieurs directions bien des objets restés dans certaines parties de ses œuvres mortes. Il ne s'était pas trompé, et bientôt après il appelait ses compagnons pour l'aider à ouvrir une longue caisse enveloppée de fer-blanc, et trop lourde pour qu'il pût la remuer tout seul.

La caisse contenait différents outils;

Un baril de poudre de trente livres;

Un sac rempli de balles de plomb;

Une petite boîte intérieurement garnie d'une épaisse couche ouatée; cette précieuse petite cassette était pleine de capsules.

Leur enthousiasme devant cette trouvaille tournait à la folie.

Les Hébreux mourant de faim après leur sortie d'Égypte ne furent pas plus heureux en apercevant le sol de la vallée de Sin entièrement couvert de manne.

Les matelots ne songèrent plus qu'à prendre leurs mesures pour résister au froid qui augmentait tous les jours, et enfin à assurer leur existence dans la mesure du possible.

Quelques jours s'étaient écoulés depuis cet événement.

La *Frileuse,* guidée par Serge Bruloff, n'était plus qu'à quelques encablures de la côte où le *Pygargue* avait fait naufrage, et elle ralentissait sa marche pour bien choisir son point de débarquement.

Tous les yeux étaient tournés du même côté.

— C'est singulier, dit-il tout à coup en examinant ses points de repère, nous devrions dès à présent apercevoir les débris du *Pygargue* logés là, sur la gauche, entre deux rochers, à cinq mètres au-dessus des vagues, et je ne vois rien de semblable.

Puis il reprit après quelques minutes d'un nouvel examen :

— Voilà pourtant bien la place où se trouvait la montagne de glace qui nous a emportés en reprenant sa course à travers l'Océan... Il y a évidemment là un mystère qu'il faut pénétrer au plus vite.

Et il donna l'ordre à Ivan de procéder à l'atterrage, une des phases les plus difficiles de la navigation, et si périlleuse souvent, que beaucoup de voyages heureusement accomplis se sont terminés par une catastrophe au moment de toucher au port... Puis Serge, revenant aussitôt sur cette détermination, fit mettre la chaloupe à la mer et y descendit avec Norbert, Lepérier, Chamborel et plusieurs matelots, afin de reconnaître d'abord la situation ; ceci tout naturellement après que chacun se fut suffisamment armé.

La chaloupe ne tarda pas à aborder la partie de l'île désignée par le capitaine Serge ; mais cette fois la surprise de celui-ci fut si grande qu'il en resta muet pendant quelques minutes.

Il retrouvait bien l'endroit précis où il avait été jeté avec le reste de son équipage, après la perte du *Pygargue ;* il reconnaissait, à n'en pas douter, les deux rochers où la partie supérieure de son navire avait été si étrangement accrochée par la tempête ; il relevait en outre les traces des piquets de la tente qu'ils avaient, lui et ses hommes, si laborieusement construite avec les débris arrachés à la mer ; mais les hommes et les restes du bâtiment avaient disparu.

Tout cela vraisemblablement avait été balayé par un dernier ouragan ; il n'y avait pas d'autre explication à ce fait extraordinaire.

— Pauvres gens et pauvre navire ! dit-il avec tristesse.

XI

LE PREMIER OURS DE CHAMBOREL.

Serge Bruloff se disposait à regagner sa chaloupe, quand, mû par le sentiment qui pousse tout honnête homme à vivre en paix avec sa conscience, il se décida à pénétrer plus avant dans l'île pour continuer ses recherches.

Mais si grande que fût sa persistance et celle de ses compagnons, ils ne purent relever aucune trace, découvrir aucun indice du passage ou de la retraite des hommes qui avaient un moment séjourné là.

Serge en revint à sa première supposition :

Un cyclone s'était rué sur cette partie de l'île, et avait emporté du même coup les débris du navire et ses derniers matelots.

Ces accidents sont d'ailleurs trop fréquents dans le voisinage du pôle nord pour qu'il soit permis de s'en étonner.

Ils n'avaient plus qu'à remonter à bord de la *Frileuse,* ce qu'ils firent sans plus d'hésitation.

— Eh bien? dit Bruloff à son aîné.

— Pas une empreinte, pas un vestige ; rien en un mot : tout ce qui restait de mon pauvre navire a disparu, répondit Serge.

— Hommes et choses disparaissent à leur tour, c'est la loi universelle, et puisque c'était aujourd'hui le tour du *Pygargue* et d'une partie de ses gens, le plus raisonnable est de s'en consoler, dit Bruloff, qui avait, dans certains cas, une manière à lui d'envisager les événements de ce monde.

Puis, se tournant vers le pilote de la *Frileuse :*

— Allons, mon brave Ivan, virons de bord et mettons le cap sur le détroit de Matochkine ; nos malheurs sont finis, je l'espère, il faut s'occuper de notre chasse.

L'évolution commandée n'était pas facile pour un navire qui en remorquait un autre, si petit qu'il fût, et il fallut d'abord gagner le large pour pouvoir l'exécuter.

Fort heureusement, les glaçons qui avaient embarrassé depuis deux jours la marche de la *Frileuse* furent tout à coup, sous l'influence d'un vent qui soufflait du sud-est, balayés vers la haute mer.

Les officiers du *Pygargue,* soignés avec un grand dévouement, avaient recouvré une partie de leurs forces et se trouvaient réunis dans la salle commune, où le docteur Lepérier les avait consignés en attendant qu'ils pussent de nouveau s'exposer au grand air.

Les frères Bruloff, Norbert, Lepérier s'étaient joints à eux. Leur conversation très-animée portait sur les événements qui venaient de s'accomplir, et aussi sur les agréments ordinaires de la chasse dont ils allaient jouir au milieu des glaces de la Nouvelle-Zemble.

Chamborel, retiré dans sa cabine, s'occupait pendant ce temps à décrire ses angoisses de quarante-huit heures, pour les mettre ensuite en bouteilles.

On sait ce que contenait la première; voici ce qu'il avait confié à la seconde, jetée à la mer au moment précis où la banquise menaçait plus que jamais de faire sombrer le navire si fatalement engagé sur son passage :

« Mer de Kara, juillet 187.. »

« Chamborel à toutes les nations civilisées :

« La *Frileuse* (capitaine Michel Bruloff) aperçoit banquise flottante qui vient droit sur elle. — Aucun moyen de l'éviter. — Naufrage certain. — Stupeur à bord. — Je me prépare à mourir avec l'amer regret de quitter ce monde sans avoir tué un seul ours. — Cette pensée très-pénible empoisonne mes derniers moments. »

Son troisième message, celui qu'il venait de terminer, disait ceci :

« Chamborel à toutes les nations civilisées :

« La main de Dieu s'est étendue sur nous. — Banquise flottante s'arrête tout à coup sur des brisants. — Joie profonde à bord. — Les lunettes sont braquées, et aussitôt terreur non moins grande : il y a des spectres vivants sur la montagne de glace. — Le frère du capitaine est parmi eux; on le sauve avec plusieurs autres. — Énergie, héroïsme du pilote Ivan. — La *Frileuse* continue sa marche pour recueillir six matelots du *Pygargue* restés sur le lieu du naufrage. — On y

aborde. — Personne! ni marins ni débris du navire. — Capitaine Michel Bruloff fait mettre le cap sur le détroit de
Matochkine. »

Le récit de Chamborel s'arrêtait là, et il venait de l'expédier
par sa voie ordinaire, quand une grande rumeur mêlée de
cris se fit entendre sur le pont. Il y fut en quelques enjambées
Michel Bruloff, Norbert et Lepérier y étaient accourus en même
temps que lui.

Trois ours nageaient à l'arrière du petit bâtiment remorqué
par le brick, et semblaient avoir éventé les chiens d'attelage
confiés à la garde du couple lapon.

Un des matelots, occupé sur le mât de hune, avait aussitôt
donné l'alarme.

Les frères Bruloff, ainsi que les trois Parisiens, se précipi-
tèrent sur leurs carabines, puis attendirent que les ours fussent
à portée pour ouvrir le feu.

Ceux-ci nageaient vigoureusement, encouragés à leur tour
par les cris des chiens, qui déjà flairaient leurs terribles
ennemis.

Les deux Lapons venaient d'apparaître sur le pont de leur
petit bâtiment pour savoir de quoi il s'agissait.

— Rentrez et fermez solidement les écoutilles! cria Michel
Bruloff.

Le pont redevint libre.

— Faut-il tirer? demanda Chamborel.

— Pas encore!... dit vivement Michel Bruloff, il faut auparavant les laisser agir.

Les ours, ne voyant surgir aucun obstacle, s'étaient appro-
chés du petit bâtiment qui continuait de suivre le sillage de la
Frileuse.

Les chiens hurlaient lamentablement.

Déjà leurs trois adversaires avaient fait le tour du petit navire pour chercher le moyen de l'escalader.

C'était peine perdue, car sa coque, fortement doublée de cuivre, n'offrait aucune prise, même à leurs redoutables griffes.

Enfin l'un d'eux, après avoir un moment hésité, résolut de s'aider de l'amarre pour se hisser à bord.

Il l'avait saisie entre ses pattes, pendant que ses deux compagnons se tenaient près de lui, dans l'intention évidente de prendre le même chemin.

Bruloff, qui suivait tous leurs mouvements, jugea que l'occasion était bonne pour les attaquer.

— Attention, mes amis ! dit-il ; nous allons laisser à Chamborel l'honneur de tirer seul sur le plus intrépide ; mon frère et moi nous tirerons sur le second, pendant que Norbert et Lepérier se chargeront du troisième.

— Merci, mon cher, répondit Chamborel qui rougissait de plaisir à la pensée de tuer seul son premier ours ; il faut mentionner qu'il eût préféré le combattre corps à corps ; mais on doit prendre le bonheur comme il vient.

— Êtes-vous prêts ? demanda Michel Bruloff.

— Oui, capitaine, répondirent en même temps les quatre hommes.

— Feu ! cria Michel Bruloff.

Les cinq coups de carabine partirent avec l'ensemble d'une décharge de mousqueterie.

Les tireurs avaient si bien visé, que des trois assaillants deux étaient morts... Le troisième (l'ours de Chamborel), trop légèrement atteint sans doute, s'était remis à nager avec vigueur, plongeant de temps à autre pour éviter une nouvelle décharge.

Mais ceci ne faisait pas le compte de Chamborel; quittant aussitôt ses amis, il sauta dans une chaloupe avec deux matelots armés de haches, et se mit à la poursuite du fuyard.

Cela s'était fait avec une telle rapidité qu'on ne s'aperçut de son projet que lorsqu'il était déjà trop tard pour s'y opposer.

Soit que les cris d'alarme qui partaient du navire ne parvinssent pas à son oreille, soit qu'il ne voulût pas les entendre, il continuait de s'éloigner avec ses deux compagnons qui faisaient force de rames.

L'ours, qui se sentait poursuivi, et dont les forces faiblissaient peut-être, se dirigeait vers un amoncellement de glaces ou plutôt vers un îlot dont la surface n'excédait pas vingt mètres carrés; il avait jugé qu'il se défendrait mieux là, et de fait, la position n'était pas mal choisie; nous ne tarderons pas à le voir.

En même temps que la barque de Chamborel se rapprochait de l'ours, celui-ci se rapprochait de son but, où il finit par se hisser, grâce à la puissance de ses griffes.

Le chasseur et les deux matelots ne furent pas longtemps à l'y rejoindre.

Mais si la situation était nette en ce que l'animal était venu se mettre à la portée de son ennemi, il n'était pas facile à ce dernier d'en sortir à sa gloire.

Il n'y avait pour Chamborel que deux moyens d'en finir avec son adversaire : franchir l'amas de glace où il s'était réfugié, l'aborder en lui lâchant ses deux coups de carabine à bout portant dans la tête, puis l'achever au besoin à coups de couteau, ou bien rester dans sa chaloupe, et de là, le cribler de balles.

Mais en admettant qu'il choisît le premier, il devait considérer que l'îlot dominait la chaloupe de quelques mètres et
que l'ours pourrait l'arrêter dans son escalade en lui ouvrant
le crâne d'un coup de griffe.

Cela méritait réflexion.

Le second moyen lui offrait au contraire la chance de mettre
l'animal hors de combat avant qu'il pût s'opposer à ce qu'il
arrivât jusqu'à lui.

Il prit ce dernier parti, après avoir essayé de faire comprendre par gestes aux deux matelots russes qu'il ne voulait
point qu'on l'assistât dans sa lutte avec l'ours.

Les deux hommes avaient alors échangé un regard où per-
çait une certaine ironie.

Chamborel, ne voulant pas donner à son rude adversaire le
temps de recouvrer ses forces ou de lui échapper, arma sa
carabine et se tint prêt à faire feu.

L'ours ne se montra pas.

Chamborel pensa alors qu'il s'était rencogné derrière quelque glaçon et qu'il l'attendait là de pied ferme.

Tenant sa carabine d'une main, et de l'autre s'accrochant
aux aspérités de la glace, il gravit l'îlot sans la moindre hésitation. Son cœur bondissait de joie à l'idée de se trouver enfin
face à face avec le féroce animal.

Mais, hélas !... pendant que le chasseur prenait si bien ses
mesures, le gibier avait disparu.

L'îlot était désert. L'ours blessé, qu'on pouvait suivre à la
trace de son sang, n'était monté là que pour dépister ses
ennemis, et avait repris la mer de l'autre côté. Mais, chose
étrange, il était tout à coup devenu invisible.

Le désappointement de Chamborel tournait au désespoir, et

il n'était pas éloigné de penser que la mer, au dernier moment, avait englouti l'animal, uniquement pour jouir de sa déconvenue.

Après s'être redressé une dernière fois d'un air de défi et avoir très-longuement regardé autour de lui, il se décida à regagner la chaloupe, ce qu'il ne put effectuer sans deux ou trois glissades suivies de chutes qui l'eussent mis en morceaux s'il avait eu les os plus friables.

Il y avait repris complétement pied avec l'aide des deux matelots, quand il aperçut la seconde chaloupe de la *Frileuse* qui arrivait de son côté à force de rames.

Elle était montée par les frères Bruloff, Norbert et Lepérier, qui tous lui faisaient de grands gestes effrayés dont Chamborel ne comprenait pas la signification.

La lumière ne se fit dans son esprit qu'au moment où une rude secousse imprimée à son embarcation lui fit prendre une telle inclinaison de l'avant à l'arrière, qu'il tomba à plat ventre, se trouvant ainsi tête à tête avec l'ours dont tous les efforts tendaient à entrer dans la barque, qu'il eût fait chavirer s'il l'avait prise par le travers.

L'animal, avec sa ruse habituelle, après s'être tenu caché le temps nécessaire, avait fait le tour de l'îlot pour surprendre ses ennemis.

Le pauvre Chamborel, contraint pendant un moment de respirer l'haleine de l'ours, se releva avec la promptitude d'un choc électrique pour se mettre en défense. C'est seulement alors qu'il s'aperçut que sa carabine était tombée à la mer dans le brusque mouvement qu'il avait fait.

La situation devenait horrible.

L'ours grondait et redoublait d'énergie pour pénétrer dans la chaloupe.

L'ours redoublait d'énergie pour pénétrer dans la chaloupe.

Page 146.

Les deux matelots, restés jusque-là simples spectateurs de la lutte, jugèrent à propos d'intervenir ; l'un d'eux s'élança au-devant de l'animal, dont l'une des pattes fut emportée par un vigoureux coup de hache.

. Deux cris partirent en même temps, l'un de colère, l'autre de douleur : le premier poussé par Chamborel, furieux qu'on l'eût délivré de son ours ; le second, par l'animal mis hors de combat, et qui dans ses convulsions cette fois fit tellement pencher l'embarcation, qu'il retomba à la mer entraînant avec lui Chamborel et les deux matelots ; tous ne formèrent plus en ce moment qu'un seul bloc.

Les trois hommes reparurent seuls.

L'ours, trop blessé pour lutter contre ses agresseurs et contre les vagues, avait dû se laisser emporter par elles.

La barque de secours où se trouvaient les amis du malheureux chasseur n'était plus qu'à quelques brasses ; elle arriva à propos pour le recueillir mouillé, glacé, grelottant, et passablement humilié de sa mésaventure.

Les deux matelots remontèrent dans la chaloupe, qui, par le plus grand des hasards, était restée sur sa quille.

On ne fut pas longtemps à regagner la *Frileuse,* où Chamborel et les deux matelots trouvèrent fort à propos des vêtements de rechange.

Lepérier, Norbert et Bruloff, tout en riant sous cape, essayaient vainement de consoler leur ami, lui répétant que la chasse était journalière, qu'il fallait s'y résigner, avec la certitude que l'occasion de prendre sa revanche ne tardait jamais à se présenter.

— Ours du diable ! s'écria Chamborel dès qu'il eut recouvré en grande partie sa chaleur naturelle, m'avoir fait prendre un pareil bain et en même temps perdre ma carabine! Dieu me damne si je ne tue pas deux de ses congénères à la première rencontre.

— Parbleu!... d'autant plus que nous n'en saurions manquer, maintenant que la chasse est ouverte, dit Michel Bruloff.

XII

CHAMBOREL COUVERT DE GLOIRE ET DE SANG.

Le navire était à l'ancre depuis plusieurs jours à l'entrée du détroit de Matochkine.

Il semblait qu'on l'eût placé là en vigie pour surveiller le sud et le nord de la Nouvelle-Zemble, que ce détroit partage en deux parties égales.

Ses passagers ainsi que son équipage, libres présentement de toute inquiétude, s'organisaient pour l'extermination des ours qui auraient l'imprudence de se risquer à portée de leurs carabines. Le mot avait été dit par Chamborel, et l'on pouvait croire qu'il était sérieux, car l'infortuné chasseur bouillait de colère chaque fois qu'il songeait à sa dernière mésaventure, et il y songeait souvent, sans compter que ses amis ne lui épargnaient pas les railleries à ce sujet.

Serge Bruloff, que nous nommerons à l'avenir le capitaine Serge, pour éviter toute confusion avec son frère, avait proposé de laisser le commandement de la *Frileuse* à Gourieff, lequel garderait avec lui le nombre d'hommes indispensables au service du bâtiment, puis de se partager en deux bandes égales qui chasseraient séparément.

Bruloff commanderait la première, avec ses amis pour état-major.

Le capitaine Serge commanderait la seconde, avec les officiers du *Pygargue* en qualité d'adjoints.

Chaque troupe serait portée à huit hommes, c'est-à-dire à huit fusils... en style de chasseurs.

On décida en outre qu'un traîneau attelé d'une demi-douzaine de chiens, plus un chien de tête, suivrait chaque troupe pour emporter les provisions nécessaires et ramener le gibier dont le transport eût été impossible autrement.

Chamborel, qui avait une certaine répugnance à manger de la cuisine faite par des matelots, songeait à emmener Bardol, dont les talents restaient en quelque sorte sans emploi depuis son départ de Paris.

Ce projet, qu'il communiqua à ses amis, fut unanimement adopté.

Chamborel fit alors appeler son maître queux.

— Bardol, lui dit-il, nous allons, ces messieurs et moi, chasser l'ours pendant une huitaine de jours. Vos talents nous seront indispensables au cours de cette petite expédition. Vous allez donc rassembler les ustensiles et les assaisonnements qui vous seront nécessaires. Vous vous couvrirez ensuite des fourrures supplémentaires qu'on va vous envoyer.

Chamborel allait ajouter à ces recommandations celle de

procéder dans le plus bref délai, quand il leva les yeux sur son cuisinier.

Le malheureux était vert, et tremblait depuis la nuque jusqu'aux talons.

— Qu'avez-vous donc, Bardol?... lui demanda Chamborel très-surpris.

— Monsieur, bégaya celui-ci, c'est que je n'ai jamais appris à chasser l'ours, et que je ne me sens pas de dispositions du tout à m'occuper d'une pareille chose.

— Eh! qui vous parle de cela? On vous emmène en qualité de cuisinier : rien de plus.

— Monsieur voudra bien me pardonner; mais, chasseur ou non, du moment que je me trouve à côté de monsieur, je suis, aussi bien que monsieur, exposé à me faire dévorer par cet animal dont on m'a raconté les choses les plus révoltantes.

— C'est vous, Bardol, qui êtes révoltant d'outrecuidance, répliqua Norbert en s'avançant.

— Moi, monsieur?

— Oui, vous, Bardol : croire que l'ours, animal très-intelligent, va vous dévorer de préférence, quand il aura sous la patte des fils de famille, des gentilshommes, dont la chair est toujours plus délicate et l'éducation plus soignée!

— Mais monsieur voudra bien admettre cependant qu'une erreur de personne... balbutia le pauvre Bardol, humilié au fond de la différence qu'on prétendait établir entre sa chair et celle des autres.

— En voilà assez! Vous ne courrez aucun danger; je vous en donne l'assurance, reprit Chamborel; d'ailleurs, vous êtes sur ce navire en qualité de cuisinier, et par conséquent astreint comme tout le monde à la discipline du bord. Votre

20

désobéissance, je veux bien vous en prévenir, entraînerait
votre mise aux fers, à moins qu'on ne préférât vous jeter
par-dessus bord, ou vous abandonner au milieu de cette île.

— M'abandonner au milieu des ours!

— Tout simplement... Vous voyez que le plus raisonnable
est d'exécuter les ordres que je viens de vous donner.

— Je n'aurais jamais cru... et si monsieur m'avait seulement prévenu... balbutia Bardol atterré.

— Allez! dit Chamborel avec un geste impératif.

Comme le temps marchait, et que le 15 août, date où finit
la saison du jour, n'était pas très-éloigné, on décida qu'on
partirait immédiatement, dès que les apprêts seraient terminés.

De plus, il fut arrêté, sur la proposition du capitaine Serge,
que celui des deux chefs dont la troupe rapporterait le moins
de gibier serait tenu de payer une amende de mille roubles,
qu'on affecterait à l'exécution d'une médaille commémorative
où l'on inscrirait d'un côté le nom des huit vainqueurs, et qui
de l'autre représenterait un *groupe d'ours foudroyés*, entourés
de cette légende :

CHASSE DE LA NOUVELLE-ZEMBLE.

— Corbleu! s'écria Norbert, voilà une excellente idée,
capitaine Serge!... Elle suffirait, si cela était nécessaire, à
nous mettre à tous un brasier dans le cœur.

— Oui!... l'idée est bonne, très-bonne, dit vivement
Chamborel, heureux d'entrevoir un moyen d'arriver à la
célébrité.

— Elle est d'autant meilleure, reprit Norbert, qu'on fera
graver sur bois un fac-simile de cette médaille que j'enverrai au
Journal des chasseurs avec un récit détaillé de nos aventures.

— Puisqu'il en est ainsi, dit Bruloff, et que nous avons une si belle occasion de nous montrer à l'univers, il faut en profiter pour nous placer haut dans son estime en accomplissant des faits mémorables.

Cela fut dit avec un regard plein de malice qui visait particulièrement le belliqueux Chamborel.

L'idée du capitaine Serge avait augmenté l'entrain général, et un quart d'heure ne s'était pas écoulé que chacun avait quitté le navire pour prendre possession de la terre ferme.

Les traîneaux s'y trouvaient déjà, et grâce à eux, les deux troupes emportaient le nécessaire pour une quinzaine de jours, bien qu'il eût été convenu qu'au bout de la première semaine on se retrouverait tous à bord de la *Frileuse*.

Puis, comme il était juste que la part fût égale entre les deux groupes de chasseurs, Tibir accompagnait Bruloff, tandis que Kodia suivait le capitaine Serge.

Les deux chiens de Norvége avaient une si grande finesse d'odorat qu'il n'était pas indifférent de les avoir pour auxiliaires.

Quant à Bardol, le capitaine Serge, tout en réprimant un sourire, avait exigé de lui sa parole d'honneur qu'il se renfermerait dans ses attributions, sans tuer un seul ours, ce qui eût fait pencher injustement la balance du côté de la troupe dont son maître faisait partie.

Bardol la donna de grand cœur.

Enfin, tous ceux qui devaient figurer dans cette chasse à émotions se trouvant prets à entrer en campagne, les deux troupes se séparèrent après s'être lancé un dernier défi.

Celle du capitaine Serge s'éloigna par la droite, tandis que celle de Bruloff se dirigea sur la gauche.

N'oublions pas de mentionner que le traîneau attaché au service de Bruloff et de ses compagnons était conduit par le Lapon Kosero ; celui du capitaine Serge, par Susi.

Nous nous attacherons à la troupe commandée par Bruloff et dont les trois Parisiens faisaient partie.

Nos chasseurs marchaient depuis longtemps déjà, sans rencontrer le moindre ourson, quand Bruloff s'écria tout à coup :

— Oh ! oh ! nous sommes à l'heure de midi, et voilà les eiders qui regagnent le rivage où ils ne reviennent ordinairement que le soir.

— Ce qui signifie ? demanda Norbert.

— Que la tempête menace au large, et qu'elle pourrait bien venir se jeter à la traverse du divertissement que nous espérions prendre.

— Bah ! dit crânement Chamborel, une ondée de plus ou de moins n'est pas une affaire, et d'ailleurs ne sommes-nous pas venus ici avec la résolution bien arrêtée de faire face à tous les obstacles, à tous les périls, quels qu'ils soient ?

— C'est juste, et puis il est possible que la bourrasque n'ait pas les jambes assez longues pour arriver jusqu'à nous, fit observer Bruloff.

— D'abord. Ensuite, la mauvaise chance, comme toute chose, a ses alternatives, et le ciel nous doit une compensation pour les revers que nous avons déjà essuyés, dit Norbert.

— Parfaitement, ajouta Lepérier.

— La voici ! la voici, la compensation ! s'écria Chamborel...

— Que vois-tu donc ? demanda Bruloff qui regardait inutilement autour de lui.

— Deux ours !... là-bas... très-loin...

— Où donc? reprit Norbert qui n'en voyait pas plus que Bruloff.

— Ils viennent de disparaître derrière cette montagne où ils se sont embusqués, sans doute, reprit Chamborel.

— Tibir! des ours! s'écria Bruloff en regardant son chien très-fixement.

L'animal leva les yeux, regarda longuement, tranquillement autour de lui, secoua sa tête intelligente, et reprit sa première attitude.

— Qu'en dis-tu, mon ami? demanda Bruloff avec un sourire.

— Je dis, répliqua Chamborel, que les chiens, si fins qu'ils soient, n'ont pas l'habitude d'éventer un gibier qui n'est pas sous le vent.

— Pincé!... mon cher Bruloff, dit Norbert.

— Il n'y a pas grand mal à être pincé, ça réveille ; seulement, vous apprendrez vite que ces mirages sont fréquents dans les glaces, ce qui fait, je persiste à le croire, que les deux ours de Chamborel sont une illusion d'optique, rien de plus, mes chers amis, dit Bruloff.

— Tudieu ! s'écria Chamborel, si c'est une illusion, nous allons bien le voir, car la voici qui s'avance droit vers nous, et assez rapidement encore.

— Il a ma foi raison, dit vivement Bruloff.

Tibir, qui cette fois aperçut les deux ours, se mit à aboyer avec force pour remplir son rôle d'avertisseur.

— Le traîneau derrière et tous en ligne ! s'écria Bruloff, car les deux animaux sont de taille.

Les huit carabines s'alignèrent. Bardol, pour tenir religieusement son serment, d'un bond s'était tapi derrière le traîneau, prêt à mourir de peur si l'occasion s'en présentait.

— Allons, Tibir, derrière nous ! tu sais que c'est du gibier trop dur pour tes crocs, dit Bruloff.

Le chien obéit.

Bruloff poursuivit :

— Il faut que les pauvres bêtes soient bien affamées pour se décider si vite à une pareille attaque !... Ainsi donc, mes amis, pas de distractions.

Un profond silence se fit parmi les chasseurs.

Chamborel ressemblait à une statue dont les yeux lanceraient des flammes.

Les deux ours arrivaient côte à côte, comme deux frères d'armes qui ont à cœur de faire bravement leur tâche. Arrivés à vingt mètres des chasseurs, ils s'arrêtèrent comme pour mieux choisir leur point d'attaque.

— Attention, mes amis, ajustez bien, et tirez tous ensemble à mon premier commandement..... Feu !

L'un des deux ours tomba foudroyé, pendant que l'autre poussait d'affreux hurlements.

— Mille tonnerres ! ma carabine a raté, s'écria Chamborel au désespoir.

Et tirant son couteau pointu comme une aiguille et affilé comme un rasoir, il s'élança résolûment au-devant de l'ours, sans être retenu par les cris de ses compagnons épouvantés.

L'animal, de plus en plus furieux, avait de son côté fait quelques pas en avant.

— C'est bon, je connais tes roulades, dit Chamborel en avançant toujours.

L'ours, qui venait de se dresser sur ses pattes, semblait le défier avec rage. Chamborel jeta un dernier regard sur son couteau, puis, avec le calme d'un anachorète qui se dispose à boire un verre d'eau, il riva son regard à celui de l'animal.

Pendant la durée de quelques secondes, tous deux restèrent immobiles.

L'ours fut le premier à perdre patience. Il bondit sur Chamborel, les pattes écartées, les yeux sanglants, et où passaient des lueurs d'une férocité inouïe.

On n'eût pas trouvé dans tout Paris, plus que dans tout Londres, un joueur assez fou pour risquer un louis sur la peau de l'intrépide chasseur.

Cependant celui-ci, avec une rapidité qui eût défié celle de la foudre, saisit ce moment pour lui enfoncer son couteau dans le cœur.

Il y était entré jusqu'à la poignée.

L'animal tomba comme une masse, sans pousser un cri.

Chamborel n'avait eu que le temps de se jeter en arrière pour n'être pas étouffé par lui.

Bruloff, Norbert et Lepérier étaient à ses côtés; ils avaient rapidement franchi la distance qui les séparait pour lui venir en aide, si cela était devenu nécessaire.

Sa victoire était si complète, son ours si vaillamment expédié, son attitude si modeste, qu'il n'y avait plus qu'à l'acclamer comme un héros.

— Chamborel! Chamborel! s'écriait Lepérier, il faut que je t'embrasse... là... c'est fait!

Puis il ajouta, après s'être un moment saisi de son bras:

— Et dire que son pouls n'a pas varié d'une pulsation!

— C'est un brave, un vrai brave! aucun doute n'est possible à ce sujet, dit Norbert.

— Aucun! c'est vrai... et j'ai lieu d'être fier de mon élève! s'écria Bruloff.

— Et moi de mon ami, reprit Norbert; aussi veux-je peindre ce beau combat, et en faire le sujet du premier tableau que j'enverrai au Salon.

— Mes amis, mes amis, vous êtes trop bons, murmurait Chamborel en échangeant de chaleureuses poignées de main avec ses compagnons.

— Ce n'est pas tout, il s'agit maintenant de ramasser les morts et de les honorer comme il convient, dit Bruloff ordonnant par un signe au Lapon de faire avancer le traîneau.

L'ours tué par Chamborel mesurait plus de deux mètres; l'autre, qui était une femelle, n'avait guère qu'un mètre quatre-vingts.

— La pauvre bête a reçu nos quatre coups de carabine, fit observer Bruloff en examinant les blessures de l'ourse.

Il poursuivit d'un ton mélancolique :

— C'était un ménage, un bon ménage, il paraît, car le mâle ne s'est porté si résolûment au-devant de nous que pour venger la compagne qui le rendait heureux.

— Dis tout de suite qu'elle avait trouvé le chemin de son cœur, comme Chamborel, répliqua Lepérier.

— Avec cette différence que la pauvre bête le faisait battre, et que Chamborel l'a condamné à un éternel silence, ajouta Norbert.

Kosero, aidé par deux matelots, dépouilla lestement les ours de leurs fourrures. Il les amputa ensuite de leurs huit pieds, de leurs jambes de derrière, et comme on parlait de choisir quelques morceaux plus délicats que d'autres, Chamborel appela tout à coup Bardol. Il pensait que l'expérience de son cuisinier pourrait leur être utile en cette circonstance.

Personne ne répondit.

— Je gagerais qu'il a profité de l'incident pour retourner à bord de la *Frileuse,* dit Norbert en riant.

— Voilà qui serait par trop fort! s'écria Chamborel très-impatienté.

Kosero, qui ne riait jamais, dit alors, avec le plus grand flegme, qu'il allait apporter Bardol à ces messieurs.

Et sans attendre de réponse, il remonta dans son traîneau, fouetta rudement ses chiens qui ne voulaient pas s'éloigner des ours dont ils attendaient leur part, retourna sur ses pas, et ramena bientôt le maître coq, plutôt roulé que couché au fond de son équipage.

Le malheureux était évanoui.

Il fut accueilli par un éclat de rire.

— Poltron! s'écria Chamborel en haussant les épaules.

— Bah! la nature, toujours conséquente dans ses œuvres, a fait des poltrons en si grand nombre, sans parler des niais, qu'il faut bien les croire utiles à quelque chose en ce monde, dit Lepérier, qui ajouta brusquement :

— Diable! mais le nez du pauvre homme est à moitié gelé! Et ramassant une poignée de neige, il se mit à le frotter énergiquement.

Bardol, qui commençait à revenir de sa syncope, se débattit violemment sous cette rude friction.

— Un ours! un ours! à moi! au secours! cria-t-il d'une voix strangulée par la peur.

— Silence, maître Bardol, et sortez de là! lui dit Lepérier.

Subitement rassuré par la voix du docteur, le pauvre Bardol s'était remis sur son séant, et enfin sur ses jambes, au milieu d'une hilarité générale.

Il regardait autour de lui avec stupéfaction. Ces ours

21

dépouillés, mutilés, sanglants, lui semblaient un horrible cauchemar.

Chamborel, s'apercevant que son cuisinier n'était propre à rien pour le moment, s'éloigna en haussant de nouveau les épaules. On fit aux chiens large part dans les débris des ours, et le traîneau chargé, on se remit en marche, abandonnant le reste à tous les voraces qui cherchaient pâture sur ce sol ingrat.

Tibir, après s'être largement repu de la chair des ours et désaltéré de leur sang, n'avait quitté son festin qu'avec regret et seulement pour obéir à l'appel de son maître.

La tempête annoncée par la retraite des eiders et de beaucoup d'autres oiseaux semblait se préparer. Le temps, devenu sombre tout à coup, était un indice des plus menaçants.

— Une *pourga* [1], seigneur, dit le Lapon en désignant le ciel à Bruloff.

— C'est vrai, Kosero, et il faut gagner rapidement l'yourterefuge qui doit se trouver sur la gauche, à quelques milles devant nous.

Le Lapon hocha la tête.

La tempête arrivait; il était impossible d'en douter.

Nos chasseurs n'avaient pas fait deux cents pas, qu'elle se déchaînait dans toute sa furie. Le vent soufflait avec impétuosité, et le ciel s'assombrissait encore. La neige, claire d'abord, devint si épaisse qu'on ne voyait plus à trois pas devant soi; elle ouatait, emplissait l'atmosphère, enveloppant les hommes, le traîneau et son attelage. Les chasseurs étaient à chaque instant contraints de s'arrêter pour reprendre haleine

[1] Tempête de neige.

Le traîneau seul, rejeté de côté par un bloc de glace...

Page 165.

et s'assurer en même temps que personne n'était resté en arrière. Les chiens hurlaient lamentablement, tandis qu'une partie de la troupe ne cessait de se heurter à l'autre, ainsi qu'à de nombreux obstacles dont on ne pouvait se garer par suite de l'aveuglement produit par la neige.

La pourga devint si violente, qu'il fallut entourer le traîneau et s'y cramponner pour ne former qu'une masse contre elle.

— Voilà une tempête que le plus habile ne pourrait peindre d'après nature, car on n'y voit pas plus que si l'on avait la tête enfoncée dans dix pieds de neige, dit Norbert.

— Quant à moi, je suffoque, ajouta Lepérier.

— Mais qu'est devenu Chamborel?... l'intrépide Chamborel?... qu'on me le passe, ne fût-ce qu'un moment; je veux m'assurer qu'il existe encore!... s'écria tout à coup Bruloff...

— Je suis... là... mon... ami... j'étouffe... et je suis telle...ment a...huri, que j'ignore depuis un moment... si... je marche... en avant... ou en arrière... Bon! voilà... que... j'ai de la... neige plein la bouche et les yeux; pouah! voilà mon nez qui se bouche aussi.

— Patience! patience, mes amis! reprit Bruloff, car la tempête débute de manière à durer plus d'un jour; il est indispensable de s'y accoutumer.

Le gentilhomme russe terminait à peine sa phrase, qu'il culbutait, lui et toute sa troupe, dans une excavation profonde de quelques mètres, et comblée en partie par la neige.

Le traîneau seul, rejeté de côté par un bloc de glace, se trouvait arrêté sur le bord du trou avec son attelage affolé.

Si les chiens aboyèrent avec furie, nos chasseurs étaient

loin de garder le silence, d'autant plus que Kosero et Tibir, lancés en avant par le choc, étaient fatalement retombés sur eux, et qu'ils s'efforçaient de reprendre pied en essuyant, l'un ses grosses bottes, l'autre ses grandes pattes, tantôt sur les épaules et tantôt sur la nuque des malheureux qui avaient chuté là dans le plus grand désordre.

L'épaisseur du vêtement des chasseurs et celle de la neige amortissaient par bonheur ces frottements insolites autant que désagréables.

Enfin, moitié riant, moitié maugréant, et grandement suffoqués, tous avaient regagné le bord de l'excavation, où ils se secouaient à l'envi l'un de l'autre, quand un cri lamentable se fit entendre.

L'étonnement se peignit sur tous les visages, car on venait de constater que la troupe se trouvait au grand complet.

— C'est Bardol! le malheureux! nous l'avions oublié! s'écria Norbert.

— C'est vrai!... mais aussi quel imbécile! répliqua Chamborel.

Tibir, sans prendre avis de personne, creusait déjà la neige avec ses pattes, pour délivrer le maître coq, qui fut bientôt rendu à la lumière, et dans quelle attitude!...

Il se trouvait sur les genoux, la face à dix centimètres du sol, murmurant d'une voix entrecoupée :

— Ah!... mon Dieu! quelle catastrophe! j'en mourrai... je suis mort... deux fois mort... c'est bien fini...

Lepérier fit un signe à ses compagnons.

— S'il est deux fois mort, dit-il, qu'on n'en parle plus; il est même inutile de s'en occuper davantage; le premier ours qui flânera par ici croquera les restes de ce poltron, et tout sera dit. — Allons-nous-en!

Bardol se releva d'un bond, épouvanté par les dernières paroles de Lepérier.

— Non, messieurs!... je ne suis pas mort, j'étais seulement un peu étourdi... Vous comprenez, messieurs, une culbute de cette force-là... et sur la tête... peut bien...

Chamborel lui imposa silence.

Les trombes de neige, que le vent arrachait aux déserts sibériens pour les jeter en nuages suffocants sur l'île de la Nouvelle-Zemble, devenaient de plus en plus fréquentes, et il y avait à craindre qu'on ne pût résister longtemps à un pareil déchaînement de la nature.

Délivrés de l'obstacle qui les retenait, les chiens étaient là, tournant sur eux-mêmes en gémissant, et comme cernés par la tempête. Les hommes se taisaient, aux trois quarts anéantis, quand Bruloff reprit la parole :

— Si pénible que ce soit pour des êtres humains qui ont la vanité de se croire quelque chose, il faut s'avouer, mes chers amis, dit-il, qu'il n'y a qu'une manière de lutter contre la force inouïe qui nous domine en ce moment, et qu'elle consiste à nous choisir un sol élevé, le plus abrité possible, pour y creuser une profonde excavation dans la neige, où nous attendrons la fin de cette horrible tourmente.

— Bivouaquer ici! s'écria Chamborel.

— Dame!... à moins qu'il ne vienne à passer un tramway à moitié vide, où nous puissions trouver chacun une place, dit Norbert.

— Ou mieux encore un bateau-mouche à roulettes, par exemple, ce qui nous permettrait d'embarquer en même temps

Kosero, son traîneau et ses pensionnaires, reprit Lepérier.

— Ce docteur est décidément mûr pour Charenton, fit observer Norbert.

Pendant ce temps, les matelots, stimulés par leur capitaine et aidés par Kosero, qui était rompu à tous les travaux de campement, s'étaient mis à la besogne. Au bout d'une heure et demie, la maison de neige était faite : bêtes et gens se trouvaient à l'abri.

Kosero, qui n'oubliait rien en pareil cas, avait. fait sa provision de glace qu'il transformait en eau bouillante pour le thé, grâce à son fourneau portatif, alimenté par l'esprit-de-vin ; de plus, il avait ouvert plusieurs boîtes de conserves et mis le sac au pain en évidence.

Bruloff, qui surveillait tous ces apprêts, venait de lui donner l'ordre de remettre à Bardol les huit pieds d'ours qui provenaient de leur chasse ; il voulait que Chamborel pût tenir jusqu'au bout le serment qu'il avait fait de manger, cuits sur le gril, les pieds du premier ours qu'il combattrait en personne et corps à corps.

Bardol s'était résigné à remplir ses devoirs.

Les choses, sans parler des hommes, empruntent leur plus ou moins de valeur au milieu où elles se produisent, et ce repas improvisé sous la neige, à plus de mille lieues de Paris, au bruit d'un ouragan terrible, parut délicieux aux chasseurs.

Un seul point chagrinait Chamborel, c'était de n'avoir pu tuer son ours sans se couvrir de sang : les manches de sa chemise et sa cravate en étaient pleines ; il ne pouvait s'en consoler.

— Une autre fois, disait-il, je prendrai du linge et des cravates de rechange.

— Moi, je me promènerais crânement teint du sang de mes victimes, plutôt que de me donner un pareil embarras, fit observer Norbert.

— Pouah! cela vous donnerait tout de suite l'air d'un égorgeur, dit Chamborel.

— Il a raison, et le plus simple, pour tuer son ours proprement, répliqua Lepérier avec le plus grand sérieux, serait de mettre des bouts de manches en percaline, comme les bureaucrates soigneux de leurs vêtements, et un gorgerin en cuir imperméable; j'y songerai pour mon compte.

— Assez mangé, assez parlé, mes amis. Au lit! au lit! nous avons besoin de repos! s'écria Bruloff.

— Au lit? répéta Norbert en examinant le sol resté complétement net.

— Allons, Koscro, fais les couvertures de ces messieurs, reprit Bruloff, sans répondre au regard investigateur de son ami.

Le Lapon s'inclina et se mit aussitôt à déballer les fourrures nécessaires, ainsi que des chemises de nuit appelées *kuch-lenka,* larges sacs en peaux de renne, où chacun fourre sa personne en commençant par les pieds, pour se livrer au sommeil.

— Voilà un lit tout à fait original! s'écria le peintre.

Leur premier étonnement passé, nos Parisiens, complétement emballés à l'exemple de leurs compagnons, ne tardèrent pas à s'endormir aux sifflements aigus de la bise polaire.

Quelques heures plus tard, la neige, n'ayant cessé de tomber et de pénétrer par rafales dans leur campement, les avait tous recouverts, accusant vaguement çà et là quelques

22

formes humaines, ainsi qu'un monticule formé par Tibir et les autres chiens qui dormaient en tas pour ne rien perdre de la chaleur qui se dégageait d'eux-mêmes.

La respiration des dormeurs, entretenant une petite ouverture dans la neige, indiquait seule de quel côté se trouvaient leurs visages.

XIII

LA TROUPE DU CAPITAINE SERGE.

Bruloff, qui s'était dégagé le premier de son épais linceul, fit un *coquerico* retentissant pour éveiller sa petite troupe.

On vit alors reparaître un à un tous les êtres vivants ensevelis à leur insu depuis de longues heures entre ciel et terre.

Nos chasseurs, tout empêtrés de leurs longues chemises de nuit, s'étaient remis sur pied à grand'peine, sans avoir d'abord conscience de leur situation, et tout en se débattant au milieu de la neige qui les enveloppait.

Ils regardaient autour d'eux avec une surprise muette, faisant de visibles efforts pour ressaisir le fil interrompu de leurs idées.

Pour son compte, Bardol était dans un hébétement complet.

— Eh bien, j'espère que vous avez suffisamment dormi?

dit enfin Bruloff, qui prenait un très-grand plaisir à les examiner.

— Corbleu! quelle chaleur il fait là-dessous! s'écria Norbert.

— Trente degrés pour le moins, dit Lepérier.

— Et Chamborel qui faisait des façons pour passer la nuit dans mon hôtellerie! reprit Bruloff.

— J'étais insensé, répliqua Chamborel; car je n'eusse pas mieux dormi dans mon appartement de la place Beauvau.

— Très-bien! poursuivit Lepérier, j'ai toujours pensé que Chamborel était le brave des braves, comme on disait volontiers sous le premier Empire, et le plus sage des philosophes.

La tempête, qui par bonheur avait éparpillé toutes ses neiges, faisait relâche en ce moment, et permettait à nos chasseurs d'étudier à loisir la partie de l'île où ils se trouvaient.

Bruloff et Kosero cherchaient ensemble leurs points de repère habituels, quand ils entendirent tout à coup de forts aboiements; ils aperçurent alors Kodia, qui franchissait tous les obstacles en se dirigeant de leur côté.

Tibir s'était déjà élancé à sa rencontre.

— Bon! s'écria Bruloff, il paraît que mon frère chasse dans le voisinage.

— Nous allons pouvoir compter son gibier, et savoir ainsi s'il a déjà le pas sur nous, dit gaiement Chamborel.

— Qu'il paraisse! ajouta Norbert en se redressant, nous lui montrerons, en attendant mieux, comment de faibles Parisiens savent dans l'occasion passer l'équivalent d'une nuit sous la neige.

L'attitude de Kodia eut vite changé l'expression de tous les visages. L'intelligent animal, au lieu de s'arrêter à prodiguer des caresses à Bruloff et à ses amis, ce qu'il faisait habituellement, se mit à tirer le capitaine par ses habits, comme pour lui faire comprendre qu'il venait lui demander du secours, et que cela pressait.

Tibir, à qui il venait, selon toute apparence, de raconter le fait en langue canine, joignait ses instances à celles de son compagnon.

— Il se passe quelque chose d'extraordinaire là-bas, et Serge a besoin de nous, dit vivement Bruloff... Vite, mes amis, inspectons nos armes et suivons Kodia.

Cinq minutes ne s'étaient pas encore écoulées, que le campement, complétement abandonné, ne gardait plus que l'empreinte de ses hôtes.

L'impatience de Tibir et de Kodia était égale, et nos chasseurs, si alertes qu'ils fussent, ne pouvaient les suivre ; les chiens prenaient l'avance, puis revenaient sans cesse sur leurs pas, pour les inviter à se hâter.

Enfin, au bout d'une heure de marche aussi rapide que silencieuse, Kodia s'arrêta brusquement au pied d'un large cône formé mi-partie par une roche, mi-partie par un énorme bloc de glace. Ils n'étaient séparés à leur base que par une ouverture de dix centimètres au plus.

Ce fut devant cette ouverture que Tibir et Kodia se mirent à hurler avec persistance.

Bruloff s'écria :

— Est-ce qu'il y aurait quelqu'un emprisonné là?

Un hurlement sourd répondit seul à cette simple interrogation.

— C'est le grondement d'un ours! s'écria Chamborel, dont les yeux flamboyaient déjà.

Les amis de Bruloff, après s'être consultés du regard, se

répandirent autour du rocher et cherchèrent à deviner la vérité. Comment cet ours ou ces ours pouvaient-ils être enfermés là? Et s'ils y étaient avec la troupe du capitaine Serge, ce que l'animation des deux chiens paraissait indiquer, comment s'y trouvaient-ils murés tous ensemble, et hors d'état de se faire entendre?

Une vive anxiété se peignit sur tous les visages.

Les huit chasseurs, l'un après l'autre, escaladèrent la roche, pour trouver un jour, une fissure quelconque, sans rien découvrir. Ils avaient eu beau frapper aux parois du rocher, et appeler pour révéler leur présence, ils n'avaient reçu aucune réponse; les grondements de l'ours avaient également cessé.

C'était de tous points incompréhensible.

Kosero pendant ce temps avait examiné le rocher et deviné qu'il n'était autre chose qu'une grotte dont un bloc de glace détaché, rompu par la tempête, était venu fermer l'entrée.

— Mais l'ours qui se trouve enfermé là? objecta Bruloff.

— Ça, seigneur, je ne puis l'expliquer, répondit le Lapon.

— Permettez, dit Norbert; sauf une explication plus plausible, ne pourrait-il se faire que l'animal, qui avait flairé la présence de nos amis endormis dans cette grotte, s'y soit introduit au moment précis où ce bloc de glace, détaché de la partie supérieure de ce refuge, en ait brusquement fermé l'entrée?

Toutes ces suppositions n'élucidaient guère la question; c'était l'avis de Tibir et de Kodia, qui s'étaient mis bravement à attaquer la glace avec leurs griffes comme pour y pratiquer un passage, montrant par là qu'il n'y avait pas d'autre moyen de connaître la vérité.

Kosero, qu'il était difficile de prendre au dépourvu, courut au traîneau resté à quelques pas, et en rapporta bientôt un levier, un pic et une hache.

Un matelot s'empara du pic, un autre de la hache.

Le levier resta aux mains du Lapon, qui se mit à sonder alternativement le bloc de glace et les parois de la grotte.

Lepérier, qui avait étudié la dynamique, savait que la matière n'a point d'existence par elle-même, qu'elle est le résultat de la tendance en sens contraire de deux forces, l'une contractive, l'autre expansive, dont la première, quand elle parvient à subjuguer l'autre entièrement, la réduit à n'être qu'un point mathématique, et il examinait pendant ce temps les points de contact du bloc de glace avec la roche.

Il s'aperçut bientôt qu'il ne gardait sa position que par un miracle d'équilibre, et qu'il n'y avait qu'à briser un de ses points d'appui pour qu'il glissât de côté, et découvrit entièrement l'entrée de la grotte qu'il obstruait.

Le docteur dirigea donc les travaux dans ce sens, et fit si bien qu'après trois quarts d'heure d'un travail acharné, le bloc de glace fit un mouvement dans le sens qu'il prévoyait, mais plus restreint qu'il ne l'avait espéré.

Il importait peu; l'ouverture était suffisamment rétablie pour que deux hommes pussent y passer de front.

Une forte odeur de fauve s'en exhalait; elle fit reculer instinctivement Bruloff et Chamborel, qui, la carabine au poing, s'étaient jetés en avant.

Une mare de sang avait souillé la partie du bloc de glace qui s'était détachée du sol en changeant d'assiette.

Bruloff et ses amis, qui s'étaient avancés, la regardaient avec épouvante.

D'où provenait ce sang déjà noir? Quel horrible drame venait de se passer là? Les jambes de Bardol flageolaient.

Norbert, pris d'impatience, s'était élancé à son tour.

— Un ours à demi écrasé! s'écria-t-il.

Une partie du mystère se trouvait éclairci : le bloc de glace, chose indiscutable, s'était abattu sur le rude animal au moment précis où il pénétrait dans la grotte. Le hurlement qu'on avait entendu était sa dernière plainte, car il avait sans doute survécu pendant un moment à la catastrophe.

Mais cette découverte était loin de rassurer le capitaine et ses compagnons.

Kodia, comme pour répondre à leur vive préoccupation, pénétra dans la grotte, n'accordant, pas plus que Tibir, la moindre attention au cadavre de l'ours, qu'ils n'auraient eu garde de mépriser si complétement en toute autre circonstance.

Bruloff, Chamborel, Norbert et Lepérier, précédés par Kosero, qui portait une lanterne marine, les suivirent en proie à une émotion facile à comprendre.

La grotte, vue du dehors, ne semblait pas être fort grande, mais elle se prolongeait en galerie demi-souterraine, où l'on accédait par un couloir incliné, et si étroit, qu'il était interdit à tout être humain dépassant la grosseur moyenne.

Ce passage franchi, on s'y trouvait à l'abri des ours, trop volumineux pour pénétrer là...

Nos chasseurs venaient à peine de le laisser derrière eux, quand un cri douloureux s'échappa de leurs poitrines.

Le capitaine Serge et tous ses hommes étaient là, les uns assis, les autres couchés, renversés; tous paraissaient avoir cessé de vivre. Susi était accroupie dans un angle.

Un feu de charbon de terre, très-ardent, rayonnait dans

Le capitaine Serge et tous ses hommes étaient là...
Page 176

une sorte de cheminée qui se trouvait au milieu de la galerie.

— Vite! vite! s'écria Lepérier, vite, mes amis! qu'on les emporte au grand air, ils sont presque tous à demi asphyxiés.

Une forte odeur d'acide carbonique et de fumée était en effet répandue dans la grotte.

L'opération ne laissa pas que d'offrir certaines difficultés par suite de l'étroit passage dont nous avons parlé; elle se fit néanmoins avec la plus grande rapidité.

Grâce au froid pénétrant qui régnait dehors et aux soins intelligents du docteur, le capitaine Serge et sa troupe reprirent l'usage de leurs sens.

Un quart d'heure plus tard, et tous étaient perdus.

Que s'était-il passé?

Ni le capitaine Serge, ni ses hommes ne purent donner aucun éclaircissement sur l'étrange événement dont ils avaient été victimes.

Ils étaient entrés dans la grotte ouverte à tous les vents, pour se mettre à l'abri de la pourga. Trouvant alors du charbon, ils l'avaient allumé dans une sorte de cheminée qui leur parut fonctionner très-régulièrement.

Ils avaient ensuite pris leur repas tous ensemble; à partir de ce moment, ils ne se souvenaient plus de rien.

— Mais où donc est passé le traîneau qui portait vos provisions? il ne me semble pas l'avoir vu? demanda Norbert.

Un matelot s'élança dehors.

Quelques minutes s'écoulèrent, et l'homme revint annoncer que le traîneau du capitaine Serge avait disparu avec son attelage.

— Disparu! s'écria le capitaine.

La pauvre Susi poussa un cri de désespoir.

— Et ce bloc de glace qui dans sa chute a écrasé cet ours ; vous ne le saviez pas là?

— Quel bloc de glace et quel ours? demanda le capitaine Serge en se retournant.

Il demeura stupéfait en apercevant l'un et l'autre.

— C'est bien extraordinaire, reprit-il, car l'entrée de cette grotte était parfaitement libre lors de notre arrivée.

— Mes amis, dit Lepérier, il faut faire une enquête afin de savoir ce que cela signifie.

— C'est indispensable, ajouta Chamborel.

— Je croirais volontiers, poursuivit Lepérier, que la fermeture de cette grotte, la disparition de ce traîneau, et cette tentative d'asphyxie sur une dizaine de personnes, sont dues à un même concours de volontés.

On avait tout en causant regagné l'intérieur de la galerie qui se trouvait derrière la grotte.

L'odeur de l'acide carbonique y était moins intense.

Le docteur, qui avait commencé par inspecter le plafond, constata que l'ouverture servant d'issue à la fumée remplissait parfaitement son office; il se demandait comment le gaz avait pu s'accumuler dans la galerie au point de compromettre la vie de tous ceux qui s'y trouvaient.

— Par un moyen fort simple, répliqua Norbert; on a dû fermer ce trou pendant un certain temps.

— Impossible! car la nuit se serait aussitôt faite dans cette galerie, et dès lors on se serait aperçu qu'il se passait quelque chose d'inusité, fit observer Bruloff.

— On a pu fermer l'ouverture avec un corps transparent, une tranche de glace, par exemple, dit Norbert.

— C'est juste, reprit Bruloff.

— Une pareille opération n'aurait pu se faire sans laisser de traces là-haut, et il faudrait que quelqu'un se hissât jusque-là pour s'en rendre compte, dit Lepérier; par malheur, je ne vois ici ni perche ni échelle.

— Du moment que l'ouverture existe, elle doit être visible et accessible au dehors, et si le capitaine le permet, je me fais fort d'y passer la tête avant quelques minutes, dit Struve.

Le matelot quitta la galerie sur un signe de Bruloff.

Un silence inquiet régna pendant quelques minutes parmi les chasseurs.

— M'y voici, capitaine, cria tout à coup une voix.

La tête de Struve se montrait en effet par l'ouverture qui se trouvait au plafond.

— Que vois-tu là-haut? demanda Bruloff.

— Capitaine, je vois un glaçon dont le dessous paraît noirci par de la fumée de charbon de terre.

— Tu ne distingues aucune trace de pas d'hommes?

— Non, capitaine; je remarque seulement que le morceau de glace dont je viens de parler a dû se détacher de plus haut, s'arrêter pendant un temps sur le trou de la cheminée, et ensuite glisser plus bas, où il est retenu maintenant par une légère aspérité. Je vais le dégager pour le faire tomber à terre, où mon capitaine pourra le voir lui-même.

Un cercle de fumée qui répondait exactement à l'orifice de la cheminée se remarquait en effet sur la tranche de glace; de plus, on pouvait facilement s'assurer que cette empreinte était récente.

Bruloff et ses amis ne furent pas longtemps à comprendre que l'écrasement de l'ours, la fermeture de la grotte et celle de la cheminée avaient été causés par le même accident:

le déplacement d'un amas de glaces par suite de la pourga.

La disparition du traîneau restait seule un mystère qu'il fallait immédiatement éclaircir. La seule supposition raisonnable qu'on pût faire à ce sujet était que les sept chiens composant son attelage, saisis de frayeur par l'arrivée de l'ours, s'étaient enfuis à travers les neiges pour lui échapper. Dans ce dernier cas, on ne pouvait tarder à retrouver leurs traces.

L'île était trop déserte, trop inhabitable de ce côté surtout, pour croire à la présence d'êtres humains.

On achevait de discuter sur ce point, quand Bardol, que l'odeur de l'acide carbonique avait un moment éloigné de la grotte, y reparut précipitamment.

Il était pâle comme un mort.

— Des ours ! des ours ! s'écria-t-il, des ours qui sont armés de fusils !

Et il alla tomber à demi pâmé de frayeur sur un amas de charbon de terre.

XIV

A TRAVERS LES GLACES.

L'étrange entrée de Bardol aussi bien que son exclamation avaient provoqué un grand éclat de rire parmi les chasseurs.

— Il est devenu fou!... s'écria Chamborel.

Le malheureux chef de cuisine, atteint subitement d'un hoquet convulsif, essayait en vain d'articuler un mot d'explication.

— C'est une hallucination causée par la frayeur, dit Lepérier.

— Laissons-le se remettre et allons à la découverte de notre traîneau! s'écria le gentilhomme russe en faisant signe à sa troupe ainsi qu'au capitaine Serge de le suivre.

La grotte fut confiée aux autres chasseurs, ainsi qu'à Kodia, qui devaient y faire bonne garde, c'est-à-dire la préserver de toute invasion en attendant le retour de leurs compagnons, ou plutôt de leurs émules.

La pourga avait recouvert le sol de plus d'un mètre de neige, ce qui rendait la marche très-pénible malgré les chaussures spéciales dont chacun s'était pourvu.

On ne pouvait faire un pas sans se heurter à un obstacle caché, sans être contraint de faire prudemment l'inspection de tout hummoch, de tout monticule de glace qui pouvait servir d'embuscade ou de refuge à des ours.

Tibir, qui s'était séparé de Kodia pour accompagner son maître, se conformait à l'allure de ses compagnons de route, et marchait comme eux, le nez au vent, le cou tendu, l'oreille inquiète.

Enfin nos chasseurs, le doigt sur la détente de leur carabine, étaient si attentifs, que la foudre seule eût pu les surprendre.

Mais toutes ces précautions ne servaient qu'à augmenter leur fatigue. Aucun être animé ne paraissait dans ce désert de glace.

Le dernier ouragan avait sans doute repoussé les ours jusqu'au fond de leurs repaires, et quant au traîneau, ils n'en voyaient pas trace. La neige avait tout nivelé.

Norbert, fatigué de battre inutilement l'estrade depuis si longtemps, rompit tout à coup le silence :

— Ah çà, mon cher Bruloff, il me semble que nous faisons là un métier de jocrisses. Le gibier que nous poursuivons avec une si grande naïveté, bien caché dans son coin, *se rigole*, comme eût dit le bon la Fontaine, de nous voir passer avec la prétention de lui dérober sa fourrure.

— Il est à présumer plutôt qu'il nous juge trop nombreux,

trop bien armés, pour nous chercher querelle, répondit le capitaine.

— Je croirais plus volontiers que c'est l'attitude de Chamborel qui l'épouvante, dit Lepérier... Je propose donc qu'on le place au milieu de nous pour le dissimuler autant que possible.

— Très-bien, ajouta Norbert, et il en jaillira comme la foudre dès qu'une belle occasion se présentera. Est-ce convenu, Chamborel?

Celui-ci allait répondre à ces flatteuses plaisanteries, quand les aboiements de Tibir éclatèrent comme une fanfare.

Une bande de renards blancs, à cinquante mètres environ, fuyaient avec une effrayante rapidité...

Onze coups de carabine partirent en même temps.

Pas un animal ne fut touché.

Une sorte de mirage, très-fréquent dans les glaces, avait égaré le tir des chasseurs.

— Maladroits que nous sommes! s'écria Norbert.

— Bah!... dit le capitaine Serge en riant, il faut se faire l'œil en même temps que la main pendant un temps, quand on se met à chasser dans les régions polaires.

— C'est indispensable, ajouta Bruloff; en attendant, allons voir ce que ces maraudeurs de bas étage faisaient là.

La distance qui les séparait du but qu'ils s'étaient assigné fut franchie assez rapidement, malgré les difficultés inhérentes au sol.

Ils se trouvèrent alors devant un immense lac gelé, couvert de neige dans sa plus grande étendue, mais dont une partie avait été balayée par un tourbillon de vent, et ainsi mise complétement à découvert. Elle formait à cet endroit comme

24

un spacieux bassin dont les bords offraient un talus de neige parfaitement circulaire.

Les renards, ceux que les chasseurs venaient de mettre en fuite, y avaient fait une large brèche pour se frayer un passage.

Qu'étaient-ils venus chercher là? Quelle proie invisible les y avait attirés?

— C'est singulier, fit observer Lepérier, car le renard ne s'accommode, à de rares exceptions près, que d'une proie vivante.

— C'est l'ordinaire dans le pays où il trouve facilement à vivre; mais dans ces régions, j'en ai vu plus d'un s'acharner sur des cadavres, répliqua le capitaine Serge.

Pendant ce temps, Tibir s'était élancé sur les traces laissées par les renards, et déjà courait sur la glace. Il arriva ainsi jusqu'au bord d'un trou où il se mit à aboyer avec force, les yeux fixés sur le fond du lac.

— Tibir a sans doute découvert quelque chose, dit Bruloff.

— Je cours voir ce que c'est! s'écria Lepérier, qui avait déjà retiré ses chaussures de neige.

— Gardez-vous-en bien, reprit vivement le capitaine Serge; la glace ne doit pas être encore de force à vous porter.

— Bah! je ne pèse guère plus que Tibir; vous allez voir; d'ailleurs je prendrai mes précautions.

Le docteur était parti, sondant la glace avec la crosse de sa carabine, avant d'y poser le pied.

C'est ainsi qu'il parvint à rejoindre le chien. Il ne l'eut pas plus tôt fait qu'il laissa échapper un grand cri de surprise.

— Que vois-tu donc? lui demanda Norbert.

— Il y a au fond de ce trou deux cadavres d'hommes qui

ont dû culbuter l'un sur l'autre au moment où la glace s'est rompue sous leurs pieds. Il semble que leurs corps se soient entrelacés dans une dernière convulsion.

— Deux cadavres! s'écrièrent à la fois les chasseurs.

— Ils ont dû sombrer là en cherchant à échapper à une passée d'ours dont je vois les traces un peu plus loin, reprit Lepérier.

— Quel genre de vêtements portent ces gens-là? demanda Bruloff.

— L'eau est trop profonde pour permettre de bien voir certains détails, répondit Lepérier.

— Ce sont des chasseurs, sans doute, dit le capitaine Serge.

— Oh! là! oh! là! chasseurs ou non, voilà la glace qui craque sous mes pieds... Je m'en retourne au plus vite pour ne pas être forcé d'aller finir en tête-à-tête avec eux.

Et le docteur, mesurant ses pas, sans osciller ni à droite ni à gauche, se faisant, en un mot, léger comme une abeille, arriva sain et sauf auprès de ses compagnons, qui n'avaient cessé de trembler pour lui.

— Peste! dit-il, je ne suis pas fâché d'être à terre. Si ma petite personne eût pesé dix livres de plus, elle s'abîmait au fond de ce lac, avec l'obligation d'y élire domicile jusqu'à la fin des mondes, à moins cependant qu'un sauveteur en ballon ne fût passé par là pour me tendre la perche au bon moment.

— Voilà une escapade qui peut se résumer par ces quatre mots : « *Plus heureux que sage* », dit Bruloff.

— Tu me traites avec une rigueur un peu grande, répliqua Lepérier en riant.

— Ne t'avait-on pas prévenu que cette glace était trop faible pour te porter, ce qu'on pouvait juger rien qu'à sa transparence?

— Après?... Cela prouverait tout au plus qu'en chaque chose il y a manière de s'y prendre ; car enfin, me voici. N'est-ce pas, Chamborel?

— Rien de plus vrai, mon ami.

— Et nous en sommes tous heureux, dit Norbert.

— Tous heureux, répéta Bruloff.

— Seulement, messieurs, vous me permettrez d'ajouter que, pour mon compte, je le serais davantage si je vous tenais réunis à table, auprès d'un bon feu, fût-ce dans la grotte où vous nous avez trouvés à demi morts il y a quelques heures ; car voici le terrible vent du nord-est qui se dispose de nouveau à entrer en scène, dit le capitaine Serge en désignant l'horizon.

— C'est vrai, répliqua Bruloff.

Le capitaine Serge reprit :

— C'est le moment où le plus fort, le plus courageux, ainsi que le plus chétif animal, songe à regagner son abri.

— Eh bien, il faut avoir l'esprit d'en faire autant, répondit Lepérier.

— Le froid, d'ailleurs, va devenir insupportable, poursuivit Bruloff.

La petite troupe, qui avait fait buisson creux sur toute la ligne, reprit donc sans hésiter le chemin qu'elle s'était frayé à grand'peine, ce qui ne veut pas dire qu'elle allât comme le vent.

C'était l'avis de Norbert, qui s'écria tout à coup :

— Quel turf ! on n'y peut marcher qu'en boitant ! Si encore nous avions eu l'intelligence de nous ajuster une voile dans le dos ; cela eût peut-être aidé notre marche.

'— Que veux-tu, mon pauvre Norbert; il faut s'attendre à tout quand on a pour chef un écervelé qui ne pense à rien, dit Lepérier.

— C'est exact, répondit Bruloff.

— Que la peste soit des souliers de neige! s'écria Chamborel; je ne puis m'y faire.

— Ni moi non plus, dit Lepérier; il me semble que je marche les pieds vissés sur des croissants de lune.

Et puis, allez donc avec ça pivoter sur les talons pour faire face à un ours qui vous arrive par derrière! reprit Chamborel.

— On s'y fait si bien, répondit Bruloff, que ceux qui en ont contracté l'habitude ne sauraient plus s'en passer.

— Même pour aller au bal, n'est-ce pas? ajouta Norbert.

— Ne riez point, messieurs; car j'ai entendu plusieurs personnes affirmer à Saint-Pétersbourg qu'on devait, au début du prochain hiver, utiliser ces mêmes chaussures dans un ballet national, dit le capitaine Serge avec le plus grand sérieux.

— Il faut avouer alors que les spectateurs qui seront au premier rang n'auront jamais eu une plus belle occasion de recevoir des coups de pied dans les jambes, répondit Lepérier.

'Cette conversation, où la fantaisie l'emportait de beaucoup sur le sens commun, s'était poursuivie à bâtons rompus, c'est-à-dire hachée, coupée, aussi bien par les accidents de la route que par le bruit du vent qui, de minute en minute, augmentait d'intensité.

On revint enfin à la grotte, qui pendant l'absence des chasseurs avait été le théâtre de scènes quasi sentimentales.

Kosero et Susi, ne comprenant rien à l'état de Bardol,

mais voyant qu'il ne sortait pas de l'espèce de prostration causée par sa frayeur, l'avaient vigoureusement frotté de neige pour le ranimer. Remis sur pied par ce traitement efficace, il remercia bien sincèrement les deux Lapons du service qu'ils venaient de lui rendre, et profita de l'occasion pour leur demander si les ours armés de fusils rôdaient encore dans les environs, et à quelle espèce, évidemment très-rare, pouvaient appartenir ces animaux aussi féroces que singuliers. Par malheur, Kosero et Susi ne parlaient pas français, et le pauvre Bardol, n'osant questionner les officiers du *Pygargue* qui seuls auraient pu le comprendre, se replia sur lui-même, pour envisager dans toute son horreur la triste position qu'il s'était faite.

— Mon pauvre garçon, se disait-il, pour le coup te voilà flambé, et cela par ta faute, ta très-grande faute. Commandé comme un chien, regardé comme un vil mercenaire; toi... un artiste! et par-dessus tout, en passe à chaque instant d'être dévoré par un ours... ou deux. — Toi! — Mais qui te forçait, insensé! de quitter Paris, la ville par excellence pour les gens de mérite?... L'ambition t'a perdu; tu as voulu voir de grandes choses, et tu as vu... quoi? tu as vu ta perte, malheureux! Tu as voulu augmenter ton savoir et ta fortune... et tu mourras à la fleur de l'âge, harassé de fatigue, amaigri par la faim, ratatiné par le froid. Et on te laissera sans pitié dans cette île affreuse, où tu attendras le jugement dernier... sous un glaçon.

Et le malheureux ne pouvait retenir ses larmes.

Pendant ce temps, Kosero et Susi causaient tristement de la disparition de leur traîneau, et surtout de celle de leurs pensionnaires, qui étaient de vrais amis pour eux.

— Il faut espérer que les seigneurs qui les cherchent en ce moment retrouveront leurs traces, disait Kosero, qui faisait tous ses efforts pour consoler sa femme.

— J'ai eu tort de les quitter, répondait Susi d'une voix douce.

Il n'est pas d'être si dénué, si déshérité, si abandonné qu'il soit, à qui la Providence n'ait réservé un ami.

Le Lapon a ses rennes et ses chiens, dont il se sert indistinctement pour atteler ses traîneaux. Ces deux espèces, bien que très-différentes, sont douées d'une rapidité égale, et franchissent d'immenses distances à travers la neige, emportant leur maître ainsi que toutes les provisions, tous les objets dont ils auront besoin pendant le voyage.

La bonne éducation des chiens est d'une telle importance pour ceux que le sort a fait naître au milieu de la neige et des glaces, qu'ils ne sauraient la négliger sans compromettre leurs plus grands intérêts. Privés de leurs services, ils devraient renoncer à toutes relations, à tout commerce. Les chiens sont le seul trait d'union qui existe entre eux et les êtres qui se meuvent en dehors du cercle restreint de leur famille. Il leur importe donc avant tout de les dresser de manière à en tirer le meilleur parti possible.

Les voyageurs qui ont pu étudier les traits caractéristiques de la race canine de ces régions affirment qu'ils ont fréquemment plus d'intelligence et de sagacité que leurs maîtres. Il en est qui sont réservés et dignes, ayant conscience et souci des devoirs qu'ils ont à remplir. Ceux-là, toujours placés à la tête de l'attelage, servent d'exemple aux jeunes chiens de bonne volonté, mais de peu d'expérience, qui les suivent.

Au dernier rang, sont les stupides, les rusés, les paresseux et les larrons, continuellement prêts à dérober aux plus faibles leur nourriture, et à s'écarter du chemin pour le motif le plus futile. Ces animaux vicieux, placés sous la main du conducteur, n'obéissent qu'à force de coups.

Le trait suivant, entre autres, témoignera de la diversité qui existe dans leurs caractères aussi variés que ceux de l'espèce humaine.

Un jour, un renard se lève tout près d'une route, et part à fond de train sous les yeux d'un attelage qui passait. Tous les chiens affolés, à l'exception du *chien de tête,* s'élancent à la poursuite du renard, entraînant, malgré sa résistance, leur malheureux chef de file. Désespéré, celui-ci dresse tout à coup ses oreilles, regarde dans une direction opposée, donne plusieurs coups de voix précipités, fait un bond furieux, comme pour les entraîner sur la piste d'un autre gibier. Les chiens répondent à ce faux appel, et suivent leur chef sans hésiter... Celui-ci fait alors un crochet, et les ramène dans le bon chemin.

On comprendra mieux, après cette digression, de quelle nécessité il est pour les habitants des contrées boréales d'avoir de bons attelages, et quel chagrin devait ressentir la pauvre Susi en pensant que les chiens, dont l'instruction leur avait donné tant de peine, étaient à jamais perdus pour son maître et pour eux.

Le retour des frères Bruloff et de leurs compagnons avait ramené un certain mouvement dans la grotte, où les matelots entretenaient un excellent feu, et faisaient quelques travaux de nettoyage jugés indispensables. Bardol lui-même était sorti de son immobilité, pour se tenir respectueusement debout en présence de son maître.

— Le traineau ! Voilà le traineau !

Page 195.

Les Parisiens, délivrés de leurs souliers de neige, prenaient déjà place au milieu de leurs fourrures étalées sur le sol, afin de répondre plus commodément aux questions qu'on se hâtait de leur adresser sur le résultat de leur expédition, quand Tibir et Kodia donnèrent subitement de la voix en s'élançant hors de la grotte, suivis de Kosero et de Susi.

— Le traîneau ! voilà le traîneau ! s'écrièrent à la fois le mari et la femme.

En quelques secondes, tout le monde fut dehors.

Le traîneau et l'attelage, au grand complet, se trouvaient là en effet. Seulement les pauvres bêtes étaient exténuées et tiraient la langue à faire pitié.

— Ces malheureux animaux meurent de faim et de soif! s'écria le capitaine Serge.

Les deux Lapons les eurent vite détachés et emmenés à l'intérieur de la grotte, où l'autre attelage se reposait depuis de longues heures. Il s'agissait de donner le nécessaire aux nouveaux arrivés.

Bardol avait horreur de l'isolement depuis qu'on l'avait séparé de Danecheff pour le transporter dans un désert de glace. La crainte de se trouver brusquement face à face avec un animal féroce, qui, en l'absence de toute autre proie, le dévorerait en deux bouchées, l'avait vite décidé à suivre ses compagnons, que les cris de Kosero et de Susi avaient tous attirés dehors.

Personne ne s'était encore occupé de savoir si le traîneau ramené par les chiens n'avait pas été dévalisé, quand Chamborel, apercevant son maître coq, lui dit :

— Bardol, visitez donc tout de suite ce traîneau, afin qu'on sache si les provisions qu'on avait placées là, lors de notre départ, y sont encore.

— Au fait! cela est très-important, reprit le capitaine Serge.

— Oui, monsieur, répondit Bardol.

Les lanières en peau de phoque servant à fixer les toiles qui recouvraient le véhicule avaient été dénouées d'un côté seulement.

Bardol, complétement rassuré par la présence d'une vingtaine de personnes, s'était mis lestement à l'œuvre ; mais par malheur un méchant esprit s'acharnait après le pauvre diable, car on le vit tout à coup pâlir, verdir... puis reculer en s'écriant :

— Un ours! encore un ours, messieurs!... Ah!... mon Dieu!... il est vivant!

XV

SAUVÉ PAR LES CHIENS.

Cette fois il n'y avait plus doute pour personne sur l'insanité d'esprit du maître queux. Aussi ne répondit-on à son étrange exclamation que par des haussements d'épaules et quelques regards de pitié.

Cependant le pauvre Bardol n'avait pas tout à fait perdu la raison.

Les frères Bruloff et les trois Parisiens en acquirent la conviction en s'approchant à leur tour du traîneau, où un homme de grande taille, passé dans une peau d'ours qui s'était en quelque sorte incorporée à lui, se mouvait lentement comme au sortir d'un sommeil lourd et prolongé.

Son visage énergique, amaigri, envahi par une barbe inculte, se dégageait à grand'peine de l'espèce de capuchon à longs poils, formé par une partie de la peau qui le recouvrait.

Enfin ses yeux, qu'on eût pu croire fermés pour l'éternité, s'ouvrirent avec peine, et il regarda autour de lui, en proie à une stupéfaction profonde, et comme frappé de mutisme. On devinait que sa tête affaiblie sollicitait vainement sa mémoire.

De son côté, le capitaine Serge le regardait avec une curiosité singulière, en un mot comme un homme dont on aurait suivi l'enterrement la veille, et qu'on retrouverait tout à coup sur son chemin.

— Ulrik! le chauffeur du *Pygargue!* s'écria-t-il après quelques secondes d'hésitation.

— Vous! mon capitaine! le ciel ne m'a donc pas abandonné,... répondit le matelot en faisant un pénible effort pour quitter le traîneau.

Deux hommes qui s'étaient avancés sur un signe de Michel Bruloff pour lui prêter assistance le conduisirent dans la galerie, où il allait trouver un bon feu et les réconfortants nécessaires.

Tous le suivirent, à l'exception de Bruloff resté un moment en arrière pour ordonner à Kosero et à Susi de remiser le traîneau à côté de l'autre, sous la voûte qui servait, pour ainsi dire, de porche à la grotte.

— De cette manière il sera plus à l'abri des ours et des renards, que l'odeur de nos provisions attirerait infailliblement; quand on a manqué de prudence une première fois, il serait impardonnable de recommencer.

Le capitaine Serge, curieux de savoir ce qu'étaient devenus les matelots naufragés que la *Frileuse* avait en vain tenté de recueillir dans l'île Beloë, demanda à Ulrik de l'en instruire dès qu'il aurait suffisamment réparé ses forces.

Bardol, très-occupé de préparer le repas des chasseurs qui mouraient de faim, était heureux de s'être assuré par lui-même que toutes les peaux d'ours ne contenaient pas des animaux féroces... Il en était arrivé, par un effort d'imagination -en dehors de ses habitudes, à penser que les ours armés de fusils qu'il avait cru voir dans l'éloignement pouvaient bien n'être que des chasseurs dans l'exercice de leur dangereuse profession.

La tête pleine de ces idées rassurantes, il achevait de préparer le repas qu'on attendait avec impatience, quand le vent du nord-est, qui en avait fini avec ses préludes, entama une de ses symphonies les plus magistrales, les plus lugubres.

La galerie souterraine communiquait, on le sait, par un étroit passage avec l'entrée de la grotte ouverte à tous les vents. Profitant de ces dispositions, un courant d'air d'une violence inouïe venait de s'établir entre ce passage et l'orifice de la cheminée, emportant, renversant tout sur son passage.

Se saisissant de Bardol avec un sans gêne révoltant, il l'avait appliqué comme une affiche sur la muraille, d'où le malheureux ne put se détacher qu'après d'incroyables efforts.

Les chasseurs restés en dehors du courant s'étaient réfugiés dans un angle où ils n'eussent pas été fâchés de prendre racine jusqu'à la fin de la tourmente.

Kosero et Susi, sans qu'il eût été nécessaire de leur donner aucun ordre à ce sujet, après s'être servis des traîneaux pour fermer l'entrée de la grotte, l'avaient ensuite calfatée avec de la neige, ce qui avait fini par permettre à chacun de reprendre sa première attitude.

— Quelle bise! ah! mon Dieu! s'écria involontairement Bardol; il m'a semblé un moment que cent démons avaient résolu de m'aplatir comme une mouche le long de ce roc.

Leur travail de calfats terminé, Kosero et Susi, toujours prêts à se prodiguer pour le service de leur maître, étaient aussitôt venus en aide à Bardol pour disposer sur l'extrémité d'un banc de roche, qui semblait saillir de la muraille exprès pour servir de table, le repas si impatiemment attendu.

Quand le rude appétit des convives fut enfin satisfait, le capitaine Serge dit à l'homme qu'on avait trouvé dans le traîneau, et qui avait passé six ans dans la marine étrangère :

— Ulrik, maintenant que te voilà en meilleur état, dis-nous très-exactement en français, afin que ces messieurs te comprennent tous, ce qu'il est advenu de toi et de tes camarades depuis notre séparation.

Indépendamment de ce que le lecteur sait déjà, le matelot raconta qu'après avoir péniblement construit une chaloupe des débris du *Pygargue*, et s'y être embarqués avec tout ce qu'ils avaient pu trouver dans la partie supérieure du navire, ils avaient quitté l'île Beloë pour gagner les côtes de la Nouvelle-Zemble, dans l'espoir d'y trouver encore la *Frileuse* et d'être recueillis par elle. N'apercevant point le brick ni aucun autre bâtiment, ils avaient supposé que le capitaine Bruloff, ne comptant plus sur l'arrivée de son frère, était de même reparti pour Arkhangel.

Un violent désespoir s'était alors emparé d'eux.

— Mais, interrompit le capitaine Serge, ne savais-tu pas, toi, Ulrik, que nous avions, mon frère et moi, bâti des *yourtes-refuges* sur différents points de la côte?

— Je le savais, capitaine, et j'ai guidé mes compagnons vers un de ces asiles, où grâce aux provisions placées là par

votre générosité, nous avons pu exister pendant une semaine.
Seulement ces provisions épuisées, la discorde n'a pas tardé
à se mettre entre nous, de telle sorte que Vladimir, Ulmann
et Yakof, les seuls qui fussent armés de fusils, et par conséquent en mesure de vivre de leur chasse, nous ont jetés
dehors comme gens inutiles, et qui n'étaient bons qu'à leur
apporter la famine.

— Les lâches! s'écria Bruloff.

— Je ne les aurais pas crus si mauvais, ajouta le capitaine Serge.

— Ils ne l'étaient pas, capitaine, mais la faim vous retourne
un homme aussi vite que le vent désempare un navire. Celui
qui a dix fois risqué sa vie pour sauver un camarade, le tue
en pareil cas pour lui voler son dernier morceau de pain.

— L'histoire des naufrages nous en fournit cent exemples
pour un, dit Bruloff.

— Mais quelle résolution prîtes-vous alors? demanda le
capitaine Serge.

— Nos couteaux ne pouvant rien contre leurs fusils, nous
avons dû tirer au large pour chercher un autre asile.

Nous espérions toujours rencontrer quelques-uns des chasseurs qui viennent tous les ans, pendant la saison du jour,
passer un ou deux mois de ce côté, et les prier de nous rapatrier; mais tous, je le répète, étaient partis, chassés par les
dernières tempêtes qui ne promettent rien de bon.

L'idée nous vint de regagner la côte; nous avions la quasi-
certitude d'y retrouver la chaloupe qui nous avait amenés. Il
ne nous semblait pas probable que nos ennemis aient eu le
loisir de la mettre en sûreté. Nous pourrions, grâce à elle,
explorer la côte et y ramasser un phoque échoué ou toute
autre nourriture.

26

Peines perdues! la chaloupe n'était plus là.

Nous n'avions pas mangé depuis deux jours, et la colère s'emparant de nous, il fut immédiatement résolu qu'il fallait se rapprocher de la hutte, en surveiller discrètement les abords, et profiter du moment où Vladimir, Ulmann et Yakof s'en éloigneraient pour nous y réinstaller et leur en disputer ensuite la possession par tous les moyens.

Ce projet bien arrêté, nous avons repris le chemin de l'yourte. Nos dents s'étant encore allongées et notre caractère aigri pendant le trajet, nous étions juste à point pour ne leur faire aucun quartier.

Dans une autre saison, nous eussions attendu la nuit complète pour nous mettre en embuscade; mais il fallait quand même agir presque en plein jour.

Nous glissant alors de glaçons en glaçons, de monticule en monticule, profitant tantôt d'une coulée que le vent avait creusée dans la neige, et tantôt d'un *hummock,* enfin de tout ce qui pouvait nous dérober aux regards de nos ennemis, nous arrivâmes ainsi à dix pas de la hutte dite *des ouragans.*

Pas un bruit ne s'en échappait.

Les trois hommes devaient être endormis ou absents.

— S'ils étaient avertis de notre présence? me dit Ligof.

— Et s'ils se tenaient au milieu de l'yourte, le fusil en joue, et prêts à tirer dès que nous paraîtrions dans l'embrasure de la porte? ajouta Alexandre.

— Quelques pas suffiront pour nous en assurer, leur répondis-je.

— Avançons! dirent Alexandre et Ligof.

Nous nous aperçûmes seulement alors que la porte de la hutte, sortie de ses gonds, gisait sur le sol.

Le plus grand désordre régnait à l'intérieur.

Le lit, la table, les escabeaux qui meublaient le refuge, ainsi que divers ustensiles, amoncelés dans un pêle-mêle indescriptible, semblaient nous barrer le chemin.

Pendant un moment nous regardâmes autour de nous, redoutant quelque embûche.

— Les vilains oiseaux se sont envolés, dis-je enfin à mes compagnons.

— Après avoir dévoré le reste des provisions, ajouta Alexandre, que la faim torturait.

Un frisson nous saisit, Ligof et moi.

Quelque chose d'affreux se passait en nous.

Chacun gardait le silence, quand un gémissement se fit entendre tout à coup.

La frayeur s'empara de nous à ce point qu'elle brisa pendant un moment toute notre énergie.

Notre premier mouvement avait été de fuir, mais la force nous avait manqué. Cette émotion un peu calmée, Ligof s'écria :

— Allons-nous rester là à trembler comme des femmes? Vite! il faut voir ce qu'il y a là-dessous.

Et nous enlevâmes l'un après l'autre tous les objets entassés là.

Au dernier, nous poussâmes un cri de stupeur autant que de pitié.

Vladimir venait de nous apparaître le visage en sang, le front meurtri, à moitié mort enfin.

Ligof et moi nous essayâmes de le soulever pour lui porter secours...

— Non! non! dit-il, ne me touchez pas, laissez-moi mourir; je souffre trop.

— Qu'est-il donc arrivé? qui t'a mis dans cet état?

— C'est Ulmann et Yakof... le froid, la faim, le désespoir, les avaient rendus fous... et ils m'ont assommé... Ils parlaient de me manger, répondit le moribond d'une voix si faible qu'on l'entendait à peine.

— Où sont-ils? lui demanda Ligof... réponds-moi...

Le moribond, les yeux déjà voilés, fit un effort inutile pour ouvrir la bouche... et ne bougea plus...

Il était mort.

Alexandre, de plus en plus affamé, était resté étranger à ce qui se passait autour de lui... Furetant de droite et de gauche avec des allures de bête fauve, il devenait effrayant.

Je fis signe à Ligof de ne pas le quitter des yeux, et je fouillai à mon tour tous les recoins de la hutte. Je me disais que Ulmann et Yakof, devenus fous, avaient dû s'éloigner sans songer à un reste de provisions qu'ils pouvaient laisser derrière eux. Sans compter qu'il n'était pas toujours facile de mettre la main sur certaines cachettes.

J'avais deviné juste, car je trouvai bientôt une centaine de biscuits, plusieurs gros saucissons, et trois boîtes de viandes conservées; le tout réuni dans une caisse qu'un amas de glace destiné à faire de l'eau masquait entièrement.

Je retrouvai encore la provision de charbon de terre qui avait excité ma convoitise et mes regrets le jour de notre départ; elle était intacte. Je réfléchis qu'ils n'avaient pu l'utiliser faute du briquet que nous avions par hasard emporté en quittant l'yourte.

Transporté de joie par mes découvertes, je me hâtai de remettre la porte sur ses gonds et de la verrouiller à l'intérieur, puis j'allumai un grand feu devant lequel je portai la

Nous emportâmes le mort.

table, où j'avais préalablement placé quelques biscuits et plusieurs tranches de bœuf et de saucisson ; j'avais caché le reste.

— Servis ! nous sommes servis, mes enfants ! m'écriai-je.

A cet appel, Alexandre, dont Ligof avait détourné l'attention pendant ces apprêts, ne fit qu'un bond jusqu'à moi. Déjà assis, je me hâtai d'indiquer à chacun sa place, et nous nous mîmes à apaiser une faim qui avait près de soixante heures.

Si l'abstinence forcée qui précéda ce repas avait été longue, le sommeil irrésistible qui nous cloua sur nos siéges dès qu'il fut terminé ne dura pas moins de douze heures, ce qu'il était facile de constater aussi bien par le refroidissement complet de notre poéle, que par l'engourdissement de tous nos membres.

Réveillé le premier, je m'empressai de faire du feu pour combattre le froid glacial qui régnait dans la hutte, et d'apprêter le repas auquel mes compagnons allaient tout d'abord songer en ouvrant les yeux.

On ne saurait dormir éternellement, et si peu de bruit que je fisse, il suffit pour importuner Ligof et Alexandre, qui se redressèrent tout à coup sur leurs siéges.

— Camarades ! le déjeuner est prét ! m'écriai-je.

Ces simples mots achevèrent de les rendre à la vie réelle.

— Le déjeuner... c'est vrai, on s'est remis à manger depuis hier, dit Alexandre dont le visage avait repris son expression habituelle.

— Et nous ferons en sorte que cela dure le plus longtemps possible, ajouta Ligof.

Ce repas, exactement composé comme le dernier, faute de mieux, fut rapidement expédié.

— Ce n'est pas tout, compagnons, repris-je alors,
pauvre Vladimir est toujours là, et notre sainte religion no
ordonne de lui donner une sépulture; je vous propose do
de remplir ce devoir immédiatement.

— Tu as raison, répondit Ligof, la vue de ce cadav
n'aurait d'autre effet d'ailleurs que de nous assombrir l'espri

— C'est mon avis... dit Alexandre.

Cela dit, nous emportâmes le mort que nous nous hâtâm
d'ensevelir dans une cavité remplie de neige, à trente mètr
au nord de la hutte.

Nous n'avions plus qu'à envisager la situation qui nou
était faite.

Elle se résumait trop clairement pour être bien rassu
rante :

Un refuge, mais peu de provisions et aucun moyen de nou
en procurer.

Ceux que nous avions essayé de surprendre au péril d
notre vie, devenus fous, étaient partis, emportant leur
armes... Le fusil de Vladimir, le seul resté dans la hutte, étai
tordu, mis hors de service.

Nous en étions réduits à nos couteaux, trop courts et tro
mal affilés pour nous servir contre les ours.

Il nous restait, en les ménageant beaucoup, pour huit o
dix jours de vivres, et il fallait avant l'expiration de ce temp
trouver un moyen de salut... ou mourir de faim : aucune illu
sion ne nous était possible.

Quarante-huit heures s'étaient déjà écoulées quand nou
aperçûmes les traces de plusieurs ours autour de notr
hutte :

Deux gros et trois petits, ce qu'il était facile de voir à

la différence des empreintes qu'ils avaient laissées sur la
neige.

Comme ils n'étaient pas venus rôder si près de nous dans
le simple but de se distraire, il était certain qu'ils ne tarde-
raient pas à venir nous attaquer.

Ne pouvant leur résister, nous décidâmes que le plus sage
serait d'emporter nos vivres et de céder la place à ces animaux pendant un temps plus ou moins long, pour les
dépister.

Malheureusement leur siége était déjà préparé, et nous
avions à peine commencé notre retraite qu'ils se lancèrent
sur nos traces. — Pendant cette poursuite Ligof et Alexandre
périrent dans un lac dont la glace se rompit sous leurs pieds,
et je m'abîmai, moi, un peu plus loin, entre deux roches où
je fus complétement enseveli dans la neige.

— Ce sont leurs cadavres que tu as vus au fond de ce lac,
dit Bruloff à Lepérier.

— Bien certainement, répondit celui-ci.

Ulrik poursuivit sur un geste du capitaine Serge :

— Cet accident me sauva la vie, en me dérobant à la
férocité des ours qui n'auraient pu venir me chercher là.

Quand je parvins, après d'incroyables efforts, à sortir de ma
prison, je vis à une certaine distance un traîneau sans maître,
dont l'attelage haletant semblait se reposer après une course
folle.

Ma première pensée fut que ces chiens, égarés par un incident quelconque, retrouveraient probablement la piste de
leur maître, et qu'alors je serais sauvé.

Je me glissai donc sans hésiter dans l'intérieur du traîneau,
au milieu des fourrures qui se trouvaient là ; je m'en enve-

27

loppai comme d'un vêtement après m'être confié à la grâce de Dieu.

Brisé de fatigue, je ne tardai pas à m'endormir d'un profond sommeil.

Vous savez maintenant, capitaine, ce que sont devenus les derniers matelots du *Pygargue*.

XVI

LA TOUNDRA.

Il n'est pas de plan si bien conçu, de projet si bien mûri, de précautions si bien prises, qui ne puissent être réduits à néant par la puissance invisible qui gouverne toute chose, aussi bien à travers les sinuosités d'ici-bas, que dans les pures régions supérieures.

Nous en aurons bientôt de nouvelles preuves.

Trois semaines s'étaient écoulées depuis que nos chasseurs, divisés en deux troupes, avaient quitté le brick, sans que les hommes d'équipage restés à bord en eussent reçu des nouvelles.

Et cependant la chasse devait être interrompue par l'effroyable temps qu'il n'avait cessé de faire.

Cette longue absence n'était pas sans inquiéter très-sérieusement Gourieff, le second de la *Frileuse*, et Ivan, le pilote, car le froid faisait chaque jour de tels progrès, que la mer, si l'on tardait encore, serait inévitablement fermée avant qu'il fût possible de songer au retour.

Si Gourieff n'eût relevé que de lui-même, et que la responsabilité du navire lui eût incombé, il eût remis à la voile sans une heure de retard pour retourner à Arkhangel.

De plus, la crainte d'un hivernage forcé au milieu des glaces n'était pas sa seule inquiétude.

Depuis quelque temps des cris qui n'avaient rien d'humain venaient tout à coup troubler son sommeil et celui des hommes de l'équipage restés sous ses ordres, leur causant de terribles alertes.

Plusieurs fois on avait trouvé toutes les voiles du brick arrachées de leurs vergues, et jusqu'à des oiseaux morts pendus à l'extrémité de la misaine et du grand foc, des cordages coupés, et enfin, chose épouvantable, les traces d'un commencement d'incendie.

Quelques-uns de ces hommes, très-superstitieux, disaient « que le diable était venu se loger autour du navire, et qu'il attendait le moment propice pour s'en emparer ». Si insensée que fût cette opinion, il n'était pas facile de la combattre victorieusement.

On ne pouvait nier qu'il y avait dans ces cris sans cause apparente, et dans ces faits extraordinaires, quelque chose d'étrange, d'incompréhensible. Des esprits seuls devaient pouvoir se manifester ainsi au milieu de ce désert de glace.

Il ne se trouvait pour le moment que sept hommes à bord de la *Frileuse* :

Gourieff, Stassoff, Bouboff, Siévald, Ivan, Kiprinsky, et

enfin Danecheff, qui avait des fonctions toutes spéciales.

On ne pouvait donc, malgré cette situation perplexe, sous peine d'abandonner le navire, en détacher un nombre suffisant d'hommes, pour les envoyer à la recherche de ceux qu'on attendait depuis si longtemps.

Ivan, que son dévouement aux frères Bruloff rendait plus anxieux que ses chefs sur le sort des chasseurs, avait demandé à Gourieff de vouloir bien lui permettre d'aller à leur recherche.

— Ce serait une folie inutile à un homme, sans autre secours que son courage, de vouloir traverser l'effroyable *toundra* [1] qui s'étend devant nous, avait répondu le second en lui montrant la plaine de neige profonde, dont les montagnes seules émergaient.

Ivan avait dû se soumettre, et il était descendu à terre en proie à une agitation qu'il essayait de calmer par une marche que l'épaisseur de la neige rendait très-laborieuse. Kiprinsky l'accompagnait.

Tous deux se promenaient donc, ainsi que des prisonniers, allant, puis revenant sur leurs pas, sans s'éloigner de plus de cent mètres du navire.

— Les choses tournent singulièrement, et nous voilà, je le crains cette fois, menacés d'être bloqués ici pour l'hiver, disait Kiprinsky.

— Oui, répondit Ivan, et cependant ce n'est pas ce qui m'inquiète le plus; je voudrais avant tout que le capitaine et ceux qui l'accompagnent fussent revenus.

— En temps ordinaire, ils seraient déjà ici; mais par ces

[1] Plaine de neige.

éternelles tempêtes, les uns et les autres se seront abrités
pour en attendre la fin. J'espère qu'ils auront ensuite profité
de l'accalmie qui dure depuis vingt heures pour se remettre
en route et venir se réfugier dans le navire ; avec cela leurs
provisions doivent être à peu près épuisées.

— Espérons alors que nous allons les voir arriver, dit
Ivan avec un soupir.

— Je le désire d'autant plus, reprit Kiprinsky d'un ton très-
bas, que leur présence pourra peut-être conjurer les esprits
malfaisants qui depuis huit jours se sont installés sur le brick.

— Ça, c'est autre chose, répliqua Ivan d'un air préoccupé.

Pendant quelque temps les deux hommes marchèrent côte
à côte sans prononcer une parole. Le jour était brillant et le
froid d'une grande intensité. Les pics des montagnes de glace
se confondaient au loin avec l'horizon... Le soleil apparaissait
au milieu des rocs escarpés, ne laissant voir qu'une partie de
son disque couronné d'une brume d'or. Alors ce paysage
glacé, silencieux, où tout semblait mort depuis mille ans, se
revêtit tout à coup d'une beauté miraculeuse. Des rayons
horizontaux, teintés par de lumineux reflets, enveloppèrent
rapidement les objets d'une sorte de vapeur rosée d'un éclat
indescriptible.

Quelques maigres arbustes courbaient leurs frêles branches
sous le poids du givre éblouissant dont elles étaient chargés,
et chaque ramille étincelait comme si elle eût été de diamant.

— Un mirage ! un mirage ! s'écria Kiprinsky.

— Un mirage ! répéta Ivan consterné. (Ce phénomène est
presque toujours le précurseur d'un ouragan de neige.)

Au bord d'une mer argentée, apparue subitement du côté
de l'occident, s'élevaient les palais féeriques d'une ville

Cette dernière apparition avait les proportions chimériques
des choses entrevues en rêve.

Page 217.

immense, les gradins d'un cirque gigantesque, des temples aux frontons sculptés, dont les colonnes innombrables fuyaient dans une perspective prodigieuse, masquées de distance en distance par de hautes tours crénelées.

Des arbres séculaires, couronnés de feuilles vertes piquées çà et là de fleurs éclatantes, s'étageaient, se penchaient sur les eaux, où leurs masses luxuriantes se réfléchissaient avec les monuments de cette cité magique, comme dans un vaste miroir.

Les contours de l'apparition tremblotaient vagues et incertains, comme vus à travers le voile transparent d'une chaude atmosphère. Mais peu à peu les flots d'argent où se mirait la ville antique se troublèrent. Les palais, les temples, s'estompèrent de teintes plus douces..... puis tout s'effaça au milieu d'une vapeur où se jouaient des masses informes.

Alors de ce chaos s'élancèrent de nombreuses pyramides d'un rouge sombre, criblées de nombreux hiéroglyphes; elles grandirent rapidement et se réunirent pour s'abriter sous un large entablement, arrivant ainsi à profiler sur le ciel les ruines imposantes d'un temple égyptien.

Cette dernière apparition avait les proportions, parfois chimériques, des choses entrevues en rêve.

La vision disparue, Ivan reprit :

— Et maintenant au tour de la tempête de neige ; il ne faut donc pas s'attendre à revoir nos chasseurs de sitôt.

— Braque un peu ta lunette de ce côté ! s'écria Kiprinsky pour toute réponse.

Ivan poussa un cri et resta immobile, regardant au loin.

— Je t'affirme que ce sont eux, dit l'armurier ; j'ai la vue trop bonne et trop exercée pour commettre une erreur.

28

Le pilote avait saisi sa lorgnette, et jetait de nouveau les yeux sur la plaine de neige, où venaient d'apparaître un certain nombre de points noirs, tantôt espacés, tantôt se réunissant par petits groupes, et avançant toujours. Ils étaient suivis de deux masses allongées, qui ne pouvaient être que des traîneaux.

— Oui! oui! ce sont eux! s'écria enfin Ivan avec joie.

— Je cours en avertir le second, dit Kiprinsky en se dirigeant vers la *Frileuse*.

— Va! pendant ce temps, je leur ferai des signaux pour qu'ils ne s'égarent pas.

— Sois tranquille! je vais les héler à mon tour, lui cria le canonnier qui était déjà loin.

Ivan murmurait :

— Heureusement que cette neige est devenue fort dure, autrement ils n'auraient jamais pu regagner le brick.

Nos chasseurs se dessinaient de minute en minute plus nettement sur la toundra.

Ivan profitait de leur rapprochement pour agiter sa longue pique ferrée, quand un coup de canon, parti du brick, retentit au-dessus de sa tête.

— Voilà qui vaut mieux que tous mes gestes, se dit le pilote.

Il avait raison, car aussitôt les chasseurs, devenus très-visibles, agitèrent les bras, poussant de grands cris que la pureté de l'air permettait d'entendre distinctement.

La joie de nos chasseurs, qui après trois semaines d'absence allaient enfin remettre le pied sur leur navire, cette seconde patrie des navigateurs, n'était pas moins grande que celle d'Ivan. Non qu'ils eussent rempli brillamment leur programme, et que le journal des chasseurs dût par suite consacrer de nombreuses pages au récit de leurs prouesses ; mais ils allaient au moins entrer dans une nouvelle série d'événements. C'était leur seul espoir, ne pouvant se dissimuler qu'après avoir si longtemps attendu que la circulation redevînt possible, il pouvait se faire que leur retour en France fût maintenant ajourné par l'état de la mer.

Tous jouissaient de la meilleure santé, à l'exception de ce pauvre Bardol qu'on rapportait sur un traîneau, empaqueté comme un objet aussi précieux que fragile.

Les frères Bruloff et les trois Parisiens ouvraient la marche, le fusil à l'épaule, de longues piques ferrées à la main, et chaussés de leurs souliers de neige auxquels ils s'étaient finalement habitués.

— Mes chers amis, disait Norbert, puisque nous allons réintégrer notre vrai domicile, vous me permettrez de vous exprimer d'avance la joie que je ressens d'y être revenu. Notre dernière excursion, très-instructive au point de vue de la chorographie des glaces, m'a paru manquer de la variété nécessaire à tous les divertissements.

— Cela est vrai, dit Chamborel.

— Vous me semblez difficile, reprenait le docteur Lepérier, car enfin on vous a servi de la glace à tous les degrés et de la neige à toutes les épaisseurs.

— Ce sont des ingrats ! s'écria le capitaine Serge.

— Certainement, car il y a encore les agréments de la route où pas le moindre véhicule ne vous accroche, où pas un passant ne vous dispute le haut du pavé, poursuivit Bruloff.

— Et où se produisent tout à coup des fondrières capables d'engloutir un régiment, répliqua Norbert.

— C'est le côté des surprises et non le moins attrayant, car on y tombe tout entier et l'on en ressort assez fréquemment avec un membre cassé et le corps couvert de meurtrissures, fit observer Lepérier.

— Cela peut servir à prouver, cher docteur, qu'il est des cas où un homme de ta profession n'est pas absolument inutile, dit Bruloff en riant.

Nous allons laisser nos personnages remonter à bord de la *Frileuse*, où l'on se mettait en devoir de fêter dignement leur retour, et abandonner à Chamborel le soin de nous initier, par la relation qu'il en avait écrite, à ce qui s'était passé depuis les trois semaines qui venaient de s'écouler, relation qu'il se préparait à expédier par la voie ordinaire, l'eau, pensait-il, ne cessant de courir sous les glaces.

Mais nous devons, pour éviter des redites, prendre ce récit à partir du moment où Ulrik avait terminé le sien dans la grotte qui servait d'asile à tous nos chasseurs emprisonnés par la terrible tempête qui devait durer trois semaines.

. . . .

« Plus moyen de sortir. — La tempête nous enveloppe d'une épaisse muraille de neige. — Le nez qui s'aventure au grand air est immédiatement gelé. — Nous vivons (19 hommes et 16 chiens) pêle-mêle comme les bohémiens des grandes routes, mais sans fabriquer de paniers. — Nous établissons d'urgence une galerie de neige autour de notre grotte; elle sera consacrée à différents usages.

« Norbert et Lepérier, très-enrhumés du cerveau, sont contraints de substituer des serviettes à leurs mouchoirs. — Bardol vient de faire rôtir un gros morceau *de mon ours...* on le trouve excellent; c'est une viande de haut goût, mais inférieure au porc frais. — On dort seize heures sur vingt-quatre, on cause et l'on mange le reste du temps.

« Un homme est toujours de planton pour entretenir le feu.

« La pourga semble augmenter de violence. — Le vent fait rage : il siffle, crie et se lamente ; on affirmerait qu'il porte en ses flancs les hurlements des ours et les ricanements de certains oiseaux de mer. — La neige tombe en nappe ; Norbert prétend qu'elle va combler le vide qui existe entre la terre et le ciel ; j'espère que ce malheur n'arrivera pas. — Tout cela fait un si grand tintamarre, qu'on en est réduit à s'exprimer par gestes, ce qui nuit à la vivacité de la conversation. — L'intérieur de la grotte manque d'air, on perce d'étroites meurtrières dans le mur de neige qui lui sert de ceinture ; l'air se renouvelle... beaucoup trop. — On fait l'exercice au fusil, et de l'escrime avec des bâtons pour se dégourdir les membres. — Norbert veut peindre la pourga qu'il vient d'examiner par une de nos meurtrières, l'artiste gèle en même temps que ses couleurs et ses pinceaux ; il rentre furieux dans la galerie. — La nuit, absente depuis trois mois, a reparu graduellement. — Nous nous éclairons à la graisse d'ours. — Beaucoup de fumée, de mauvaise odeur, et peu de lumière. — Quelques parfumeries nous seraient très-utiles. — Je me mets pendant une minute en contact avec l'air extérieur. Le vent me soufflette vigoureusement, et je me retire le cou rempli de neige (sensation désagréable).

« Depuis quelque temps les frères Bruloff, qui causent souvent entre eux, semblent s'inquiéter de la longue station que nous faisons forcément ici.

« La tempête ne s'arrête pas. — Norbert, ne pouvant peindre

à cause du froid, veut au moins dessiner l'intérieur de la grotte et tous ceux qui s'y trouvent réunis. — Jour insuffisant, il renonce à son projet. — Découverte d'un petit coffret plat, en chêne, enfoui dans un angle de la grotte. Il porte à l'intérieur cette inscription gravée sur cuivre :

« *Nouvelle-Zemble, découverte en* 1553 *par Willoughby, navigateur anglais.* »

« On y trouve encore une feuille de parchemin jauni où s'alignent assez mal plusieurs phrases anglaises que Lepérier, qui affirme avoir appris cette langue en bas âge, a traduites ainsi :

« L'équipage du *Wily,* brick parti de Londres le 10 mai, « a visité cette grotte le 4 juillet 1841. »

« Et plus loin le conseil suivant :

« Prends patience, toi que la tempête a contraint de séjour- « ner ici. »

« Les provisions diminuent pendant que les appétits se développent. — Depuis quelques jours les chiens énervés hurlent avec le vent; Bardol ne cesse de me répéter que c'est un présage de mort. — Le malheureux me cause de grands soucis. S'il ne manquait que de courage! mais depuis quelques jours il se trompe d'assaisonnements et manque tous ses plats. — Froid trop vif! impossible de faire ma toilette; mon rasoir a perdu son fil; ma pommade s'est transformée en fer battu. — On commence à parler de famine, et cette conversation nous donne à tous des crampes d'estomac. — Enfin! joie incomparable! la tempête époumonnée, épuisée, a fait entendre son dernier râlement. — Nous nous remettons en route; espérons que les ours vont pouvoir en faire autant. — Le grand air nous donne des étourdissements, et nous chancelons d'abord comme des gens ivres : cela passe après quelques minutes. — Bardol seul, épouvanté à la vue de l'immense désert de neige qu'il va avoir à traverser, s'affaisse sur lui-même. — Un matelot le saisit à temps, et le met aux bagages pour s'en débarrasser.

« Nouvelle-Zemble, 5 septembre 187... »

Là se terminait le journal de Chamborel.

XVII

L'INCENDIE

Le retour de nos chasseurs avait ramené le mouvement et la joie à bord.

Bardol, dans une effusion sentimentale, s'était jeté dans les bras de Danecheff en s'écriant :

— Cher maître ! que je suis heureux de vous revoir ! Je ne croyais pas que ce bonheur me serait encore permis.

— Pourquoi ça... cher confrère?

— Que de glaces ! que de neige ! que d'ours ! que de chiens ! que de sang ! J'en ai le cœur et les yeux malades, répliqua Bardol.

Puis, d'une voix mélodramatique, le malheureux commença le récit de ce qui s'était passé dans cette partie de chasse si complétement avortée, disait-il, que la malédiction du ciel devait en être cause.

— Pardon de vous interrompre, monsieur Bardol, mais il faut que vous soyez assez aimable pour m'aider à servir mon diner; vous oubliez que votre heureux retour vient de me mettre tout à coup plus d'une vingtaine d'affamés sur les bras, et vous devez savoir par expérience qu'on ne peut faire languir de pareils convives, ne serait-ce que par humanité. Vous reprendrez tout à l'heure votre récit, que j'écouterai avec le plus vif intérêt, soyez-en certain.

— Vous avez raison, mon devoir est de vous seconder, et il a fallu pour n'y pas songer tout de suite, que mon pauvre cerveau ait reçu bien des chocs.

— Je crois, en effet, que votre cerveau a été légèrement atteint; mais cela se remettra, dit Danecheff d'un ton paternel.

Bardol secoua la tête avec tristesse, comme s'il n'osait croire à cette heureuse prédiction.

Le brick avait retrouvé son équipage au complet et tous ses passagers. Des voix longtemps absentes s'y faisaient entendre de nouveau, lançant par intervalles de longs éclats de rire qui montaient comme de brillantes fusées autour des mâts et des cordages blancs de neige, autour des voiles entièrement carguées.

On venait de quitter le pont pour s'asseoir à table. Les provisions ne manquaient pas à bord, et Danecheff, bien qu'il eût été pris de court, en avait tiré le meilleur parti.

Le diner était parfait et les vins excellents. Il est dans la vie des hommes des phases de rayonnement où le cœur s'épanouit, où la joie est si complète, que l'esprit le plus austère, subjugué malgré lui, n'oserait les troubler par une note discordante.

Les officiers restés à bord de la *Frileuse,* en proie depuis quelques jours à de graves préoccupations, s'étaient abstenus de les communiquer à leur capitaine. Ils avaient remis leurs confidences au lendemain. Grâce à cette résolution, la soirée s'était passée sans qu'une ombre eût été jetée sur cette petite fête de famille dont Chamborel était le héros.

Il avait même été décidé par un vote unanime que le sang-froid extraordinaire dont il avait fait preuve en tuant son premier ours, constituait une action d'éclat, et que la médaille d'or frappée en souvenir des chasses de la Nouvelle-Zemble, le serait en son honneur, et payée à frais communs par ses amis ou plutôt ses émules.

Puis, l'âme satisfaite, chacun était allé retrouver le lit qui l'attendait depuis trois semaines.

De leur côté, Danecheff et Bardol, rompus de fatigue, s'étaient retirés dans le leur.

Kosero et Susi, retenus à bord de la *Frileuse* ainsi que leurs pensionnaires pour prendre part au festin, avaient regagné leur petit bâtiment avec les animaux dont ils avaient la garde.

La nuit était graduellement venue sur ces entrefaites.

Un silence profond régnait sur les deux navires depuis une heure à peu près, quand d'effroyables cris, accompagnés d'aboiements terribles, éclatèrent tout à coup dans la nuit.

Kosero et Susi, chassant les chiens devant eux, venaient d'apparaître sur le pont de leur bâtiment.

— Au feu! au feu! criaient-ils.

En même temps une gerbe enflammée s'élançait de l'arrière à l'avant du petit bâtiment et éclairait vivement le brick, ou personne ne paraissait encore.

Le Lapon et sa femme fouaillaient les chiens, ahuris, épouvantés, pour les jeter sur la glace où le petit navire était entièrement enclavé, ainsi que la *Frileuse* qui le traînait à sa remorque. Le cri d'alarme, immédiatement répété par les hommes qui veillaient à bord du brick, y avait brusquement réveillé tout le monde. Chacun accourait dans un effarement indescriptible.

Bruloff, arrivé le premier sur le pont, cria :

— Détachez les chaloupes ! videz les soutes ! celle aux poudres d'abord... Jetez tout sur la glace, car le vent est sur nous.

Ces ordres précipités et qu'on exécutait tous à la fois, amenaient une horrible confusion.

Les deux Lapons au désespoir couraient sur la glace en se tordant les mains, car ils sentaient que tout secours était inutile. Les deux navires, condamnés à une immobilité complète par les glaces qui les entouraient, allaient forcément être dévorés tous deux : le grand par le petit.

Bruloff comprit que le danger devenait imminent et cria tout à coup :

— Kiprinsky ! coule immédiatement le bâtiment qui brûle, c'est le seul moyen de sauver celui-ci.

L'armurier courut à la pièce qui se trouvait sur le gaillard d'arrière, et dès lors les coups de canon se succédèrent sans interruption, pendant que le sauvetage des vivres et des munitions s'opérait avec la plus grande rapidité.

Toutes ces choses arrimées avec tant de soin, lancées par les sabords, s'amoncelaient sur la glace, en attendant qu'on pût les mettre en sûreté sur la côte.

Mais les boulets avaient beau trouer la coque du bâtiment

incendié, sa ligne de flottaison restait la même; il devenait certain que la glace où il était incrusté, plongeait jusqu'au fond de la mer.

Les efforts de Kiprinsky n'avaient servi qu'à créer de nombreuses issues à la flamme.

L'eau manquait, et il n'y avait aucun moyen d'inonder le pont de la *Frileuse*, dont les bois craquaient sous l'action de la chaleur qui se dégageait de l'incendie.

L'anxiété devenait extrême. Pas un n'osait songer au sort qui l'attendait dans le cas où les deux navires seraient brûlés.

Le capitaine du brick, voyant l'insuccès des efforts de Kiprinsky, pensa que le seul moyen de sauver la *Frileuse* était de l'éloigner à tout prix du bâtiment qui brûlait, et il donna l'ordre à plusieurs matelots de rompre la glace qui lui barrait le chemin.

L'armurier vint à leur aide après avoir brisé la chaîne qui unissait les deux navires.

Ils creusèrent, à distance les uns des autres, plusieurs trous dans la glace où ils placèrent horizontalement des cylindres contenant chacun de huit à dix livres de poudre, et dont les mèches étaient protégées par des tubes de gutta-percha.

Ce travail terminé, on y mit aussitôt le feu, car la *Frileuse*, de plus en plus chauffée, pouvait s'allumer d'un moment à l'autre.

Deux secondes plus tard, l'explosion des mines avait rompu la glace sur une étendue de plus de cent mètres en avant du brick.

Ses fourneaux étaient éteints, on dégagea les voiles enveloppées de neige, et le navire, qui avait le vent en poupe, alla rapidement se placer aussi loin que possible du foyer de l'incendie. Le brick était sauvé!

Quant au petit bâtiment dont le feu achevait la destruction, il croula tout à coup comme un château de cartes, éparpillant ses débris, moitié sur la glace, moitié dans la mer.

Kosero et Susi, dont la douleur ne pouvait se calmer, racontèrent à Bruloff qui les interrogeait sur la cause du sinistre, que c'étaient le diable et un de ses domestiques qui avaient mis le feu au petit bâtiment. Les chiens, au dernier moment, avaient bien annoncé leur présence; mais quand Kosero et sa femme étaient arrivés pour voir ce qui pouvait les agiter ainsi, ils avaient vu les démons disparaître, en poussant de grands cris, au milieu d'un tourbillon de flammes qui s'étaient déjà communiquées au bâtiment.

— Des démons! des démons! reprit Bruloff; quelle est cette sotte histoire? Ou bien avez-vous tous deux perdu l'esprit?

— Capitaine, dit le second, ces braves gens ne sont peut-être pas aussi fous qu'on pourrait le croire, car il y a plus de quinze jours que des cris étranges, des faits mystérieux se produisent autour de ce navire.

— Que me contez-vous là, Gourieff?

— La vérité, capitaine.

Et Gourieff raconta à Bruloff tout ce que le lecteur sait déjà.

— Que ne m'avez-vous instruit de ces choses dès hier? Nous aurions pu établir un nombre suffisant de vigies, et par suite découvrir...

— Je me fusse reproché, capitaine, de troubler la joie de votre retour à bord de la *Frileuse;* j'avais réservé cette confidence pour ce matin.

Le brick était sauvé!...

Page 230.

— De sorte que nous sommes arrivés trop tard pour éviter un malheur, car si singulier que cela puisse paraître, il faut bien admettre, en même temps que les faits dont vous parlez, la présence de bandits dans le coin de cette île, et dès lors nous devons les rechercher avec la plus grande vigilance.

— C'est mon avis, capitaine, et si le petit nombre d'hommes dont je disposais en votre absence m'avait permis de faire une battue dans les environs, j'aurais bien mis la main sur ces bandits, qui ont eu jusqu'ici le pouvoir de se rendre invisibles.

Enfin, mon cher Gourieff, nous voilà réunis, et j'espère que nous ne tarderons pas à connaître les auteurs de cette censée diablerie.

Kosero et Susi, dépossédés du bâtiment qui les abritait depuis quelques années, gémissaient en se tenant à l'écart.

— Consolez-vous, leur dit Bruloff, il ne manque pas de constructeurs de navires à Arkhangel, et nous ne souffrirons jamais, mon frère et moi, que vous restiez sans asile et sans pain.

— Seigneur, que vous êtes bon! s'écria le couple attendri.

Quelques heures après ce triste événement, on avait tout remis en ordre à bord de la *Frileuse*. Les provisions étaient rentrées dans les soutes, et les hommes avaient repris possession de leurs cabines, où rien n'avait été dérangé, grâce aux mesures qui avaient permis au brick de s'éloigner à temps.

Après les ordres donnés par Bruloff pour surveiller les abords du navire, les officiers se réunirent afin d'agiter une question de la plus grande importance, car il s'agissait de savoir si, après tant de retards involontaires, il était encore possible de songer au retour, ou si l'état de la mer, très-alar-

mant depuis quelques jours, n'allait pas, malheureusement,
les forcer d'hiverner à la Nouvelle-Zemble.

Sans être précisément épouvantés de cette dernière perspective, Norbert et Lepérier inclinaient pour le retour à
Pétersbourg et enfin à Paris.

Ce qu'ils avaient appris et subi dans la région des glaces
leur suffisait pour une première fois; ils verraient plus tard,
disaient-ils, à en apprendre davantage.

Chamborel, ne voulant influer sur aucune décision, se contenta de dire que, l'hivernage décidé, il ne broncherait pas, et
ferait au contraire tous ses efforts pour s'en tirer avec honneur. Il se proposait même de revenir souvent visiter la Nouvelle-Zemble pour se mesurer avec les ours. Il rêvait d'en faire
sa spécialité; la position n'étant pas très-courue par les Parisiens, il lui serait facile de la prendre en cultivant ses dispositions naturelles :

« Chamborel le tueur d'ours! »

Avec un pareil titre, on pouvait faire figure dans tous les
cercles de France. Cela le poserait beaucoup mieux que l'invention d'une sauce ou d'un harnais. Il se réservait d'ailleurs
d'imaginer une carabine Chamborel, ce qui lui serait facile,
grâce à la collaboration de son armurier qu'il payerait largement de ses peines.

On décida, après en avoir longuement délibéré, qu'on tenterait de se remettre en route dès le lendemain. La saison,
après tout, n'était pas tellement avancée que la mer dût être
irrévocablement fermée jusqu'au printemps. Le vent du sud
pouvait tout à coup balayer les glaces, et donner à nos voyageurs le temps d'arriver au pays des Samoyèdes, où l'on repren-
drait au besoin la route de terre. La *Frileuse,* qu'il serait

toujours facile de ravitailler, resterait dès lors sous la direction de son équipage.

Bruloff donna donc l'ordre à Ivan de prendre la chaloupe et de s'assurer s'il ne s'était formé aucun barrage dans la mer de Kara.

Le pilote et ses hommes partirent avec un jour de provisions, et purent facilement sortir du détroit de Matochkine, dont les bords seuls étaient profondément gelés.

La chaloupe, très-habilement guidée par Ivan, avait mis cinq heures à accomplir son voyage de reconnaissance. Elle revenait annoncer que si la mer charriait toujours de nombreux glaçons, le froid n'avait pas encore la force de les souder ensemble.

La navigation restait donc ouverte, surtout à la *Frileuse,* qui pourrait, à l'aide de sa puissante machine, atteindre en vingt-quatre heures le pays des Samoyèdes, d'où l'on se dirigerait en traîneaux jusqu'à Pétersbourg.

On résolut de partir le lendemain dès l'aube.

En attendant, Gourieff, pour mieux veiller sur le navire pendant la nuit, fit aussitôt construire un petit radeau où il plaça une tonne de goudron allumé, qu'on amarra à vingt mètres du brick.

Ce fanal improvisé en éclaira les abords à plus de cinquante mètres.

Toute surprise devenait ainsi impossible, à moins qu'elle ne fût favorisée par l'équipage lui-même.

Les frères Bruloff et leurs amis, après avoir applaudi à cette mesure de prudence, étaient allés se livrer au repos avec la certitude que rien ne viendrait les troubler cette fois.

Gourieff, resté seul avec les hommes de quart, ordonna à

Kiprinsky de charger trois carabines avec le plus grand soin, et de venir le rejoindre en même temps qu'Ivan dans l'entre-pont, où il se rendait.

L'armurier reparut bientôt avec les armes demandées.

— Mes amis, dit alors Gourieff, pendant que les autres dormiront, il faudra qu'à nous trois nous ayons raison des bandits vulgaires ou surnaturels qui viennent de brûler le bâtiment du pauvre Kosero, et qui, cela ne peut faire aucun doute pour nous, ont déjà tenté d'incendier le nôtre.

— Oui, commandant, car ce qui se passe ici depuis quelques jours est bien extraordinaire, répondit Ivan.

— C'est une raison pour ne pas agir à l'étourdie. Quand un danger se produit logiquement, à ciel ouvert, la prudence et le courage suffisent presque toujours pour en triompher; dans le cas présent on doit y ajouter la plus extrême vigilance. En conséquence il faut que chacun de nous fasse sentinelle à l'un de ces sabords... et garde le silence, à moins qu'il n'aperçoive un être, n'importe lequel, qui tente de s'approcher du navire.

Les deux marins s'inclinèrent en signe d'obéissance.

La nuit n'était pas longue à cette époque de l'année, et elle allait bientôt faire place au jour, sans que rien ait encore attiré l'attention des veilleurs, quand deux hommes, étrangement vêtus, sortirent brusquement de l'ombre.

— Attention !... dit Gourieff, et soyez prêts à tirer.

Je vais viser celui qui est à ma gauche; vous ajusterez l'autre.

Les deux hommes, qui semblaient se concerter, s'arrêtèrent un moment pour considérer le fanal dont les vives lueurs miroitaient sur la glace. Puis leurs poings se crispèrent tout à coup comme pour menacer le navire qui se dressait immobile devant eux.

Mais aussitôt trois coups de feu, partis au commandement de Gourieff, les étendirent morts sur la glace.

XVIII

LES PRISONNIERS DE LA MER.

Les malheureux n'étaient autres que Ulmann et Yakof, ces deux naufragés du *Pygargue*, que le froid, la faim, et la certitude de se trouver abandonnés au milieu d'un climat inexorable, avaient rendus fous.

Les cris poussés pendant les nuits précédentes autour de la *Frileuse*, et les différentes tentatives faites contre elle, de même que l'incendie qui venait de dévorer le bâtiment de Kosero, étaient dus à leur état de démence.

On jeta à la mer, après les cérémonies d'usage, leurs deux cadavres, qui avaient été reconnus par le capitaine Serge et Ulrik leur ancien camarade.

— Encore deux pauvres diables à qui le *Pygargue* n'a pas porté chance, dit l'aîné des Bruloff.

Ce fut toute leur oraison funèbre.

Trois heures plus tard, l'équipage et les passagers du brick se trouvaient sur le pont, où l'on venait d'appareiller.

Le vent, qui soufflait du sud depuis le matin, avait disloqué les glaces, et partant, rendu le chemin à peu près libre.

La *Frileuse* quitta sans difficultés le détroit où elle s'abritait pour reprendre la mer de Kara, dont les vagues s'étaient en quelque sorte disciplinées.

Tout allait si bien que la joie était générale à bord. La certitude de pouvoir retourner chez soi sans avoir à souffrir auparavant des affreuses morsures d'un hiver dont on venait de subir les prémices, jetait du brillant dans tous les yeux et du soleil dans toutes les imaginations.

Malgré son regret de n'avoir pas eu le temps d'établir sa réputation de tueur d'ours sur une plus large base, Chamborel n'eût pas été absolument fâché de reprendre possession de ses chers boulevards, où il espérait jouer désormais un rôle très-accentué. Il est inutile d'ajouter que Bardol nageait dans l'ivresse à l'idée de regagner Paris, cette ville célèbre, où l'on a la sagesse de tenir les ours en cage, et de mettre la neige par petits tas. La pensée de manœuvrer de nouveau à la tête de ses aides, au milieu de sa vaste cuisine, où il pourrait se moquer de la discipline du bord et porter tête haute son beau titre de chef, redoublait encore son allégresse. Danecheff lui-même, bien qu'une grande partie de son existence se fût écoulée dans les régions polaires, ne restait pas indifférent devant la perspective de passer l'hiver à Saint-Pétersbourg, dans un palais surchauffé.

L'équipage de la *Frileuse* éprouvait les mêmes sentiments ; une station dans le port d'Arkhangel lui semblait de beaucoup préférable à un hivernage au milieu des neiges de la Nouvelle-Zemble.

Mais toute cette joie devait s'évanouir comme un éclair.

Le brick, qui ne se trouvait plus guère qu'à cinquante milles du pays des Samoyèdes, continuait sa route à travers les glaces brisées, quand la température s'abaissa tout à coup. Des courants d'air traversant d'immenses champs de glace en rapportaient un froid excessif, et les craquements continuels des ice-bergs se mêlaient aux gémissements du brick.

Le vent, qui venait de tourner au sud-est, chassait les glaçons avec tant de violence sur l'avant de la *Frileuse,* qu'ils lui communiquaient en longueur un mouvement de libration fort dangereux.

Bruloff et ses officiers suivaient ce balancement avec inquiétude, cherchant à conjurer le péril qui les menaçait, quand le brick s'ouvrit par le haut avec un si grand bruit, que l'épouvante s'empara de tout le monde. — On crut le navire perdu.

Il avait été chauffé de si près par l'incendie, que la gelée, agissant à son tour, désagrégeait les filaments du bois ; par bonheur, l'avarie ne se produisait qu'au-dessus de la ligne de flottaison.

Les glaçons, qui s'étaient contentés jusqu'ici de se heurter au bâtiment, s'entassaient maintenant les uns sur les autres. Cette accumulation était telle, qu'il devint impossible de s'en dégager, car les crocs et les haches ne pouvaient parvenir à les rompre.

La *Frileuse,* qui avait commencé par se tenir sous petite vapeur dans l'espoir de retrouver un passage, avait fini par éteindre ses fourneaux et abattre sa mâture.

Trois jours se passèrent ainsi, après lesquels les amoncellements redoublèrent autour du navire, pendant que la neige, tombant en abondance, venait encore aggraver la situation en élevant davantage la muraille qui entourait le brick.

Tout craquait à bord sous la continuelle pression des glaces qui s'étaient entassées sous le navire, du côté du courant beaucoup plus que de l'autre, jusqu'au moment où le même effet se produisit en sens inverse.

La *Frileuse* reprit alors son assiette aussi régulièrement que si on l'eût élevée à l'aide de palans.

Mais l'accident devait se compliquer encore, car de nouveaux glaçons qui avaient glissé sous la proue élevèrent tellement l'étrave, qu'elle se trouva de deux mètres plus haut que l'arrière du navire.

On espéra d'abord que cet incident pourrait servir à sauver le gouvernail, qui n'en fut pas moins brisé.

La coque du navire, protégée à ses extrémités par les glaçons, ne permit pas que le bâtiment fût renversé ou qu'il coulât bas, ce qu'on redoutait à ce point qu'on avait déjà mis le canot et la chaloupe sur la glace pour s'y retirer.

On était depuis longtemps dans la crainte de ce qui pouvait survenir, quand tout à coup les glaces se rompirent avec un bruit formidable et furent emportées par le courant.

— Corbleu ! s'écria Norbert en assistant à cette nouvelle débâcle, voilà une plaisanterie qui n'a pas été sans me causer une certaine émotion! Je me voyais déjà errant pendant six mois au milieu de ces montagnes de glaces.

— Et moi donc, qui commençais à me dire que je ne rentrerais plus à Paris que gelé comme un ice-berg! s'écria Lepérier.

— J'étais, moi, très-résigné à subir tous les hasards que comporte notre voyage, dit Chamborel.

— Sans doute, reprit Lepérier, mais tu conviendras que ces glaces ont des façons d'agir tout à fait irritantes : elles ne savent jamais ce qu'elles veulent. Vite, elles se mettent en route, laissant la mer à moitié libre ; puis tout à coup elles se soudent pour vous fermer le passage : c'est l'affaire d'un coup de vent. Et non contentes de cela, elles vous murent ensuite dans votre navire qu'elles exhaussent de cinq mètres, où il se trouve à la merci des éléments. Enfin, brusquement, sans avertir, elles se séparent pour vous remettre à flot avec de grands éclats de rire. Tout cela est fort léger, pour ne pas dire peu honnête.

— Voilà ce que je craignais, mes chers amis ; vous mollissez dès les premières épreuves, répliqua Bruloff.

— Nous mollissons ! s'écria Chamborel d'un air indigné.

— Oh ! pas toi, mais Norbert et Lepérier, qui ne cessent de vilipender ce pauvre pays.

— Mon cher Bruloff, on peut trouver un adversaire formidable, désagréable, quinteux, cassant, sans mollir devant lui, répondit Norbert.

— Sans rompre d'une semelle pour échapper aux coups qu'il nous porte, ajouta Lepérier.

— A la bonne heure ! dit Bruloff, je vous fais volontiers mes excuses ; et puisqu'il en est ainsi, je dois vous avouer, à mon très-grand regret, qu'il y a dès à présent dix chances contre une pour que nous hivernions ici.

— Sans rien exagérer, dit le capitaine Serge. Dans tous les cas nous sommes à peu près assurés de ne pas manquer de vivres.

— Cela suffit ! Pour le reste, à la grâce de Dieu ! s'écria Norbert.

— Dame, puisqu'il faut toujours en arriver là, ajouta Lepérier.

— Eh bien, tant mieux, si l'on hiverne ici ; l'histoire de notre voyage aura quelques pages de plus, reprit Chamborel, qui espérait toujours trouver une nouvelle occasion de fournir de la matière au *Journal des chasseurs*.

Malgré ces vaillantes résolutions, le brick une fois dégagé, on fit tous ses efforts pour réparer la barre et le gouvernail, avec l'intention de profiter de l'état de la mer pour gagner l'embouchure de la mer de Kara, et enfin aborder les côtes du pays des Samoyèdes.

Ce fut pendant la nuit qui suivit ce travail que les glaces, qui ne voulaient pas signer son *exeat* à la *Frileuse*, l'entourèrent de glaçons si énormes et en si grande quantité, que la coque du bâtiment se trouva de nouveau élevée de quelques mètres.

Le thermomètre était à 25° c. au-dessous du point de congélation.

L'eau avait perdu tout mouvement entre les glaçons, et l'on dut abandonner l'espoir d'aller plus loin.

On se décida donc à porter une partie des provisions dans la chaloupe et le canot, qu'on se réservait de conduire à terre au premier danger.

Le froid devint alors si vif qu'il fallut transporter la cuisine à fond de cale, ce qui fut un nouveau désespoir pour Bardol.

— Faire maintenant la cuisine sous l'eau !... Ah ! monsieur Danecheff, c'est la fin du monde.

— Vous en verrez bien d'autres, mon cher confrère, si décidément nous hivernons ici.

— Passer l'hiver dans cet atroce pays! s'écria Bardol qui se reprit à trembler.

— Ne voyez-vous pas que le navire ne peut plus avancer, et que cet affreux temps ne changera pas avant six mois?

— Mon Dieu! mon Dieu! Mais c'est horrible! passer six mois sous l'eau... et sous l'eau de mer!

— Nous ne resterons pas toujours là, car la *Frileuse* pourra bien couler comme tant d'autres.

— Couler pendant que nous serons dedans! s'écria Bardol qui semblait prêt à perdre une fois de plus connaissance.

— Parbleu! la tempête n'a pas l'habitude de prendre les ordres de personne. Voyez-vous, monsieur Bardol, dans la situation où nous sommes, il faut se laisser aller, il n'y a pas autre chose à faire. Et d'abord, quand un navire est sur le point de sombrer, il est rare qu'on n'en soit pas averti assez à temps pour prendre des mesures de salut.

— Mon salut... oui... je suis assez bon chrétien pour y avoir quelquefois songé; mais je ne croyais pas que je serais appelé à le faire entre deux eaux, répondit mélancoliquement Bardol.

Danecheff souriait du sens que son malheureux collègue prêtait au mot salut, quand des craquements répétés se produisirent autour d'eux.

Les glaces faisaient subir de nouvelles étreintes à la *Frileuse*.

Bardol épouvanté avait déjà fait quelques pas pour remonter sur le pont.

— Où courez-vous donc, mon ami?

— J'ai cru que le bâtiment nous croulait sur le dos... répondit Bardol rassuré par le sang-froid de Danecheff.

— Pas encore, la doublure de sa coque est trop solide pour céder comme cela à la première sommation.

Cependant le brick, contrairement aux affirmations du cuisinier russe, venait de s'ouvrir en plusieurs endroits, et Bruloff ordonnait en ce moment de traîner le canot à terre avec les provisions indispensables.

On s'aperçut alors que le câble qui était mouillé au vent s'était rompu, et qu'un second câble tout neuf, qu'on venait d'amarrer à la glace, avait subi le même sort. Par surcroît, des glaçons énormes serraient le navire de si près, qu'il était à craindre que ses fentes s'ouvrant davantage, il ne pût leur résister longtemps.

Le conseil assemblé décida en outre que le moment était venu de s'installer à terre, en profitant du canot qui y était déjà, et en conséquence d'y transporter immédiatement des voiles, de la poudre et du plomb, des fusils en même temps que d'autres armes, des vivres, du combustible, et enfin des outils de charpentier.

On y transporta encore la chaloupe, qu'il devenait urgent de tenir en bon état.

Bruloff déplorait que son brick se trouvât immobilisé si loin des refuges qu'il avait fait bâtir dans la partie septentrionale de l'île.

Faute de bois, car on ne pouvait songer à dépecer le navire, on allait se trouver réduit à construire une simple maison de neige pour s'abriter pendant l'hiver. — Chose très-grave encore, on était sur le point de manquer d'eau douce.

L'inquiétude commençait à gagner tous les esprits, quand le capitaine Serge se souvint qu'il y avait une rivière à une lieue à peu près de l'endroit où l'on se trouvait. Il ne fallait pour s'y rendre qu'atteler les deux traîneaux restés avec les chiens sur le pont de la *Frileuse* et y placer des tonneaux vides qu'on emplirait là-bas.

Le capitaine Serge avait voulu diriger cette expédition.

On emporta des pics, des leviers et des haches pour briser la glace au besoin.

Kosero et Susi ne tardèrent pas à paraître conduisant leurs attelages.

Le capitaine Serge, à la tête des cinq survivants du *Pygargue,* avait voulu diriger cette expédition.

Tous, à l'exception du couple lapon, étaient armés de carabines ; il pouvait arriver qu'on eût maille à partir avec les ours.

On réussit au delà de ses prévisions, car non-seulement on rencontra la rivière, mais on trouva encore, échoués sur la berge, des arbres entiers entraînés là par le débordement des eaux.

Les tonneaux, qu'on remporta pleins, empêchèrent qu'on pût charger tous ces arbres sur les traîneaux.

On se contenta d'en prendre trois des plus petits comme preuve de la découverte qu'on venait de faire.

Le reste du jour fut employé à charrier les autres.

Cet heureux événement calma une partie de l'inquiétude qui régnait à bord, et l'on ne s'occupa plus que de bâtir une grande hutte où les vingt et quelques hommes qu'elle devait abriter pourraient se mouvoir à l'aise.

Formée de bois, de blocs de glace et de neige, reliés ensemble par des attaches de fer, elle se divisait en trois compartiments de huit mètres carrés.

Les deux premiers serviraient de dortoir et de salle à manger ; le dernier serait affecté aux provisions et à la cuisine.

Le toit, à deux égouts, se composait de planches empruntées au navire, et disposées de façon à intercepter complétement l'air. Quant aux ouvertures qui devaient livrer passage au jour,

ainsi qu'à la fumée d'un poéle de fonte et des fourneaux
apportés du brick, elles furent ménagées avec beaucoup
d'intelligence.

On avait en outre mis les plus grands soins à la fabrication
de la porte d'entrée, construite en chêne épais et doublée de
tôle, afin que la griffe des ours ne pût mordre sur elle.

L'installation de nos voyageurs suivit aussitôt, et la *Frileuse*
allégée de moitié de ce qu'elle contenait de vivres, de boissons
et de combustible, fut au grand regret de l'équipage momentanément abandonnée aux effroyables tempêtes qui pouvaient
la broyer d'un moment à l'autre.

XIX

LES CORSAIRES BLANCS.

Ce commencement d'hivernage avait donné comme une nouvelle secousse à ce pauvre Bardol, qu'on n'arrachait, disait-il, du fond de la mer que pour le mettre de plain-pied avec les bêtes féroces, qui maintenant n'auraient plus qu'un bond à faire pour le dévorer dans sa cuisine, lui et son confrère.

— Qu'ils y viennent! répliqua celui-ci, nous serons deux maintenant pour les mettre à la broche.

— Deux! cela n'est pas, car je vous le dis avec peine, monsieur Danecheff, il ne faudra pas compter sur moi pour une pareille opération.

— Bah! quand vous m'aurez vu faire deux ou trois fois,

vous serez convaincu que ça va tout seul, répondit Danecheff,
qui ne pouvait plus prendre son collègue au sérieux.

— Deux ou trois fois ! juste ciel ! mais je serai mort dès la
première.

Vous n'avez pas l'idée de l'effet que me produit un ours,
même quand il est coupé par morceaux ; il me semble alors
que ses débris vont se réunir pour me sauter au visage ou me
prendre à la gorge.

— Ceci, monsieur Bardol, est tout simplement de l'exagé-
ration, fit observer Danecheff en tapant sur l'épaule de son
confrère.

. . . .

La gelée, favorisée par un temps clair, augmentait tous les
jours. Elle était déjà si forte que le charpentier, qui, tout en
travaillant, avait mis sans y songer un clou dans sa bouche,
ne put l'en retirer qu'en dépouillant une partie de sa langue
et de ses lèvres qui adhéraient au fer.

Bruloff et ses amis, faisant contre fortune bon cœur, ne
pensaient plus qu'à se créer des occupations en rapport avec
la situation qui leur était faite.

Ils n'avaient été jusqu'ici que le jouet des événements.

Emprisonnés par la mer, ils allaient au moins, disait Chamborel, pouvoir se livrer à leur goût pour la chasse, sans que
personne, à l'exception de Dieu, ait le pouvoir de s'y opposer,
la Nouvelle-Zemble leur appartenant pour six mois, bien plus
réellement qu'à l'empereur de Russie, qui n'eût pu, à cette
époque de l'année, leur envoyer le plus mince détachement
pour les en déloger.

La *Frileuse* n'était pas éloignée de plus de six cents mètres
de la hutte qu'ils venaient de se bâtir sur la côte. On attela

les traineaux pour s'y rendre, afin de s'occuper du transport d'un complément de literie et de différents objets restés un peu partout et qu'on jugea, en dernier lieu, très-urgent de mettre en sûreté dans la hutte.

Bruloff avait désigné pour l'accompagner au navire, les trois Parisiens d'abord, Kiprinsky, Struve, Pierre, Ulrik, et enfin Kosero et Susi pour diriger les traineaux.

En tout neuf hommes et une femme. Tous, à l'exception de Susi, étaient armés jusqu'aux dents.

Le capitaine Serge demeura avec le reste de l'équipage pour garder leur nouveau campement.

Bruloff et ses compagnons furent bientôt en vue de la *Frileuse,* dont l'aspect, au premier abord, ne s'était guère modifié depuis leur retraite, qui datait de quelques jours.

Ils continuaient de marcher sans la moindre défiance, quand les chiens s'arrêtèrent brusquement, malgré les coups de fouet que Kosero leur distribuait avec la plus grande libéralité.

— Qu'y a-t-il donc? demanda Norbert étonné, et regardant autour de lui.

— Un ours! un ours, parbleu! s'écria Bruloff en désignant le brick, qu'un de ces animaux semblait avoir choisi pour domicile.

Il était tranquillement assis au milieu du pont.

— Enfin! s'écria joyeusement Chamborel qui se mit à doubler le pas.

Bruloff le saisit aussitôt par le bras.

Chamborel eut un mouvement d'impatience.

— Un peu de calme, mon cher ami; il faut d'abord savoir à qui nous avons affaire.

— Il me semble que c'est à un ours, reprit Chamborel d'un ton railleur.

— Celui-là est très-visible, je l'avoue ; seulement rien ne prouve qu'il ne soit pas venu là en nombreuse compagnie.

— Dans tous les cas nous sommes en mesure de leur répondre.

— D'accord, mais on ne saurait répondre à ceux qui n'ont encore rien dit.

Un second ours vint se placer à côté du premier.

— Tu vois, mon cher, que cela devient plus sérieux déjà, poursuivit Bruloff ; je crois même que ces messieurs ont invité des amis qui s'ingénient en ce moment à découvrir le reste de nos provisions.

— Et nous resterions là, les bras croisés, à les regarder faire ?

— Il n'y aurait pas grand mal à cela, ces provisions étant trop bien enfermées pour qu'elles puissent tomber sous leurs griffes. Leur présence sur la *Frileuse* n'a donc pour le moment d'autre importance que celle d'une simple visite de politesse. L'apparition d'un troisième ours, sorti comme le précédent de l'intérieur du brick, interrompit la dissertation de Bruloff.

— Voilà le groupe qui se complète, fit observer Lepérier.

Le troisième animal vint se placer devant les deux autres pour conclure sans doute à ceci : « qu'il n'y avait rien à faire présentement sur le navire », ce dont ses compagnons paraissaient déjà convaincus ; car, sans lui prêter une grande attention, ils commençaient à tourner sérieusement leurs regards vers nos chasseurs et aussi vers les chiens, qui eussent déjà pris le large, sans les efforts que Kosero et Susi faisaient pour les retenir.

— Pour le coup, nous sommes sur le tapis, et l'affaire va devenir sérieuse avant qu'il soit longtemps, dit Bruloff.

— Marchons alors! s'écria Chamborel.

— Pas encore! peste! il faut les laisser arriver, autant pour
en débarrasser le navire qu'afin d'être plus à l'aise dans le
combat que nous allons soutenir contre eux.

Les trois ours venaient en effet de quitter la *Frileuse,* et de
se répandre sur la glace où les chasseurs se tenaient prêts à
engager l'action.

— Cette fois, dit Bruloff, ils nous donnent le signal, et
nous allons, pour leur prouver que nous l'avons compris,
nous placer deux par deux, à cinq mètres de distance ; ce qui
nous permettra de couvrir nos attelages et de nous venir
mutuellement en aide, puisqu'il faut toujours tenir compte du
hasard.

Le mouvement commandé par Bruloff s'exécuta sans la
moindre observation.

Le docteur s'était rapproché de Norbert, Bruloff de Chamborel, dont il redoutait les excès d'audace ; Kiprinsky de
Struve, et Pierre d'Ulrik.

Kosero et Susi gardaient la tête de leurs traîneaux.

Ces dispositions semblèrent inquiéter les ours; ils ne se
trouvaient pas en nombre suffisant pour attaquer sur quatre
points à la fois, sans parler de Kosero qui se tenait à l'arrière-
garde, prêt à intervenir avec sa carabine.

D'un autre côté, la proie était trop belle pour l'abandonner
bénévolement.

L'hésitation des animaux était visible. D'autre part, nos
chasseurs ne pouvaient perdre une pareille occasion de faire
ample provision de chair fraîche, sans parler des fourrures ;
deux choses qui triplent de valeur pendant un long hivernage.

Mais Chamborel, que son tempérament portait à courir au

danger quel qu'il fût, commençait à s'impatienter de toutes ces lenteurs, et il s'écria tout à coup :

— En voilà assez !... puisque ces messieurs hésitent à se présenter d'eux-mêmes, je vais leur faire les premières avances.

Et il partit comme un trait.

Bruloff épouvanté s'était jeté sur ses pas, sans avoir le temps de prononcer une parole.

Il va sans dire que leurs six compagnons n'étaient pas restés en arrière.

Le rapide mouvement exécuté par les chasseurs avait déterminé les ours à faire une prompte retraite, tout en se séparant pour se retrancher derrière des blocs de glace.

Debout, les pattes de devant appuyées sur les blocs, ils suivaient de là les moindres gestes de leurs agresseurs.

La situation se compliquait. Le bouillant Chamborel, surpris par cette tactique familière aux ours, s'était arrêté, ne sachant plus comment aborder l'animal qu'il avait choisi pour adversaire.

— Attends ! laisse-moi le déloger de son coin, lui dit Bruloff.

— Non ! non !... je vais décrire un quart de cercle sur la droite, et l'attaquer de flanc.

Chamborel était déjà loin.

— Fais à ta tête, mon bonhomme, tu arriveras trop tard, se dit Bruloff, en épaulant son arme.

Un coup de carabine partit aussitôt, et l'animal disparut derrière son retranchement.

Chamborel n'avait pas eu le temps de faire vingt pas sur les quarante qui le séparaient de l'ours.

Il s'était élancé en avant au bruit de la détonation, seule-

Alors commença un de ces combats...

Page 259.

ment, comme l'avait prédit Bruloff, il arriva trop tard.

L'animal, le crâne fracassé, gisait à terre.

Plusieurs coups de feu avaient été tirés pendant cette scène par les chasseurs qui opéraient sur la gauche ; mais ils n'avaient eu d'autre effet que d'exaspérer les deux autres ours, qui se ruèrent sur eux en poussant des cris terrifiants.

Alors commença un de ces combats impossibles à décrire, une de ces mélées terribles où chaque mouvement déchire ou tue.

Les ours, criblés de blessures, tout sanglants, impuissants à étouffer leurs ennemis trop lestes pour se laisser saisir, cherchaient à les mordre, à leur arracher des lambeaux de chair.

Les carabines déchargées ne pouvaient plus servir que de massues.

Norbert, Lepérier, Ulrik et les trois matelots de la *Frileuse* bondissaient comme des jaguars autour des animaux qu'ils frappaient avec fureur sans pouvoir les abattre.

Trois matelots s'étaient laissé arracher leurs carabines.

Le combat menaçait de tourner au carnage, quand Bruloff et Chamborel accoururent au secours de leurs amis.

— A toi le plus grand ! je me charge de l'autre, criait Bruloff.

Tous deux avaient saisi leurs couteaux et cherchaient à se frayer un passage jusqu'aux ours, quand ceux-ci, qui venaient de les apercevoir, abandonnèrent leurs premiers adversaires pour fondre sur les nouveaux venus.

Bruloff et Chamborel, leurs couteaux à la main, s'arrétèrent afin de se mieux affermir sur leurs pieds.

Bruloff, assailli d'abord, reçut son ennemi par le terrible coup de poignard qu'il avait enseigné aux trois Parisiens, et tout fut terminé entre l'animal et le gentilhomme russe.

Le troisième ours, c'est-à-dire le dernier, avait tout à coup ralenti son élan pour rester immobile; il semblait réfléchir avant d'engager la lutte avec Chamborel; cela durait depuis plus d'une minute.

— A la fin, tu m'excèdes! s'écria celui-ci qui brandit son arme en faisant un pas en avant.

Mais, hélas! une sorte de malédiction poursuivait l'intrépide chasseur : le malheureux animal criblé de blessures n'avait pu l'attendre plus longtemps.

Il était tombé mort à deux pas de celui qui s'avançait pour le combattre corps à corps.

— Il est mort de peur, s'écria Lepérier tout en secouant une de ses mains lacérée par un coup de griffe.

Chamborel se fût volontiers arraché les cheveux.

Deux ours superbes lui avaient fondu entre les mains.

— Corbleu! dit-il à Bruloff avec un véritable dépit, si encore tu ne m'avais pas soufflé l'autre!

— Mon cher, répliqua celui-ci d'un ton sérieux, la chasse aux bêtes féroces, dans ce pays spécialement, ne ressemble en rien, tu viens de le voir, à la chasse aux perdrix; un seul faux pas sur la glace, et tu pouvais être étranglé net, ce que je me serais reproché très-amèrement toute ma vie.

— Je te remercie de ce bon sentiment, répliqua Chamborel qui ajouta entre ses dents :

« Une autre fois je chasserai tout seul. »

La distraction qu'on venait de prendre, indépendamment d'une douzaine de coups de griffes reçus au hasard, avait causé une blessure assez sérieuse à Ulrik, le dernier matelot du *Pygargue;* le pauvre diable avait eu l'épaule profondément déchirée. Lepérier s'était hâté de lui faire un premier pan-

sement, auquel il crut devoir ajouter, en manière de conso-
lation, les paroles suivantes :

— Un mois sans faire autre chose que fumer votre pipe, et
tout sera dit.

Les traîneaux chargés du produit de la chasse, et sur l'un
desquels on dut placer Ulrik qui ne pouvait plus marcher qu'à
grand'peine, reprirent le chemin de la hutte sous la conduite
du couple lapon et des trois matelots restés valides, pendant que Bruloff, Norbert, Lepérier et Chamborel se dirigeaient vers le brick, inquiets de savoir si la pression des
glaces ne lui avait pas causé de nouvelles avaries.

Leur surprise égala leur désespoir en s'apercevant que les
ours, qu'ils avaient cru là simplement de passage, s'y étaient
arrêtés assez longtemps pour piller et dévorer la plus grande
partie des provisions mises en réserve en vue du moment où
il leur serait permis de se rembarquer.

Malgré son expérience des mers arctiques, le capitaine de
la *Frileuse* n'avait pas prévu l'invasion des corsaires blancs.
Il en était d'autant plus affligé que la saison de la nuit n'était
pas très-éloignée, et qu'elle viendrait ajouter aux difficultés
de leur position. Cette impression fâcheuse ne pouvait
échapper à ses amis.

— Tu n'avais pas plus que nous, je le vois à ta mine,
compté sur cet affreux brigandage, lui dit Lepérier.

— Non, et j'ai eu tort.

Le capitaine demeura pensif en faisant mentalement l'inventaire du désastre qu'il avait sous les yeux.

— Allons-nous-en, dit-il; aussi bien nos regrets et nos
malédictions seraient également inutiles.

De retour à la hutte, ils trouvèrent étendus roides à côté

des trois ours ramenés par Kosero, deux rennes que le capitaine Serge venait de tuer en poussant une reconnaissance à quelques kilomètres de leur campement.

— Il ne nous manque plus, disait joyeusement le capitaine en montrant ses victimes aux nouveaux arrivés, qu'une demi-douzaine de renards et une centaine d'oies sauvages, pour varier et compléter les provisions de notre garde-manger; nous y songerons demain.

— Sans préjudice des jours suivants, reprit lentement Bruloff, puisqu'il est maintenant avéré, bien avéré, que nous n'aurons plus autre chose à faire pendant six mois, que chasser du matin au soir pour ne pas mourir de faim.

— Mourir de faim! s'écria le capitaine Serge en éclatant de rire, il me semble que nous avons des vivres en quantité suffisante pour ne rien redouter de pareil.

Bruloff secoua tristement la tête.

— Tout cela, dit-il, a été pillé, dévoré, piétiné, gâché, et finalement perdu par les odieuses brutes qui sont couchées là, dit-il en désignant les ours.

— Comment? s'écria le capitaine Serge.

— Oui, ces bandits, ces corsaires, se seront emparés du navire à l'instant même où nous venions de le quitter.

— Et ils n'y ont absolument rien laissé? demanda le capitaine Serge consterné.

— Ils ont tout pris, tout ravagé, à l'exception de quelques boîtes de pemmican, de caisses de biscuit, de barriques de vin et de quelques fûts d'eau-de-vie, qui ont échappé à leurs recherches, grâce à un gros amas de charbon de terre qui masquait les enfoncements où ces choses étaient serrées. — Quant aux bougies, ils les ont brisées, écrasées jusqu'à la dernière.

Au récit de cet événement, qui prenait les proportions d'une catastrophe dans la situation où nos voyageurs se trouvaient, un voile noir sembla s'être abaissé sur tous les visages.

XX

UN JOUR DE DÉGEL.

Ce grand émoi, cette sombre tristesse, ne pouvait durer bien longtemps au milieu d'une réunion d'hommes jeunes et énergiques.

Chamborel fut le premier à protester hautement contre cet abattement passager?

— Ah çà! s'écria-t-il, est-ce que nous allons nous mettre à pleurer parce que trois ours se sont entendus pour croquer une partie de nos provisions?

— La plus grande et la meilleure partie, fit observer Bruloff.

— Ils l'auront payée assez cher, reprit Chamborel, puisque nous allons les manger à notre tour. D'ailleurs, qui pourrait nous empêcher de tuer un des leurs tous les jours, et de réparer ainsi le tort qu'ils viennent de nous faire? Leur chair, qui sera fraîche, vaudra bien certes toutes les conserves du monde.

— Il n'y a qu'un obstacle à cela.

— Un obstacle! un obstacle! répéta Chamborel.

— Un obstacle insurmontable, reprit Bruloff.

— Lequel? Je serais curieux de le connaître, dit Chamborel en haussant les épaules.

— Eh bien, mon cher, c'est que dans quelques jours on pourra explorer à toute heure l'île de la Nouvelle-Zemble sans rencontrer un seul ours.

— Que veux-tu dire? demanda Chamborel un peu déconcerté.

— Qu'ils disparaissent pendant toute la saison de la nuit qui dure trois mois, juste la moitié du temps que nous sommes condamnés à passer ici.

— Plus un ours pendant trois mois! s'écria le pauvre Chamborel avec un accent intraduisible.

— Pas un, mon cher ami. Encore huit jours, et ils seront partis jusqu'au dernier, répliqua Bruloff.

Chamborel était anéanti.

Il allait être privé pendant trois mois du seul plaisir qui lui avait fait envisager l'hivernage comme une chose non-seulement supportable, mais presque attrayante.

Son désappointement était si grand, que ses amis, malgré leurs préoccupations, eurent beaucoup de peine à garder leur sérieux.

Qu'allait-il devenir pendant ce temps? Mourir d'ennui, si ce n'était de faim.

Norbert et Lepérier, qui lisaient dans les yeux de Chamborel comme dans un livre ouvert, échangèrent un regard.

— Plus d'ours, poursuivit Norbert, et cela juste au moment où je prenais un plaisir très-vif à les rencontrer sur mon chemin ; mais c'est abominable !

— Et moi, dit Lepérier, qui bouillais à la pensée de leur rendre le coup de griffe que je viens d'en recevoir ! Enfin ! le plus court est de se résigner tout en cherchant à les remplacer par autre chose.

— Les remplacer par quoi ? demanda Chamborel d'un ton bourru.

— Dame, il y a les phoques, les morses, les rennes et les renards, dit Bruloff.

— Pouah ! fit Chamborel.

— Il y aura encore les baleines quand la mer daignera s'ouvrir pour nous en envoyer quelques-unes. En attendant, nous pourrons toujours profiter des huit jours qui nous restent afin de laisser quelques mauvais souvenirs à la tribu des ours, quand elle s'en retournera, vers la première semaine de novembre, prendre ses quartiers d'hiver en Sibérie ou ailleurs.

— Il serait plus glorieux de n'en pas laisser échapper un seul ! dit Chamborel, et si vous m'en croyez, mes chers amis, nous ferons dès demain une grande battue pour obtenir ce résultat.

— Très-bien ! très-bien ! hourrah pour Chamborel ! crièrent tous les chasseurs.

Lepérier ajouta :

— Il a raison ! il faut que leurs vacances se passent dans notre garde-manger et non ailleurs ; il serait souverainement injuste qu'il n'en fût pas ainsi.

On ne parla d'autre chose pendant toute la soirée.

Les ours qui couraient encore la campagne n'avaient plus à se préoccuper de leur avenir; avant huit jours tous auraient franchi le seuil de la hutte, réduits à l'état de comestibles.

On alla se coucher sur cette belle assurance.

Mais tous nos chasseurs, cette fois encore, devaient subir une amère déception, car le matin venu, les plus robustes comme les plus intrépides furent obligés de convenir que la gelée était devenue si forte et le vent si aigu pendant la nuit, qu'il était impossible de s'aventurer dehors sans mettre son existence en péril.

Ce fut un nouveau coup de massue, non-seulement pour Chamborel, mais pour tous ses amis, l'idée ne leur étant pas venue que leur hutte pût être convertie par le bon Dieu en un autre Mazas.

Le thermomètre marquait quarante degrés centigrades au-dessous de zéro.

Il n'était plus question d'exterminer les ours, et l'on ne songea pour le moment qu'à se préserver de cet horrible froid.

Si le poêle n'eût fonctionné à merveille ou qu'on eût manqué de charbon de terre, nul doute que les moins vigoureux fussent morts gelés dans leurs lits.

Cet état de choses changea complétement l'attitude de nos voyageurs, qui s'occupèrent exclusivement alors d'achever leur installation.

Le capitaine Serge, s'étant souvenu que les Esquimaux construisaient un long tunnel de mottes de terre gazonnée au devant de la porte de leur habitation pour en protéger l'accès contre le froid, en avait fait établir un pareil, dont une partie fut réservée à Kosero et à Susi, ainsi qu'aux traîneaux et aux chiens.

On le consolida avec des piquets de bois placés à l'intérieur.

Cela fait on procéda à l'inventaire des provisions de bouche, qui, très-exactement fait, démontra la nécessité de se rationner immédiatement. — On prit la même mesure à l'égard du combustible et des boissons.

Bouboff, l'ingénieur attaché à la *Frileuse,* prit, de son côté, les plus savantes dispositions pour qu'un seul feu pût suffire à la cuisson des aliments et au chauffage des différentes parties de la hutte. Il avait ensuite soigneusement évité toute déperdition de la chaleur en bouchant les moindres interstices.

Les lits serrés les uns contre les autres et garnis d'une épaisse couche de fourrures, entre laquelle chacun se glissait pour dormir après s'être revêtu de sa kuchlanka, formaient un immense lit de camp où l'on se tenait chaud mutuellement.

Chamborel était le seul des trois Parisiens qui ne pouvait se résigner à une réclusion si complète. Il n'était pas né, disait-il, pour vivre dans une taupinière, et au fond du cœur il ne pouvait pardonner à Bruloff de ne l'avoir pas prévenu de cette dernière éventualité.

L'espoir de combattre encore les ours avant qu'ils eussent pris congé temporairement de la Nouvelle-Zemble, l'avait un moment réconforté ; mais le froid devenu trop rigoureux pour lui permettre cette distraction, le rendit du dernier grincheux.

En se mettant en route pour les contrées polaires, il avait bien compté sur une température un peu rude ; mais de là à se transformer en un bloc de glace dès qu'on se risquait dehors, il y avait loin.

Norbert, Lepérier et les frères Bruloff, doués d'une philosophie pratique, s'étaient occupés avec ardeur, faute de mieux, des travaux d'aménagement de cette hutte où ils se trouvaient contraints de laisser un lambeau de leur existence... peut-être davantage.

— Travaillons joyeusement, mes amis, disait Norbert, et si nous devons périr l'estomac vide et le ventre déprimé dans un délai de trois mois, ce n'est pas une raison pour nous attrister quatre-vingt-dix jours d'avance ; n'est-ce pas, cher docteur ?

— Ni même pendant vingt-quatre heures, répondit Lepérier.

— Je vous propose donc, reprit Norbert, pour utiliser nos loisirs et surtout pour nous maintenir en belle humeur, de nous raconter mutuellement des histoires extrêmement gaies.

— A la condition que tu te chargeras de nous narrer la première, dit Bruloff.

— D'accord, répondit Norbert. Je vais commencer par celle de Pierrot, parti en manches de chemise à la suite de M. Cassandre, son maître, pour visiter le pôle nord.

— Non ! non ! c'est invraisemblable ! s'écria Lepérier.

— Je suis de cet avis ; cependant on pourrait toujours l'écouter, fit observer le capitaine Serge.

— Rien que par politesse, ajouta Bruloff.

— Ah ! c'est comme ça ?... vous n'en saurez pas davantage, mes chers amis.

— Raconte-nous quelque chose de plus athénien, voilà tout, reprit le gentilhomme russe.

— Je vais alors vous conter l'histoire d'un mandarin qui a perdu une de ses chausses en courant après ses lunettes.

— De la politique à présent, du tout ! ce serait le moyen de

nous prendre aux cheveux avant dix minutes, objecta de nouveau Lepérier.

— Il faut éviter cela, dit gravement le capitaine Serge.

— Eh bien, voulez-vous apprendre l'histoire d'un gros
monsieur qui s'est, par mégarde, laissé choir d'un cinquième
étage sur le nez d'une dame qui prenait l'air à son balcon?

— Jamais! reprit Lepérier, nous sommes trop sensibles
pour écouter le récit d'une pareille catastrophe.

Norbert allait continuer, quand un bruit sans nom, un
fracas épouvantable dominé par des craquements inouïs, se
fit entendre autour de la hutte.

— Le dégel! le dégel! s'écria le capitaine Serge.

— Le dégel lui-même! poursuivit Bruloff en se précipitant dehors. — Venez! venez, mes amis! c'est un spectacle
terrible, grandiose, et menaçant autant que magnifique.

Les prisonniers valides, tous sortis à la fois, étaient étonnés
de trouver la température si complétement adoucie.

La mer clapotait bruyamment sous une multitude de glaces
aiguës dont elle semblait avoir hâte de se débarrasser, pendant
que les pics et les montagnes de glace éparpillés sur la côte
glissaient les uns sur les autres, comme les feuillets brisés d'un
éventail, pour s'abîmer dans la mer avec de sourds roulements.

Des cris stridents, sinistres, accompagnaient ces chutes qui
creusaient d'effroyables abîmes.

Les Parisiens n'avaient jamais joui d'un si émouvant spectacle, et ils regardaient autour d'eux dans une extase mêlée
de terreurs involontaires.

— On dirait que toute cette nature est aux mains d'un
machiniste pris de vertige! s'écria Norbert.

— C'est fantastique, dit Lepérier, et il faut avouer que les ours eussent été roulés comme des galets à travers cette orgie de glaces, s'ils n'avaient eu l'esprit d'effectuer leur retraite auparavant, au risque de laisser Chamborel les bras croisés.

— Ne m'en parle plus, répondit celui-ci devenu triste depuis que l'hiver l'avait condamné à une immobilité complète en le séparant du monde extérieur.

— Bah! reprit le docteur, nous allons peut-être bientôt nous remettre en campagne.

Le soir même, au sortir de table, en prenant place autour du poêle, Bruloff dit tout à coup :

— J'espère, mes amis, que demain, c'est-à-dire quand toutes ces glaces auront terminé leur danse, nous pourrons décidément profiter de ce relâche pour recommencer notre chasse, car si les ours ont absolument décampé, les morses, les phoques, les baleines, les rennes et les renards, je le répète, nous sont restés fidèles.

— Les morses et les baleines! répéta froidement Chamborel.

— Cette chasse d'ailleurs, si dangereuse qu'elle soit (ces derniers mots étaient dits afin d'exciter l'amour-propre de Chamborel), pourra seule nous procurer l'huile dont nous avons un si pressant besoin pour notre éclairage, et nous ne pouvons par conséquent nous dispenser de la faire.

— C'est donc une chasse dangereuse, que celle des morses et des baleines? demanda Chamborel.

— Très-dangereuse, mon cher ami, répondit Bruloff, et tu feras bien de tenir ces animaux en grande estime, si tu ne veux pas qu'ils te fassent payer chèrement le dédain que tu sembles professer pour eux.

— Ainsi tu affirmes que la chasse de ces amphibies est aussi émouvante que celle des ours?

— Demain, mon cher Chamborel, tu seras parfaitement édifié à ce sujet.

Le lendemain matin, chacun se trouva prêt pour l'expédition projetée.

Ivan et quatre matelots avaient remis la chaloupe, complétement réparée, à la mer.

Tous cinq devaient chenaler à travers les glaces flottantes avec l'ordre de se tenir le plus près possible de terre, afin de porter secours aux frères Bruloff, à Norbert, à Lepérier et à Chamborel, ainsi qu'aux trois officiers du *Pygargue* qui longeraient les côtes pour surprendre les morses endormis indistinctement sur les glaces flottantes et les glaçons immobiles de la côte.

La crainte d'éveiller ces animaux ou d'être aperçus par eux obligea les matelots de garnir leurs rames d'étoupe et de marcher contre le vent, ainsi que nos chasseurs.

On s'était armé de piques, de haches et de revolvers du plus fort calibre, laissant à la hutte les carabines, toujours embarrassantes dans une semblable chasse.

Le morse (sa description est indispensable ici) est un mammifère qui appartient à l'ordre des carnivores amphibies; adulte, sa longueur varie entre trois et cinq mètres; sa grosseur est proportionnée à sa taille; son muffle ne diffère guère de celui du phoque que par la mâchoire supérieure, armée de deux solides défenses de soixante à quatre-vingt-dix centimètres, légèrement recourbées, et qui descendent verticalement. C'est à l'aide de ses dents du plus bel ivoire et de la plus grande dureté, qu'il lutte contre ses ennemis, peut s'accrocher aux glaces et aux rochers pour sortir de la mer, et enfin pour tenir sa tête au-dessus de l'eau, quand il éprouve le besoin de res-

pirer l'air atmosphérique indispensable à tous les amphibies.
Il est couvert d'un poil roussâtre très-court. Se nourrissant
habituellement de poisson et de substances animales, il ne
dédaigne pas au besoin les varechs et les plantes marines qui
croissent en abondance au fond de la mer. Cette dernière
particularité, ainsi que le son de sa voix et le mugissement
qu'il pousse quand il devient furieux, lui ont fait donner le
surnom de vache marine.

D'un naturel inoffensif, il devient terrible lorsqu'il est
blessé, et alors sa force et la pesanteur de son corps le ren-
dent très-redoutable. Les femelles sont extrêmement dévouées
à leurs petits, qu'elles défendent au péril de leur vie.

. . . .

Après avoir suivi la côte pendant quelque temps en obser-
vant le plus religieux silence, les chasseurs venaient de débou-
cher sur un immense glaçon uni comme une aire bien battue,
et où reposaient tranquilles et béats un certain nombre de
morses.

Ceux-ci, poussant aussitôt de sourds grondements, commencèrent à se mouvoir pour se réfugier dans la mer.

Mais déjà Chamborel, Bruloff et Norbert s'étaient jetés en
avant avec l'intention de leur fermer le passage.

Le capitaine Serge et les trois officiers du *Pygargue* se
tenaient de l'autre côté.

La chaloupe prenait position à peu de distance.

Les morses, très-agités alors, se mirent à frapper la glace
avec leurs défenses.

Sept coups de revolver, qui ne pouvaient qu'exciter leur
fureur, furent aussitôt tirés sur eux au commandement de
Bruloff.

La fureur et le désespoir des malheureux amphibies...

Tous les chasseurs avaient saisi leurs piques pour recevoir les animaux qui s'étaient groupés de manière à faire face à leurs ennemis.

Plusieurs morses avaient été atteints; voyant leur sang couler, les pauvres bêtes se ruaient sur les piques qu'elles brisaient entre leurs dents.

Les chasseurs, heureusement très-agiles, échappaient à ces masses, qui, bien que lentes à se mouvoir sur la glace, pouvaient arriver à les atteindre sur un espace relativement circonscrit.

Les coups de hache avaient succédé aux coups de pique, et le sang ruisselait de tous côtés.

La fureur et le désespoir des malheureux amphibies étaient effrayants; ils se roulaient convulsionnés, frappant, trouant la glace à grands coups de défenses, sans oublier toutefois de se protéger mutuellement.

Leurs mugissements faisaient trembler. Plusieurs étaient tués, — quelques-uns, qui avaient pu regagner la mer, s'étaient dirigés vers la chaloupe montée par Ivan et les quatre matelots, pour essayer de la couler.

Les morses, dont les pieds excessivement courts, plats et palmés, enveloppés de peau, ne peuvent que ramper sur le sol, sont d'une merveilleuse rapidité dans l'eau. Au premier choc ils avaient entamé un des bordages de l'embarcation, qu'ils essayèrent ensuite de soulever en passant dessous.

Encore quelques secousses semblables, et elle aurait infailliblement sombré.

Ivan et ses hommes, après s'être défendus d'abord à coups de lance, furent contraints, pour échapper à la fureur de ces formidables animaux, de s'éloigner des chasseurs, qui continuaient de combattre sur les glaçons, achevant leurs derniers adversaires.

Ce fut à ce moment qu'Ivan, miraculeusement échappé à la terrible attaque dirigée contre son embarcation, revenait du large à toute vitesse pour se remettre à la disposition des chasseurs.

Ne pouvant emporter tous les vaincus, qui par leur poids eussent fait chavirer la chaloupe, on se contenta d'en embarquer deux, se réservant de reprendre les autres, et d'y joindre trois paires de défenses enlevées à leurs malheureux compagnons.

Les chasseurs succombaient à la fatigue. Chamborel, d'une constitution physique moins vigoureuse que celle de ses amis, était absolument à bout de forces. C'était à grand'peine si, le combat fini, il avait pu recouvrer sa respiration normale.

— Tu dois être content, féroce Chamborel, lui disait Norbert; tu t'es vautré dans le sang jusqu'aux oreilles.

— Ah! mon cher ami, répondit celui-ci, il me semble que je sors d'une tuerie. Et s'il n'avait pas fallu se défendre après avoir attaqué, je me serais arrêté court en voyant cette pauvre femelle qui, sans souci des coups qui pleuvaient sur elle, poussait héroïquement ses deux petits vers la mer pour les sauver.

— Les femelles des morses sont, il paraît, d'excellentes mères, et l'on raconte à leur sujet les histoires les plus touchantes, dit Bruloff.

Dès qu'on eut remis pied à terre, on traîna les énormes amphibies à l'aide de gros cordages jusqu'à la hutte, avec l'intention de les convertir très-promptement en belles et bonnes barriques d'huile.

Le souper fut aussitôt servi, et l'on se mit à table, où le

rationnement imposait depuis longtemps déjà la sobriété à tous nos voyageurs.

La petite troupe de Bruloff n'avait pas été la seule ce jour-là à se préoccuper de l'approvisionnement de la hutte.

Un de ceux qui étaient demeurés s'écriait au bout de quelques instants : « Dites donc, camarades, si, au lieu de rester là à nous roussir les jambes autour de ce poêle, nous allions voir un peu ce qui se passe sur la côte; peut-être y trouverions nous l'occasion de tirer utilement quelques coups de fusil. »

La motion avait été acclamée, et trois hommes, les seuls valides, étaient partis à la découverte de n'importe quel gibier.

Quelques heures plus tard, ils rapportaient deux jeunes phoques qu'ils avaient harponnés sur la glace, au bord du trou, habilement masqué de neige, que ces pauvres bêtes se ménagent pour venir respirer de temps en temps.

La journée avait été laborieuse pour tout le monde, et le souper terminé, ce fut avec un contentement d'esprit qui n'était plus depuis longtemps dans leurs habitudes, que les chasseurs demandèrent au sommeil l'oubli de leurs fatigues et de leurs tristes préoccupations.

XXI

EN DÉTRESSE.

Trois mois s'étaient écoulés depuis les premières scènes d'hivernage que nous avons racontées, et malgré le proverbe justement accrédité qui prétend que les jours se suivent et ne se ressemblent pas, ceux qui venaient de se passer avaient été d'une monotonie désespérante. Il avait fallu la fermeté des frères Bruloff unie à la gaieté parisienne, pour que les habitants de la hutte ne périssent pas tous du spleen ou du scorbut. Il avait fallu combattre à toute heure la tristesse des uns et l'indolence maladive des autres.

Chamborel avait failli se battre vingt fois contre Lepérier et Norbert qui l'accusaient de n'avoir pas plus de force morale qu'un hanneton, et de n'être au résumé qu'un Français de contrebande.

36

Comme pendant ces trois mois constamment éclairés par la lune, le matin avait ressemblé au soir et le soir à la nuit, aucune occupation régulière n'était possible ; on s'était fort souvent querellé, tournant sans cesse les uns autour des autres, ainsi que ces animaux qui cherchent une occasion de se mordre. On avait d'abord imaginé bien des jeux et bien des distractions de tout genre, sans pouvoir s'y complaire plus de quelques heures. On avait pour ainsi dire dépensé toute sa fantaisie, toute sa puissance d'invention, dans cet éternel tête-à-tête où sombrent parfois d'anciennes amitiés.

Norbert, Lepérier et les frères Bruloff avaient seuls, nous le répétons, gardé assez de verve pour jeter quelques lueurs sur ce sombre tableau ; mais leur influence se perdait de jour en jour.

Le rationnement, toujours plus rigoureux, n'avait pas peu contribué à augmenter la mélancolie des uns et la colère des autres.

Bardol, noirci, maigri, aigri, et comme un peu moisi, n'existait plus que pour la forme. Sa vie ressemblait à un cauchemar que rien ne vient interrompre. Après un fugitif espoir de rentrer à Paris, il s'en voyait séparé peut-être pour toujours.

Lors du premier rationnement, il avait dit à Danecheff :

— Mon cher maître, il faut oublier ce que nous avons appris pour faire présentement de la cuisine de bonne femme ou de soldat en maraude.

Puis, une seconde fois :

— Monsieur Danecheff, pour le coup, nous n'allons plus faire de cuisine du tout.

— Eh bien, nous nous croiserons les bras, et nous en aurons les mains plus blanches, avait répondu le cuisinier russe.

— Les bras! passe encore; mais se croiser les mâchoires, monsieur Danecheff!...

— Non, non, monsieur Bardol; croyez-moi, nous n'en serons jamais là.

Mais Bardol, la tête perdue, courut se jeter aux pieds de son maître en lui disant d'une voix fiévreuse et saccadée :

— Puisque monsieur m'a condamné à mort, je viens lui demander la grâce de m'exécuter lui-même.

— Vous reviendrez, Bardol; cela m'est impossible pour le moment, lui avait répondu tranquillement Chamborel, qui s'occupait alors à faire sécher une de ses chemises : travail de géant, car le linge était à peine sorti de l'eau bouillante que la gelée le roidissant, on ne pouvait plus parvenir à le tordre. S'il séchait ensuite du côté du feu, il gelait de l'autre... On devait alors le plonger à plusieurs reprises dans l'eau bouillante, afin d'en avoir raison. Il eût fallu la résignation d'un martyr pour s'occuper longtemps d'un travail qu'il était si difficile de mener à bien, et auquel, très-souvent, on finissait par renoncer de guerre lasse.

La question vestimentale n'était guère à l'ordre du jour. Chamborel, qui s'en préoccupait si fort habituellement, y songeait moins qu'à ses premiers langes.

Les habits, horriblement malmenés à travers cette existence insolite, s'étaient effilochés sur les épaules, les bras et les jambes de leurs propriétaires.

Les cheveux et les barbes, restés incultes depuis trois mois, ressemblaient à des broussailles. — La vie animale, dont les éléments menaçaient de manquer d'un jour à l'autre, préoccupait, absorbait à elle seule toutes les facultés des infortunés habitants de la hutte.

Si le premier rationnement avait été accepté assez philoso-
phiquement, le second excita des murmures. Puis, quand
après s'y être résigné avec peine on fut avisé brusquement, au
bout de deux mois, qu'il allait falloir, en attendant mieux, se
contenter de manger uniquement du morse, du phoque, des
grèves de baleines [1] et autres étrangetés gastronomiques, les
doléances commencèrent pour ne plus s'arrêter. Il faut dire
que le froid et la maladie n'étaient pas non plus étrangers
à toutes ces plaintes.

Le scorbut, qui a pour cause première l'usage continuel des
viandes salées, mais qui se développe par la tristesse et l'inac-
tion, avait fait invasion dans la hutte, et ce ne fut que grâce
aux énergiques efforts du docteur Lepérier, aidé de ses amis,
qu'on parvint à lui arracher ses victimes, à l'exception d'une
seule : Sander, le matelot.

Il y avait eu encore de nombreux cas de congélation par-
tielle occasionnés le plus souvent par l'imprudence des voyageurs qui avaient saisi, la main nue, différents objets de métal
exposés au grand froid, ce qui produit identiquement l'effet
d'une brûlure au fer rouge.

Seuls, Kosero et Susi, habitués dès leur enfance à toutes les
rigueurs du climat hyperboréen, supportaient ce rude hivernage sans broncher.

Rien ne les écœurait. Ils mangeaient indistinctement, avec
le même plaisir, la même gloutonnerie, des grèves de baleine,
des entrailles de phoque, du poisson sec, et enfin tout ce que
les voyageurs abandonnaient par dégoût.

Ils n'avaient, en ce genre, de rivaux que leurs chiens,

---

[1] Résidus de graisse, qu'on jette ordinairement quand on en a tiré l'huile.

avec lesquels d'ailleurs ils ne cessaient de faire bon ménage.

De même que ces pauvres animaux, il est juste de reconnaître qu'ils savaient dans les moments difficiles se contenter d'un morceau de poisson gelé.

. . . .

Vers la fin du mois de janvier, le soleil avait reparu et ranimé, réjoui par sa présence les malheureux prisonniers de la hutte.

Les ours, si longtemps absents, se montraient déjà sur tous les points.

Chamborel avait reçu un véritable choc électrique à cette heureuse nouvelle apportée par Kosero.

Il s'était écrié spontanément :

— Dieu soit loué ! je vais pouvoir rentrer dans la vie active.

En même temps, un immense cri de joie retentissait d'un bout à l'autre de la hutte.

Les ours et les rennes revenus, on allait pouvoir manger de la viande fraîche, qui faisait défaut depuis si longtemps.

Cette dernière particularité avait vivement intéressé Danecheff, tombé lui-même dans une sorte de marasme : sa philosophie s'était éteinte avec ses fourneaux.

— Enfin ! s'écria-t-il en s'adressant à son confrère qui attendait consciencieusement dans un coin que son maître trouvât un moment pour le tuer, nous allons commencer à revivre, cher monsieur Bardol.

Le pauvre diable, qui eût pu s'appliquer la devise célèbre :

> « Rien ne m'est plus,
> Plus ne m'est rien »,

le regarda d'un air stupide :

— Vous me parlez, monsieur Danecheff?

— J'avais l'honneur de vous dire que les ours et les rennes étaient revenus avec le soleil.

— Ah! répliqua Bardol du ton de la plus complète indifférence.

— Vous ne comprenez pas, cher confrère, qu'avec eux vont reparaître sur notre table les rôtis savoureux, sans en exclure toutefois le phoque bouilli, la peau et les *gencives* de baleine qui sont un régal des dieux; vous avez fini, je crois, par en convenir vous-même.

—Horreur! s'écria Bardol en reprenant un peu d'animation.

L'élan une fois donné, les plus faibles, les plus alanguis, avaient trouvé la force de se remettre sur pied. Si le printemps était loin encore, il se révélait déjà, et l'on pouvait parler de la mer libre, du retour à Pétersbourg et en France, sans rien dire de puéril.

Aussi la première idée venue en même temps à l'esprit de chacun fut-elle de visiter la *Frileuse*, fatalement abandonnée, et longtemps assaillie par les glaces, pour savoir si elle était encore en état de remmener tout son monde.

Les frères Bruloff et leurs amis, plus intéressés encore que les autres à connaître la vérité, résolurent de s'y rendre immédiatement.

Tibir et Kodia, qui ne quittaient guère la hutte depuis trois mois, flairant une sortie, gambadaient autour de leur maître, comme pour lui témoigner le désir de l'accompagner.

— Oui, très-bien, mes amis, vous viendrez avec nous, disait Bruloff.

Kosero, toujours intelligent et actif, avait attelé un des traîneaux dès qu'il eut pressenti les dispositions de son seigneur, ainsi qu'il appelait Michel Bruloff.

On aperçut la *Frileuse* littéralement prise d'assaut par les glaces.

Page 289.

Kiprinsky, de son côté, faisait la revue des armes, pendant qu'Ivan passait à Kosero les anspects, les pics, les haches, les perches et les crochets qui pouvaient devenir nécessaires pour se frayer un passage vers le brick.

Tous ces apprêts s'étaient faits presque spontanément, sans qu'un ordre précis eût été donné par personne.

Le capitaine de la *Frileuse* fit alors appel à tous les hommes à peu près valides qui seraient disposés à l'accompagner.

Quatorze se présentèrent, indépendamment de Kosero, ce qui portait le nombre total à seize.

Le reste, composé de malades et de convalescents, garda la hutte, tout en exprimant le regret de ne pouvoir suivre leurs compagnons.

On partit. Tibir et Kodia marchaient en éclaireurs.

L'air, relativement doux, qui régnait dans la toundra, causa une sorte d'ivresse à tous ces hommes internés depuis trois mois. Cinq d'entre eux, trahis par leurs forces, durent retourner à la hutte sur l'ordre du docteur. Onze seulement purent continuer leur route :

Les frères Bruloff, les Parisiens, un ex-officier du *Pygargue*, Ivan, l'ingénieur Bouboff, Kiprinsky, Doubrowsky, Kosero.

Chamborel, qui devait avoir quelque dessein en tête, s'éloignait de temps en temps de la petite troupe, qu'il finissait toujours par rejoindre...

Il furetait alors de droite à gauche.

Les six cents mètres qui séparaient le navire de la hutte, assez péniblement franchis, car le cuir des chaussures durci par la gelée rendait la marche pénible, on aperçut la *Frileuse* littéralement prise d'assaut par les glaces qui, après l'avoir soulevée, la maintenaient héroïquement à cinq mètres au-des-

37

sus de la mer, dont les glaçons de toutes les formes offraient l'aspect d'une immense ville couverte de maisons entremélées de tours, de clochers, de remparts, et de plusieurs milliers d'édifices singulièrement disparates.

Norbert rassasiait ses yeux de ce spectacle, que le soleil rendait éblouissant.

— Quel malheur, s'écriait-il, de ne pouvoir, à cause du froid, faire une étude peinte de cette vue merveilleuse ! Cela serait une compensation aux souffrances et aux ennuis que j'ai supportés depuis trois mois.

Mais il ne suffisait point d'apercevoir la *Frileuse,* il fallait l'aborder et s'assurer par tous les moyens que le froid ne l'avait pas mise hors d'état de rendre le service qu'on attendait d'elle.

Les frères Bruloff, Ivan et l'ingénieur du bord, aidés de Doubrowsky et de l'armurier, s'étaient déjà mis à l'œuvre pour se frayer à coups de pic et de hache un chemin jusqu'au brick : seulement il eût fallu de la dynamite ou tout au moins une assez grosse provision de poudre pour faire sauter un si formidable amas de glaces : ce fut l'avis de l'ingénieur. Kosero et Kiprinsky furent chargés de courir jusqu'à la hutte pour en rapporter les choses nécessaires.

Michel Bruloff, qui depuis longtemps n'avait vu un navire si complétement maîtrisé par les glaces, disait avec une inquiétude qu'il cherchait à dissimuler :

— Pourvu que la *Frileuse* ait tenu bon dans ses œuvres vives... Quant aux avaries extérieures, elles ne sont jamais très-difficiles à réparer.

— Il serait étrangement cruel que le *Pygargue* et la *Frileuse* eussent à peu près le même sort, fit observer le capitaine Serge.

— Ce serait la justification de cette croyance qu'un malheur n'arrive jamais seul, ce qui, entre nous, n'est pas absolument obligatoire, répliqua Lepérier.

— Mais où diable est passé l'intrépide Chamborel? demanda tout à coup Norbert.

— C'est vrai, je ne le vois plus, dit Bruloff en regardant de tous côtés.

— Je ne l'aperçois pas davantage, ajouta le capitaine Serge.

— On dirait que Tibir et Kodia nous ont pareillement quittés, remarqua Lepérier.

— Je n'y comprends rien, reprit Bruloff.

— Si ce n'est pas une erreur d'acoustique, il me semble entendre des aboiements de ce côté, reprit le capitaine Serge, qui prêtait l'oreille avec une grande attention.

Les aboiements avaient cessé, mais on entendait le bruit léger, sec et rapide, du galop particulier aux quadrupèdes de petite taille.

Tibir et Kodia parurent au même instant dans l'éloignement. Ils accouraient avec la rapidité du vent.

— D'où peuvent venir ces animaux endiablés? dit Bruloff.

— De chasser en compagnie de Chamborel, assurément, reprit le capitaine Serge.

— Mais alors le malheureux serait...

Le docteur n'osa achever.

Si aucun malheur n'était arrivé, il avait dû se produire un événement d'une certaine importance : l'attitude des chiens qui s'étaient élancés droit vers leur maître, le sollicitant de la voix et du regard, et finalement le tirant par sa pelisse, pouvait le faire supposer.

— C'est bien, c'est bien, nous comprenons, dit Bruloff.

Et les huit voyageurs abandonnèrent un moment la *Frileuse,* pour répondre aux obsessions de Tibir et de Kodia. — Ils n'avaient pas encore fait deux cents pas dans la plaine de glace, qu'ils aperçurent un groupe informe, mi-partie blanc, mi-partie noir, et où des soubresauts très-visibles se produisaient à intervalles rapprochés.

— On dirait Chamborel qui se débat sous les étreintes d'un ours! Vite! il faut lui porter secours! s'écria Norbert qui avait pris l'avance sur ses compagnons.

Quand ils ne furent plus qu'à quelques pas du groupe qui les avait attirés, un cri d'angoisse s'échappa de leurs poitrines.

Ils venaient de reconnaître leur ami étendu sur la glace. La moitié de son corps disparaissait sous le cadavre d'un ours.

Tous deux étaient immobiles, couchés dans une mare de sang.

L'animal pesait bien cinq cents livres. On le jeta de côté afin de dégager le malheureux chasseur qui, pâle, les yeux fermés, sans mouvement, était en tout semblable à un mort.

— Pauvre garçon! s'écria douloureusement Norbert.

Lepérier examinait attentivement le chasseur.

— Rassurez-vous, dit-il, il n'est qu'évanoui. Et saisissant le flacon d'ammoniaque qu'il portait toujours triplement enveloppé dans la partie la plus chaude de son vêtement, il le lui fit respirer à plusieurs reprises. La cure ne fut pas longue.

Chamborel rouvrit les yeux sans se rendre d'abord compte de la situation où il se trouvait, puis son regard se porta sur l'ours qui gisait renversé sur le dos, à deux pas de lui, et la mémoire lui revint complétement.

— Mes amis! mes amis! dit-il, vous êtes venus à mon secours... mille fois merci!...

Remis péniblement sur ses pieds, il s'était enfin approché de l'animal :

— Voyez!... dit-il non sans orgueil, je l'ai tué comme l'autre, d'un seul coup de couteau dans le cœur.

S'adressant ensuite directement à Michel Bruloff, il ajouta :

— Oh! je n'ai pas oublié tes instructions, mon cher ami.

— Très-bien, par exemple, tu as eu tort de t'évanouir de joie entre *les bras* de ta victime, répliqua le gentilhomme russe.

— Ce n'est pas ça... seulement, en voulant me jeter de côté, j'ai fait une glissade intempestive, et je me suis trouvé sous mon animal, calé jusqu'à la ceinture. J'y serais probablement resté sans vous, car les trois mois que nous venons de passer en prison dans notre hutte m'ont enlevé une partie de mes forces.

— Je te répondrai à cela qu'on n'est véritablement l'élève de quelqu'un qu'à la condition de suivre ses conseils jusqu'au bout, et tu ne l'as pas fait.

— Comment? fit Chamborel étonné.

— Ne t'ai-je pas dit, reprit Bruloff, qu'un ours est un adversaire trop fort, trop courageux, trop intelligent, pour qu'un homme, si brave qu'il soit, puisse s'aventurer à l'attaquer sans avoir derrière lui un bon compagnon qui soit prêt à lui venir en aide dans les circonstances difficiles?

— Oui, c'est vrai ; je ne l'oublierai pas, répliqua Chamborel radieux de sa dernière victoire.

Deux matelots coururent prendre un fort cordage parmi les instruments laissés devant la *Frileuse*, et l'ours, solidement lié, fut traîné jusqu'au brick et chargé sur le traîneau pour être ensuite emporté au campement.

Les hauts faits de Tibir et de Kodia ne s'étaient point
bornés à prévenir leur maître de la fâcheuse position où se
trouvait Chamborel; ils s'étaient livrés à la chasse pour leur
compte, en égorgeant un pauvre renne qui se trouvait sur
leur passage, et qu'on joignit à l'ours... après les avoir amplement caressés pour les remercier de ce supplément de viande
fraîche si précieux en ce moment pour tous, et surtout pour
les malades et les convalescents.

Kiprinsky et Kosero, pendant ce temps, avaient rapporté de
la hutte la poudre qu'on attendait, et l'on ne s'occupa plus que
de s'ouvrir un chemin jusqu'au brick.

On commença par isoler, grâce à de fortes tranchées circu-
laires, les plus gros blocs de glace sous lesquels on pratiqua
ensuite des mines, disposées de manière que l'explosion pro-
jetât ces blocs en dehors du point occupé par le navire.

Cette opération, fort habilement conduite par l'ingénieur,
et qui dura près d'une demi-journée, permit enfin de mettre
le pied sur le pont de la *Frileuse*.

Une épaisse couche de glace le recouvrait d'un bout à
l'autre, fermant les écoutilles, nivelant le carré occupé par la
machine.

Aucun moyen de pénétrer dans l'intérieur, et l'on en était
réduit cette fois à se servir uniquement de haches et d'anspects
pour dégager les communications.

La difficulté était d'atteindre son but sans rien endom-
mager. L'invasion rapide du froid et de la neige n'avait pas
permis de prendre la précaution de couvrir entièrement le
navire. Les voiles d'ailleurs s'étaient trouvées indispensables
en partie pour la couverture et l'aménagement de la hutte.

L'ingénieur s'occupait donc d'indiquer le travail à faire,

insistant auprès de chacun en particulier sur les précautions qu'il fallait prendre en l'exécutant.

Les coups de hache retentissaient déjà depuis quelque temps, quand la couche de glace qu'on venait d'attaquer se fendit brusquement du gaillard d'avant au gaillard d'arrière, avec une effroyable détonation.

Le brick, longtemps comprimé, violenté par l'amoncellement des glaçons, se trouvant un peu d'aise, venait de s'ouvrir en deux, brisant sa quille, et déchirant sa coque en vingt endroits.

La *Frileuse* était perdue, perdue comme le *Pygargue*.

XXII

LES HEURES TERRIBLES.

Un cratère vomissant des flammes se fût ouvert sous leurs yeux, engloutissant leur bien le plus cher, que l'épouvante et le désespoir qui saisirent nos voyageurs n'eussent pas été plus grands.

La destruction de la *Frileuse* équivalait pour eux à un arrêt de mort, sans appel possible.

Qui viendrait maintenant les secourir et les rapatrier? Qui pourrait avant plusieurs mois aborder ce désert, cette île fatale, où ils allaient sans relâche lutter contre le froid, la faim et la maladie?

Ce fut accablés par ces réflexions cruelles, et après que Bruloff eut fait arborer le pavillon de détresse sur les débris de son navire, que tous, l'air anxieux, le front bas, regagnèrent la hutte où ils allaient apporter la sinistre nouvelle.

Le traîneau suivait, conduit par Kosero.

. . . .

Un assez long temps s'était écoulé depuis cette catastrophe, et la situation des habitants de la hutte était devenue de plus en plus pénible ; le scorbut y avait fait de sensibles progrès.

Cette affreuse maladie commence par une extrême lassitude, abat entièrement l'esprit, et détermine un asthme qui se fait sentir au moindre mouvement. Le patient, dégoûté de tout, ne veut ni se mouvoir ni sortir de son lit. Ses membres deviennent douloureux, ses pieds s'enflent, son teint jaunit, son corps se couvre de taches livides, ses gencives saignent, ses dents s'ébranlent.

Dans cet état, la vie et la mort lui sont également indifférentes.

Aussi bien la mort ne manquait pas de prétextes pour sévir au milieu d'eux.

Les provisions totalement épuisées, on ne vivait plus qu'au jour le jour, et grâce au produit de la chasse des frères Bruloff, de Chamborel, de Norbert, aidés et renseignés par Kosero. Grâce à leur adresse et à leur intrépidité, on pouvait, à défaut d'autres aliments, donner du bouillon aux malades et de la viande fraîche à tout le monde, ce qui, avec du thé sans sucre, formait l'ordinaire de tous les jours ; mais cela durerait-il, car les munitions pouvaient manquer ?

La triste perspective de privations toujours plus grandes, plus dures, en assombrissant tous les esprits, avait augmenté le nombre des malades. Cinq d'entre eux étaient allés rejoindre le pauvre Sander dans la tranchée de neige ouverte pour le recevoir ; ils se nommaient : Pierre, Alexandre, Nicolas, Ulrik et Siévald, tous matelots.

Un lugubre incident était venu augmenter encore la tristesse générale.

Les chasseurs, dans leurs courses quotidiennes, avaient découvert, aux trois quarts dévoré par les ours, le cadavre du compagnon de Bremer, le malheureux Alexis, disparu au commencement de ce récit. Le double de la lettre apportée par Bremer pour annoncer le naufrage du *Pygargue*, et qu'on avait trouvé dans les vêtements en lambeaux du pauvre diable, avait fourni la preuve de son identité.

Les officiers et les voyageurs, doués d'une force morale plus grande que celle des hommes de l'équipage, s'étaient seuls soustraits aux mortelles influences de ce dur hivernage. Quant à Chamborel, qui mérite une mention particulière, les émotions de la chasse l'avaient rendu plus ardent, plus énergique, plus téméraire, plus terrible que jamais.

Mais pendant que les uns s'occupaient d'approvisionner leurs compagnons, d'autres travaillaient à leur délivrance.

Gourieff, Doubrowsky, Ivan, dirigés par l'ingénieur Bouboff, essayaient depuis six semaines avec l'espoir d'y parvenir, malgré le mauvais état des matériaux, à tirer parti des débris de la *Frileuse* pour construire un petit bâtiment qui pût leur permettre de gagner Arkhangel dès que la mer serait ouverte ou à peu près.

De son côté, Lepérier ne quittait plus ce qu'il appelait sa clinique, où Susi lui rendait les plus grands services, et il y distribuait ses soins en même temps que le reste de sa belle humeur.

La température s'étant adoucie sous l'influence des derniers jours d'avril, le docteur avait exigé que les convalescents, enveloppés de fourrures, quittassent momentanément la hutte

dont il était important de purifier l'air. On commença, d'après
ses ordres, à les soumettre à une sorte de *quarantaine d'observation* pour s'assurer qu'ils étaient en état de supporter le
contact de l'air extérieur. Tous subirent l'épreuve sans la
moindre défaillance.

Bardol était parmi ces derniers, non point à titre de malade,
mais de languissant.

Une tente fut aussitôt établie pour les abriter pendant le
temps indispensable à l'opération qu'on voulait faire.

Ce changement subit dans l'installation des convalescents
leur causait une satisfaction inexprimable. La brise rafraî-
chissante qui remplaçait l'atmosphère viciée de la hutte était
pour eux comme une source de sensations oubliées.

C'était le renouveau s'emparant de la terre endormie depuis
longtemps, pour la pénétrer de principes vivifiants.

Les uns se départissaient de leur long mutisme, les autres
quittaient leur effrayante immobilité.

Paroles et regards se croisaient inconsciemment, pour ainsi
dire.

Bardol lui-même, plein de pensées contenues, éprouvait
le besoin de les confier à Danecheff, qui semblait l'écouter en
songeant à autre chose.

Quelques heures s'écoulèrent dans cette situation difficile
à préciser, mais remarquable par un apaisement momentané.

Quinze jours passés ainsi, et tous les convalescents revenaient à la santé : c'était l'opinion du docteur, qui, non content
d'aérer la hutte, l'avait soumise à de nombreuses fumigations.

Norbert, Chamborel, Kosero et les frères Bruloff revenaient
en ce moment de la chasse, rapportant une demi-douzaine
d'oies du Canada et deux grues; Kosero en avait sa chargé.

Une masse de neige descendit foudroyante de la montagne.

Le gros gibier, ce jour-là, s'était détourné de leur chemin.

A la vue de la hutte qui respirait par toutes les ouvertures, et de la tente nouvellement dressée, sous laquelle leurs compagnons, si affaissés le matin, prenaient des attitudes semi-cavalières, nos chasseurs, qui ne pouvaient attribuer cette heureuse transformation qu'à l'initiative du docteur, s'écrièrent follement :

— Vive le grand docteur Lepérier !

Le docteur, accouru au-devant de ses amis pour inventorier le produit de leur chasse, criait follement lui-même :

— Vive le grand docteur Lepérier !

A ces cris, dix fois répétés malgré les gestes effrayés de Kosero [1], un formidable bruit, semblable à un coup de tonnerre, répondit.

En même temps, une masse énorme de neige durcie, déjà minée par le vent du sud, puis ébranlée par tous ces éclats de voix, descendit foudroyante de la montagne où s'appuyait la hutte, qu'elle écrasa comme un insecte.

Les spectateurs de cette catastrophe inattendue restèrent muets de stupeur.

Leur première pensée fut qu'ils se trouvaient maintenant sans asile.

L'avalanche, heureusement, avait été rompue par les soli-

---

[1] Au retour du printemps, la moindre commotion, le bruit d'une arme à feu, suffisent souvent pour que l'avalanche se détache de la cime des rochers. Alors on recommande au voyageur de garder le silence dans le voisinage des masses de neige, on tamponne les sonnettes des mulets dans les passages dangereux, afin d'éviter le moindre bruit ; car rien ne résiste au choc de la terrible avalanche, qui, retentissant comme le tonnerre, roule et bondit sur les flancs escarpés de la montagne, déracine les arbres, renverse les habitations, et se précipite avec un fracas épouvantable dans le fond de la vallée.

des piquets de la hutte et quelques énormes blocs de glace qui lui barraient le chemin ; autrement, elle eût, après avoir détruit la hutte, broyé la tente et tous ceux qui se trouvaient là.

C'eût été un moyen radical de terminer l'odyssée de nos voyageurs; mais leur mauvaise chance ordinaire ne s'était peut-être relâchée en cette circonstance que pour leur préparer d'autres épreuves.

Le docteur fut le premier à recouvrer la parole.

— Sacrebleu! s'écria-t-il, voilà une plaisanterie qui manque d'à-propos. Abattre la maison des gens au moment juste où ils se disposent à rentrer chez eux pour y prendre leur très-petite nourriture avant de se mettre au lit ! — Diable! diable !

L'anxiété était si générale, la situation si perplexe, que la généreuse fanfaronnade du docteur n'obtint aucun succès.

Personne n'y répondit.

Lepérier poursuivit tranquillement :

— Avouez-le, mes amis, sans l'idée qui m'est venue ce matin de faire évacuer cette pauvre hutte pour la purger de ses miasmes, nous serions tous en ce moment écrasés là-dessous, ce qui, en simplifiant notre situation, ne l'eût pas, après tout, rendue plus agréable. J'estime donc que des gens aussi sensés que nous le sommes doivent, en attendant mieux, se résigner à vivre sous cette tente; elle contient heureusement nos lits et les ustensiles qui nous sont le plus nécessaires.

Comme il n'y avait en définitive pas d'autre parti à prendre, chacun se résigna au surcroît de malaise qui allait résulter d'un refuge mal clos, de l'absence de tout appareil de chauffage et enfin de combustible, le peu qu'il en restait étant spécialement réservé pour la cuisson des aliments.

Les jours s'écoulaient tristement sous cette tente que la pluie, la neige et le vent, revenus tout à coup, rendaient à peu près inhabitable.

Le seul espoir qu'un petit bâtiment construit avec les débris de la *Frileuse* allait bientôt leur servir d'asile et puis les rapatrier, avait pendant quelque temps soutenu le courage des pauvres voyageurs ; mais quand on apprit en dernier lieu qu'il n'y avait plus, malgré tous les efforts de l'ingénieur, à compter sur cette ressource, le découragement devint presque général, et l'on n'entendit plus sous la tente que soupirs, récriminations, paroles amères.

Ce fut à ce moment que Bardol, se précipitant dans les bras de Danecheff, lui dit d'une voix navrante :

— Mon cher confrère, jurons ici que celui de nous deux qui mourra le dernier demandera à être enterré près de l'autre.

— Oui, mon ami ; comme ça, ce sera toujours plus gai, beaucoup plus gai, répliqua le cuisinier russe avec la placidité d'un Anglais.

Tout ce que le froid, la misère, le désespoir, peuvent engendrer de souffrances, de sombres inquiétudes, se trouvait donc réuni dans ce petit coin de l'île.

Les frères Bruloff et leurs amis essayaient en vain de fortifier l'esprit de leurs compagnons ; on ne les écoutait plus. Telle était la situation des passagers et des derniers hommes d'équipage du *Pygargue* et de la *Frileuse*. Les plus résolus, les plus patients, commençaient à croire qu'ils ne reverraient jamais leur patrie.

Michel Bruloff avait plusieurs fois déjà exprimé à ses amis ses vifs regrets de les avoir amenés sur cette terre maudite.

Norbert, Lepérier et Chamborel lui avaient répondu qu'ils

étaient venus volontairement, avec un extrême plaisir, et qu'il adviendrait de leurs personnes ce qu'il plairait à Dieu.

Ce fut un matin, au milieu de ces heures terribles, qu'une violente détonation ébranla subitement les échos des immenses solitudes de la Nouvelle-Zemble.

Les plus affaiblis se dressèrent sur leurs pieds et se regardèrent avec une surprise qui approchait de la stupeur.

L'un d'eux hasarda l'opinion que ce ne pouvait être que le tonnerre.

Une seconde détonation, puis une troisième, se succédèrent à peu d'intervalle.

Cette fois le doute n'était plus possible, c'était le bruit du canon : un navire entré malgré les glaces dans la mer de Kara, venait à leur secours.

C'était inespéré, incroyable, invraisemblable; cependant on ne pouvait douter que cela fût, et comme il était urgent de donner signe d'existence à ces dévoués explorateurs, Michel Bruloff fit charger toutes les carabines et ordonna de répondre à cette canonnade par une décharge de mousqueterie.

Deux coups de canon répliquèrent aussitôt.

Alors une joie presque folle éclata parmi les habitants de la tente.

Kosero, qui n'avait rien perdu de son agilité, s'était mis à courir du côté de la mer, suivi de Tibir et de Kodia.

Un beau, un imposant navire sous pavillon russe, couronné de tout son équipage, était en vue, braquant ses lunettes, agitant de longues banderoles, et poussant de grands cris.

Les frères Bruloff, les trois Parisiens, le pilote Ivan, arrivés à leur tour sur la côte, répondirent à ces cris par de bruyantes acclamations.

Une chaloupe fut aussitôt mise à la mer, et dix hommes y prirent place : le commandant, trois officiers, un médecin, un passager et quatre rameurs.

L'embarcation se dirigea résolûment vers le point de la côte où se trouvaient nos voyageurs, et y aborda non sans peine à travers les glaces mobiles qui lui en disputaient les approches.

— Constantin! s'écrièrent les frères Bruloff en se précipitant dans les bras du passager.

— Lui-même, mes chers cousins, et qui est fort curieux de savoir comment vous avez passé l'hiver à la Nouvelle Zemble. Pas très-agréablement, n'est-ce pas?

Cela fut dit du ton le plus simple, comme si le jeune homme voulait par générosité ôter toute importance, ou plutôt tout mérite, au dangereux voyage qu'il venait d'accomplir.

— Non... pas trop agréablement, répondit Michel Bruloff surpris de cette apparente tranquillité; nous en causerons longuement tout à l'heure... dis-nous d'abord quelle suite d'événements et de hasards ont pu te mettre sur nos traces.

— Vous allez, mes chers cousins, l'apprendre en quelques mots; j'ai été instruit de votre situation par une lettre très-détaillée qui m'est arrivée à Pétersbourg, où l'on s'inquiétait depuis quelque temps déjà de l'absence prolongée du *Pygargue* et de la *Frileuse*.

— Une lettre?

— De M. Chamborel.

— De moi! s'écria celui-ci, en protestant contre l'assertion de Constantin par un signe de tête.

— Pardon, monsieur. Il est vrai que cette lettre n'avait pas été mise à la poste, mais en bouteille, et qu'elle s'adressait spécialement à toutes les nations civilisées; la Russie en faisant partie, j'avais pu croire.....

— Oui, oui, parfaitement, monsieur, répliqua vivement Chamborel dont le visage s'épanouit tout à coup.

— Comment! s'écria Norbert, c'est au journal de Chamborel que...

— Oui, messieurs; il m'a été expédié à Saint-Pétersbourg, comme membre de la famille Bruloff, par un capitaine qui l'avait recueilli dans le port d'Arkhangel où la bouteille qui le contenait était venue s'échouer.

— Et ton premier mouvement, mon cher Constantin, a été de voler à notre secours, dit le capitaine Serge.

— Comme parent, c'était mon devoir.

Le capitaine Ouvaroff, que nous verrons tout à l'heure à son bord, a mis immédiatement son navire à ma disposition, et, certains de vous trouver ici vivants ou morts, nous sommes partis à travers une mer ouverte en différents endroits, fermée dans d'autres, brisant les glaces à coups de canon, à l'aide de *blasting-cylinders*, de dynamite; profitant du moindre dégel pour avancer.

Plusieurs jours nous ont été nécessaires pour nous ouvrir un passage dans le détroit de Vaigatz et forcer l'embouchure de la mer de Kara; enfin nous voici !

— Ce brave Constantin! s'écrièrent les frères Bruloff en serrant de nouveau les mains de leur parent.

— Et dire, poursuivit Michel Bruloff, que sans toi nous nous serions infailliblement couchés les uns après les autres au milieu de ces glaces, pour y dormir du sommeil éternel.

— Hourrah pour tous nos sauveurs! ajouta Norbert en frappant sur l'épaule de Chamborel.

Et moi qui ai ri plus de vingt fois, convaincu que les baleines devaient avaler à mesure les bouteilles que ce vieil ami adressait par mer à toutes les nations civilisées.

« — Je dois avouer, pour mon compte, que nous en avons ri souvent ensemble, dit Lepérier; mais Chamborel nous le pardonnera... je l'espère.

— De grand cœur, mes amis, répondit celui-ci comblé de joie par ce dernier succès.

Le jour même, le brick qui avait amené le cousin des frères Bruloff embarquait, pour les rapatrier, ceux qui avaient survécu aux événements que nous venons de raconter.

Il emportait encore Tibir et Kodia, les chiens d'attelage, et enfin *les deux canons* de *la Frileuse,* tout ce qui restait de ce brillant navire.

<hr />

Le monde avait six semaines de plus, lorsque Norbert, Lepérier, Chamborel et les frères Bruloff, qui avaient voulu reconduire leurs compagnons de voyage jusqu'à Paris, se trouvaient réunis dans le riche hôtel de la place Beauvau, occupé par Chamborel.

On était au début de l'été.

Le soleil et les bruits de la ville entraient en même temps par toutes les fenêtres ouvertes.

Silencieux, recueillis, les trois Parisiens semblaient s'enivrer, à leur insu, des échos et des senteurs du pays natal.

— Si les voyages forment les hommes, ils ne les déforment

pas moins, car vous voilà, mes amis, devenus bien songeurs, s'écria tout à coup Michel Bruloff.

— Tu ne vois pas que ces messieurs sont retournés en esprit dans les pittoresques déserts de la Nouvelle-Zemble, dont ils ne peuvent se détacher, ajouta le capitaine Serge.

— Pourquoi pas? répliqua Chamborel d'un air déterminé.

— Bravo! reprit le capitaine Serge.

Mais vous, messieurs?

— Moi, répondit Norbert, je ne retournerai jamais dans un pays où la peinture est impossible, par la raison péremptoire que les couleurs, les pinceaux et l'insensé qui a la prétention de s'en servir, gèlent tous à la fois dès qu'ils sont exposés à l'air libre.

— Moi, je m'y établirais volontiers pour ne pas me séparer de Chamborel, dit Lepérier, si l'impossibilité de s'y créer une clientèle, autre que celle des ours, ne m'était pas suffisamment démontrée.

— On peut toujours prendre les choses du vilain côté, fit observer Michel Bruloff.

— Il suffit souvent, entre nous, d'y mettre une pointe de mauvaise foi, reprit le capitaine Serge.

— Et beaucoup d'ingratitude, ajouta Norbert.

— Deux qualités maîtresses qui me distinguent essentiellement, je m'empresse de le reconnaître pour ne pas envenimer la question, dit en riant Lepérier.

A ce moment, un grand laquais portant un plateau chargé de liqueurs apéritives fit son entrée dans le salon, et alla, sur un signe de Chamborel, le déposer sur un guéridon.

— Ah çà, dit Lepérier après la sortie du domestique, voilà sur ce plateau une réunion de ferments digestifs qui donneraient à penser que tu veux nous contraindre à dîner plusieurs fois sans nous lever de table.

— Tu l'as deviné, fit gaiement Chamborel.

— Comment? demanda Norbert.

— Mon cher ami, poursuivit Chamborel, ce n'est pas moi, mais Bardol qui m'a dit fort nettement, il y a quelques jours, car maintenant nous traitons de puissance à puissance, qu'il quitterait mon service avec douleur, mais qu'il le quitterait, si je refusais de lui fournir immédiatement l'occasion de se relever à vos propres yeux, c'est-à-dire de vous prouver qu'il était capable, malgré tous ses malheurs, de faire autre chose qu'une cuisine de sauvages ou de naufragés.

— Et tu nous as réunis pour donner pleine satisfaction à l'orgueil de ce grand chef..... de cuisine, fit observer Bruloff.

— Ainsi qu'à la délicatesse de votre goût, mes chers amis; j'ai pensé d'ailleurs qu'il vous serait utile, comme à moi, de refaire vos estomacs délabrés par un long jeûne.

— Soit, répondit le capitaine Serge, je ferai, en ce qui me concerne, tous mes efforts pour répondre comme il convient à cet obligeant procédé.

— Je ferai de même, ajouta Michel Bruloff en s'inclinant.

— Nous aussi! dirent Norbert et Lepérier.

— A la bonne heure! s'écria Chamborel en versant du vermouth et de l'absinthe à ses hôtes.

— A la santé de notre vaillant ami, le héros des chasses de la Nouvelle-Zemble! reprit le capitaine Serge.

— Bravo! bravo! crièrent toutes les voix.

Les verres s'étaient rapprochés et vidés plusieurs fois avec un ensemble, une franchise, qui dénotaient de grands cœurs.

Un quart d'heure plus tard, on annonça que le dîner était servi

Chamborel fit alors un signe impératif à ses amis, Bardol ayant demandé qu'on ne se fît point attendre à table, afin que chaque mets pût être servi et mangé à point, c'est-à-dire avec le degré de cuisson et de chaleur qui lui conviennent.

Les quatre convives s'étaient donc levés comme un seul homme pour se rendre à la salle à manger.

Nous ne nous attarderons pas à décrire en détail l'élégance et la beauté du service de table, le nombre et la succulence de tous les mets, la saveur et le parfum de tous les vins; nous ne décrirons pas davantage le· dessert, composé des plus exquises primeurs, des friandises les plus délicates; nous parlerons uniquement des surprises que Bardol avait réservées, non-seulement aux convives de son maître, mais encore à son maître lui-même.

Rentré dans sa vaste cuisine, ses souvenirs de voyage lui étaient revenus en foule, et ce ne fut pas sans quelque douceur qu'il se plut à en évoquer les plus terribles épisodes.

Les montagnes de glace, les ouragans de neige, les violences de la mer, les jours de famine, hantaient son cerveau sans désemparer, et il avait utilisé ses impressions pour créer (à l'aide d'une truite saumonée) le *phoque à la parisienne, sauce Nouvelle-Zemble*, une sauce verte qui dans la pensée de l'artiste représentait l'Océan.

Un cri d'enthousiasme accueillit ce nouveau mets.

Mais Bardol n'était pas homme à se contenter d'un simple succès, et il avait réservé pour la fin un magnifique rocher de glace, représentant Chamborel vainqueur de son premier ours. Ce groupe était dominé par la *Frileuse*, qui naviguait tout en haut, entourée d'ice-bergs, presque dans les airs, et toutes voiles dehors.

. Il va sans dire que Chamborel, l'ours et le navire étaient fort médiocrement imités, ce qui n'empêcha pas ce grand travail, d'ailleurs excellent au goût, d'être accueilli avec un enthousiasme qui tournait au délire.

Chamborel en eût pleuré de joie.

Bardol, requis par tous les convives de montrer son visage, se présenta au milieu de ces bruyantes acclamations qui redoublèrent en sa présence.

Quelques minutes plus tard, rouge, ému, glorieux, il se retirait à reculons, couvert de bravos et rassasié d'éloges.

Il était rentré dans sa gloire.

Le diner terminé, on passa dans le salon, où chacun, ne songeant plus qu'à regagner son domicile, s'était abstenu de prendre un siége.

— Et vous allez présentement? demanda Norbert aux frères Bruloff.

— Au *Grand-Hôtel*, que nous quitterons demain pour retourner à Pétersbourg.

— Bon voyage, mes amis! Moi, je vais pendant quinze jours me promener au grand soleil pour me dégeler à fond. Ce résultat obtenu, je reprendrai tout naturellement la suite de mes travaux.

— Moi, je retourne à mes malades, ajouta Lepérier.

— Et toi, Chamborel? poursuivit Bruloff.

— Moi, je me dispose à faire une pointe en Suisse, où des ours gris, d'une taille prodigieuse, ravagent en ce moment plusieurs cantons; mon journal me l'a appris ce matin.

— Tu ne parles pas sérieusement? dit Lepérier.

— Je parle si sérieusement, que j'aurai quitté Paris avant deux heures.

— Hourrah pour Chamborel ! crièrent de nouveau ses amis.

Et l'on se sépara au milieu d'un grand éclat de rire, tout en se donnant rendez-vous chez Norbert pour le 15 juin de l'année suivante, jour où la médaille consacrant les hauts faits de Chamborel devait lui être remise avec la plus grande solennité.

TABLE DES MATIÈRES

Ce volume a été déposé au ministère de l'intérieur (section de la librairie) en novembre 1880.

PARIS. — TYPOGRAPHIE DE E. PLON ET Cie, 8, RUE GARANCIÈRE.

EN VENTE A LA MÊME LIBRAIRIE :

Contes de Saint-Santin, par le marquis DE CHENNEVIÈRES, illustrations de Léonce PETIT. Un beau volume in-8°. Prix . . . . 8 fr.

Les Déserts africains. *Aventures extraordinaires d'un homme, d'un singe et d'un éléphant*, par Armand LAPOINTE. Un volume in-8° illustré. Prix. 7 fr.

Les Contes de ma Mère, recueillis et illustrés par BERTALL. Un magnifique volume in-8° elzevirien, enrichi d'un grand nombre de vignettes intercalées dans le texte et hors texte. Prix . . . . 7 fr.

Les Aventures de Martin Tromp, par RAOUL DE NAVERY. Un volume grand in-8° illustré par C. G. FATH. Prix . . . . 8 fr.

Cœurs vaillants, par RAOUL DE NAVERY. Un volume grand in-8° illustré par Flameng, Lix et Gilbert. Prix . . . . 10 fr.

Bêtes et Gens, fables et contes humoristiques, à la plume et au crayon, par STOP. Un volume in-8°. 1re série, 2e édition. Prix . . . . 8 fr.

Bêtes et Gens, fables et contes humoristiques, à la plume et au crayon, par STOP. 2e série. Un volume in-8°. Prix . . . . 8 fr.

La Vigne. *Voyage autour des vins de France.* Étude physiologique, anecdotique, historique, humoristique et même scientifique, par BERTALL. Un volume in-8°, enrichi de plus de 400 gravures. Prix . . . . 20 fr.

Voyage autour du monde, par le comte DE BEAUVOIR, renfermant : **Australie,** — **Java, Siam, Canton,** — **Pékin, Yeddo, San Francisco.** Un volume grand in-8° illustré. Prix . . . . 20 fr.

Histoire de Notre-Seigneur Jésus-Christ, par Mgr DUPANLOUP, évêque d'Orléans. Un volume grand in-8° illustré. Prix . . . . 20 fr.

La Vie et la Légende de madame sainte Notburg : établissement de la foi chrétienne dans la vallée de Neckar, par M. A. DE BEAUCHESNE. Un in-8° illustré. Nouvelle édition. Prix . . . . 8 fr.

Louis XVII, sa vie, son agonie, sa mort. — **Captivité de la Famille royale au Temple,** par M. A. DE BEAUCHESNE. Deux volumes grand in-8° avec portraits. Prix. . . . . 30 fr.

La Vie de Madame Élisabeth, sœur de Louis XVI, par M. A. DE BEAUCHESNE. Deux volumes in-8° avec portraits. Prix . . . . 16 fr.

Faits mémorables de l'Histoire de France, par MICHELANT, avec une Introduction par M. DE SÉGUR. Nouvelle édition, revue et augmentée. Un volume grand in-8° illustré de 143 belles vignettes. Prix . . . . 12 fr.

L'Écorce terrestre. Description des minéraux, et leur usage dans les Arts et Métiers, par Émile WITH, ingénieur civil. Un volume in-8°, enrichi de 130 gravures. Prix . . . . 12 fr.

Amsterdam et Venise, par Henry HAVARD. Un beau volume grand in-8° colombier, orné de sept eaux-fortes, par Flameng et Gaucherel, et de 125 gravures sur bois. Deuxième édition. Prix . . . . 20 fr.

PARIS. TYPOGRAPHIE DE E. PLON ET Cie. RUE GARANCIÈRE. 8.